U0097384

古典詩歌研究彙刊

第五輯

龔鵬程 主編

第3冊

漢代楚辭學研究──知識主體的心靈鏡像

吳旻旻 著

國家圖書館出版品預行編目資料

漢代楚辭學研究——知識主體的心靈鏡像／吳旻旻 著 — 初版
— 台北縣永和市：花木蘭文化出版社，2009〔民98〕

目 2+202 面：17×24 公分（古典詩歌研究彙刊 第五輯；第 3 冊）

ISBN 978-986-6528-52-1（精裝）
1. 楚辭 2. 研究考訂 3. 漢賦

820.9202   98000873

ISBN - 978-986-6528-52-1

9 789866 528521

古典詩歌研究彙刊
第五輯 第三冊   ISBN：978-986-6528-52-1

漢代楚辭學研究——知識主體的心靈鏡像

作　　者　吳旻旻
主　　編　龔鵬程
總 編 輯　杜潔祥
出　　版　花木蘭文化出版社
發 行 所　花木蘭文化出版社
發 行 人　高小娟
聯絡地址　台北縣永和市中正路五九五號七樓之三
　　　　　電話：02-2923-1455／傳眞：02-2923-1452
網　　址　http://www.huamulan.tw 信箱 sut81518@ms59.hinet.net
印　　刷　普羅文化出版廣告事業
初　　版　2009 年 3 月
定　　價　第五輯 20 冊（精裝）新台幣 28,000 元

漢代楚辭學研究——知識主體的心靈鏡像

吳旻旻 著

作者簡介

吳旻旻,臺灣高雄人,淡江大學中文系畢業,中正大學中文碩士,臺灣大學中文博士,研究範圍以楚辭、漢賦、文學理論、當代大陸小說、海洋文學為主,著有《香草美人文學傳統》、〈框架、節奏、神化:析論漢代散體賦之美感與意義〉、〈「海╱岸」觀點:論臺灣海洋散文的發展性與特質〉等專書及學術論文,現任教於臺大中文系。

提　　要

　　《漢代楚辭學研究——知識主體的心靈鏡像》一書針對漢代這個政治上鞏固一統政權,學術上經學獨領風騷,而文學意識逐漸萌芽的時代,嘗試瞭解「楚辭」對當時的人發生了什麼樣的意義?人們為什麼喜歡楚辭?如何詮釋楚辭?又表現出什麼樣的精神呢?

　　論文中從三個面向探討「漢代楚辭學」之內涵,包含「情志映照、經世致用、遠離濁世」,「情志映照」指漢代士人對屈原不遇的經驗有深刻的感觸,賈誼、東方朔等人在詮釋屈原的同時投射自我,形成互為主體的批評型態,揚雄、班固、王逸則從道德品鑒的角度對屈原產生褒貶。「經世致用」分析兩漢經學氛圍影響下,士人以經解騷,在辭賦華麗的鍛字練句下表達諷諭勸諫的目的。「遠離濁世」指士人面臨專制體制、君王威權、小人讒害等種種挫折,轉向身軀上的隱逸,以及心靈上的超脫想像,藉由文學創作描寫一個上天入地的想像世界,在其中得到審美的愉悅感受。

　　總而言之,漢代的楚辭批評家或讀者基本上是「知識份子」這樣一個特定的群體,他們從彼此不遇的情志共感或道德品鑒,到理想的努力、困頓後的遠遊,剛好在楚辭學上完整表現出這樣一群人心靈的掙扎,既有入世的企圖,也有出世的意念,同時摻雜了經學經世致用的理想跟文學美感的的體悟興發,形成一系列精彩的心靈鏡像。

目次

第一章　緒　論

第一節　「漢代楚辭學」的反思

　　「楚辭學」指的是以「楚辭」爲中心所做的各種研究，可是比起「《詩經》學」、「《文選》學」或「紅學」（《紅樓夢》學）等其他「專書學」而言，「楚辭學」的名實問題更爲複雜，這點下文將探討，明確界定「楚辭學」的「楚辭」範圍〔註1〕。這裡首先要思考：所謂的「專書學」是什麼樣的一門知識？它處理什麼樣的問題？本文又擬如何切入漢代人士跟「楚辭」的聯繫呢？

　　當一本專書引起後代熱烈而廣泛地討論，而且已經累積相當豐富的研究成果，學者們便在該專書名稱之後加一「學」字，成爲「專書學」。一書以學名常見者有《詩經》、《尚書》、《易》、《楚辭》、《文選》、《文心雕龍》、《紅樓夢》、《水滸傳》等等。一般專書學的內容主要爲後代的傳注箋疏，包含對該專書進行字詞訓詁、文意解析、主旨討論的各類析述；但是在這一解釋系統之外，只要與該原典有絲毫的沾滯

〔註1〕　這裡之所以可以暫時擱下「楚辭」的定義問題，乃是因爲不論「楚辭」之概念內涵指涉劉向編輯的《楚辭》十六篇（或王逸《楚辭章句》之十七篇）還是限定屈原作品之「屈賦」，甚至爲文體名稱，都有具體對應的文本範圍及屬性。

牽連，也都被攬納於「專書學」的範圍。所以「詩經學」中包含博物學，如孫吳陸璣《毛詩草木鳥獸蟲魚疏》、宋蔡卞《毛詩名物解》、王應麟《詩地理考》、清洪亮吉《毛詩天文考》、李超孫《詩氏族考》等等，以及文字聲韻學，如明陳第《毛詩古音考》、清顧炎武《詩本音》、陳玉澍《毛詩異文箋》等等；「紅學」更是包羅萬象，廣及食譜、藥單、建築、服飾等等的討論。以「楚辭學」而言，其論述成績也是包羅萬象，語言（音韻、方言、語法）、神話、地域文化、博物（草木）等層面都有學者投入心力研究，對「楚辭」嘗試不同切面的瞭解。是以一般而言，以各種角度、各種方法對該專書本身及相關之任何問題進行探索，都被容納在「專書學」的範圍中。

　　換言之，研究《詩經》的知識爲「詩經學」，研究《楚辭》的知識爲「楚辭學」，「專書學」乃是用以統稱這類知識。那麼，「專書學」獨立爲一門知識的意義究竟在那裡？難道只是爲了稱代這些龐大複雜的研究成果？是否有此必要呢？而且是不是所有專書都足以成立「專書學」？如果不是的話，標準又在那裡？這些確實是值得思考辯證的問題，精確地問應該是指涉：「專書學」如何定義？內涵爲何？外延爲何？什麼樣的書籍著作足以成立「專書學」？「專書學」具有何種價值？這幾個問題。

　　由前述對現有專書學的描述可知，所謂的「專書學」是一種學術默契形成的結果，不是先驗的設定，是個「外延」比「內涵」清楚的概念〔註2〕。也就是先有現成可觀的研究成果，才歸納爲專書學，而不是先界定一個概念內涵，然後依循而作出這些研究。可是它的概念外延也是有所爭議的，以「紅學」爲例，周汝昌先生認爲不是所有跟《紅樓夢》相關的研究都屬「紅學」，必須是專屬《紅樓夢》這部書的問題，如「曹學」、「脂學」等才是正統的「紅學」。他說：

　　　紅學有它自身的獨特性，不能只用一般研究小說的方式、

〔註 2〕 外延、內涵爲理則學中定義概念的術語，外延指名詞概念所指示或
　　　　適用事物的全類，內涵則是該名詞外延所共同而特有的性質。

方法、眼光、態度來研究《紅樓夢》。如果研究《紅樓夢》
同研究《三國演義》、《水滸傳》、《西遊記》以及《聊齋誌
異》、《儒林外史》等小說全然一樣，那就無須紅學這門學
問了。……紅學研究應該有它自己的特定的意義。〔註3〕

他批駁其他學者將「紅學」劃歸「小說批評」的主張，強調「專書學」
自身獨特的問題。的確，每一獨立的專書學，通常存在特定論題。例
如：《詩經》的「淫詩、刪詩」，《尚書》的「今古文」辨疑，《紅樓夢》
的作者考證等。「楚辭學」中，也有〈大招〉、〈招魂〉的作者考證，「離
騷」篇名釋義，乃至「三閭大夫」的職司等論辯焦點。

　　因此，特定的爭議性問題確實是「專書學」的重要因素。劉夢溪
先生說：

能夠以一書名學，歸根結底還是由作品本身的特點決定
的。就是說，書裡面必須有可以不斷進行深入研究的素材、
資料和問題，這是最主要的，捨此則其他理由便無以立足。

〔註4〕

所以要判定任何一本專書是否足以成為「專書學」，並沒有客觀、絕
對的規範條件。我們只能從後設角度描述「專書學」的特性是：一、
研究成果數量可觀，二、有多種不同的方法以此專書為材料進行研
究，三、含有特定學術論題。最後一點與其說是「專書學」外延的狹
義界線，不如說是關係一部專書能否成立為「專書學」的判定通例。

　　但是這樣就足以支持「專書學」成立的意義嗎？龐大的研究結果
如果不是為了更進一步的發展，並不需要獨立為一門知識；而以不同
方法所進行的研究，若彼此沒有對話功能，也只需屬於原來學科的領
域即可；至於特定的爭議論題，會不會反而限定了「專書學」的發展
空間，把一部精彩作品的探討，膠著於某個窠臼中？

　　因此，「專書學」必要性與價值的肯定，應當是相應於這三點來
探討。由最後一點談起，某些專書特殊的成書因緣或流傳過程成就出

〔註3〕周汝昌〈什麼是紅學〉，載《河北師範大學學報》1982年第三期。
〔註4〕劉夢溪《紅學》頁13，北京：文化藝術出版社，1990年。

特定論題,而這些論題學科歸屬的困難,促使「專書學」有成立的必要性,可是光是這些固定論題的探討,只是消極性名稱需求,並不易肯定「專書學」的價值,尚需另外兩方面的積極發展來使得這門知識不會僵化,失去生命力。一是融會不同的研究成果,舉例來說,清代學者投入不少心力在《詩經》的古音擬測上,這些研究成果對於「語言學」跟對於「《詩經》學」的意義是不同的;對語言學家而言,《詩經》是漢語上古音的語料,清代學者的研究有助於現代學者更正確的勾勒上古音原貌。但是對於《詩經》學家而言,擬測出正確的原音可以補充、訂正或證明訓詁上的詮釋觀點,或者重新發現某些經過歷史音變而讀不出來的音韻美感〔註5〕。所以,提供一個空間讓這些同一中心的研究彼此對話,助益研究的進展,促使別種學科的知識、方法能夠支援詮釋依據,是「專書學」存在的意義之一。

其次,將這些以「專書」爲對象的研究成果當作對象,進一步研究,則是「專書學」的另一價值。以「專書」爲對象的研究叫做「專書學」,而以「專書學」爲對象的研究又是另一層面的問題。好比以「文學」爲對象的研究是一回事,如「文學史」或「文學批評」;可是以「文學史」或「文學批評」爲對象所做的研究又是另一回事。因此接下來我們要思考,對於「專書學」的研究,可以有哪些處理方式呢?爲使討論更爲具體,與本文的主題更密切,以下就以「楚辭學」代入「專書學」概念。

「楚辭學」之研究方向,首先是「楚辭學史」,也就是「專書學史」的方式,將特定時間範圍內的「楚辭」研究成果以「史」的方式鋪展開來:展示有哪些研究的存在及其特性,進而掌握這些研究在歷史時間進程的定位,以及其間的互動、影響軌跡。這是目前「專書學」研究的主要路向,故「《詩經》學」有「《詩經》學史」,「《尚書》學」有《尚書》學史」,「《楚辭》學」今日也有大陸學者易重廉先生《中

〔註 5〕 例如知道「伐木」何以「丁丁」。

國楚辭學史》及李大明先生《漢楚辭學史》等著作。第二種處理方式則是凝聚「楚辭學」實際討論的重心——對作者性格、思想的描述以及作品的詮釋賞析，也就是「文學批評」這一學科的實際範圍，——從「文學批評史」的角度來理解「楚辭學」，衍生新的解釋意義。顏崑陽先生〈漢代「楚辭學」在中國文學批評史上的意義〉一文即是這種研究路向的成功示範。

　　而在上述這兩種研究路向之外，「楚辭學」有沒有其它的處理方式呢？筆者嘗試了一種新的切入角度：以「楚辭」的「讀者」（批評家）為中心，探討「楚辭」對於他們發生什麼樣的意義？以本文的研究範圍——「漢代楚辭學」來說，筆者關心的重點不在於整理、分析漢代人對於「楚辭」做了哪些研究，如編輯成書的歷程、對屈原生平事蹟的記錄，細數哪些人投入「楚辭」的註解、詮釋、批評等。而是去觀照「楚辭」對於漢代人具有什麼樣的意義，他們如何面對這個對象？又在對它的認識跟詮釋過程中表現出哪些特徵與意義？也就是從

　　　「　漢人　→　楚辭　」　　　　　變成　　　　　「　漢人　←　楚辭　」

　　從「漢代批評家對於『楚辭』做了什麼？」的詮釋角度轉換成『楚辭』之於漢代批評家發生了什麼？」以漢代的「楚辭」批評家為主體，掌握他們對於「楚辭」的關注焦點，詮釋他們在「楚辭學」中表現出來的精神。

　　可是所謂的「讀者」、「批評家」是複雜的多數，如何擔任一個主體呢？首先，「讀者」表示「文本的接受者」，乃相對於「作者」為「文本的創造者」而言；但是「讀者」的概念其實非常抽象，因為我們不可能掌握真正閱讀到該作品的所有人，更無法梳理他們的閱讀感受，相較而言，「批評家」才是有具體指涉對象的詞語。因為研究、討論必須有具體存在的語言實體為依據，因此留下表述意見的批評家方能成為「可知」的讀者。而從實際的批評文本得知，漢代的「楚辭」批

評家們並非參差混亂、毫無交集的群體,而是在階級、社會地位、自我認同上有著大量重疊的特殊族群。他們是受過教育、擁有知識、以政治為職的一群人,也就是知識階層〔註6〕,這樣的特質同時影響著他們面對「楚辭」的特殊情感,以及詮釋「楚辭」的精神表現。所以筆者選擇「知識份子」這一特定的族群立場,來作為漢代「楚辭」讀者的主體,是為知識主體。如此既能在讀者身份上籠括大部份的批評家,且能突顯「楚辭」在漢代所發揮的核心精神。漢代學者面對《楚辭》的態度不是抱持「為學術而學術」的想法詮釋《楚辭》,也不是舞文弄墨的閒暇娛樂,而是因自身對存在時代的現實感受,在前人的文化經驗中找尋共鳴契合,因此他們處理作品的方式也是互動性的。

在這個基礎上,本文不以「時間」跟個別「批評家」為敘述座標,歷敘一個個楚辭學家的成就與貢獻,而企圖以中心意識為主軸,揭示漢代知識份子跟「楚辭」的聯繫,不只是他們對「楚辭」直接的感發與詮釋,還有他們因「楚辭」這一對象而表現出來風格,也就是在「楚辭學」上對自身與時代產生的的思考、創造。

第二節　研究範圍

本文由「專書學」的反省來思索「楚辭學」的研究路向,可是誠如前節第一段所提及,「楚辭學」的名實問題比其他專書學更為複雜。《楚辭》編訂成為一本書,是西漢劉向(約西元前 77 至西元前 6 年)手上才完成的。劉向蒐集、整理成冊的《楚辭》一書,其收錄的篇章及標示的作者分別為屈原〈離騷〉、〈九歌〉、〈天問〉、〈九章〉、〈遠游〉、〈卜居〉、〈漁父〉,宋玉〈九辯〉、〈招魂〉,景差〈大招〉,賈誼〈惜

〔註6〕　尤其跟漢代「古詩」、「樂府」比起來,詩歌的民間色彩對比出擔任「楚辭」批評家的辭賦作者們濃厚的文人氣息,由其用字遣辭或描寫內容的強烈「貴遊」色彩觀察得知,辭賦家不只是普通受過教育的知識階層,甚至是學識涵養深厚的學者,或者是接近權勢核心的臣屬。

誓〉，淮南小山〈招隱士〉，東方朔〈七諫〉，嚴忌 [註7] 〈哀時命〉，王褒〈九懷〉，劉向〈九歎〉，計一十六篇。我們可以明顯看出屈原作品在其中的重要份量，說《楚辭》一書以屈原作品為主也不為過。後來王逸（約西元 89 至西元 158 年）以之為底本註解成《楚辭章句》，又加上自己的〈九思〉一篇。因為劉向之書已亡佚，故王逸《楚辭章句》十七篇成為「楚辭」書名的篇目共識。

　　若以「專書」的定義來看，所謂的「楚辭」應該是指稱劉向《楚辭》十六篇，或王逸《楚辭章句》十七篇。可是劉向是西漢宣、元、成帝年間的人，王逸則是東漢和帝至桓帝時人，在他們編輯、註解之前，早有「楚辭」之名，且有許多對這些篇章討論研究的成果。「楚辭」之名始見《史記‧酷吏列傳》：「買臣以楚辭與助具幸。」這裡「楚辭」所指並不精確，意思可能是善於詮釋、講解屈原作品，或是能創作與〈離騷〉等作品形式、風格類似的文章。而在太史公之前的賈誼、淮南王，便已作有〈弔屈原賦〉及〈離騷傳〉，投入實際的詮釋、批評中。因此，劉向只是將這些漢人們討論已久的「楚辭」篇章編訂成冊，在這之前，雖然沒有這樣一本書，卻無礙於漢代知識份子對於屈原作品的喜愛與討論風氣。

　　於是，我們可以假定，漢代人對於「楚辭」的探討並不是建立在《楚辭》成書的依據上。本文所討論「楚辭學」的「楚辭」範圍，也就沒有必要限定在劉向十六篇或王逸十七篇的標準上。而且，筆者再三強調，關注的是：「楚辭」對於漢代知識份子發生什麼樣的意義？因此本文所界定的「楚辭」討論範圍也就應當依漢人實際討論重心來界定，而這個重心正是「屈原其人其文」。其餘如宋玉、景差等人，即使偶有論及，亦不在論題核心；為求論述焦點的集中，筆者不擬處理這部份零碎而且不是非常重要的旁枝素材。至於賈誼至王逸等人諸作，筆者將之安置於「楚辭學」的文本之列，而不是「楚辭」的直接

―――――――――――

〔註7〕 嚴忌原名莊忌，避帝諱而改稱，沿用至今，故本文以下提及此人皆稱「嚴忌」。

文本。這意思是說,對「楚辭學」而言,「楚辭」是批評的文本依據,但是對「『楚辭學』研究」這個「批評的批評」而言,屈原作品不是直接面對的對象,探討屈原作品如《史記・屈賈列傳》才是文本,而《楚辭章句》中所收錄賈誼至王逸的擬騷,也跟後者一樣,歸屬於「楚辭學」概念之外延,是「『楚辭學』研究」的文本。之所以這樣劃分,乃是筆者認為若將賈誼〈惜誓〉劃歸「楚辭」,同時將其〈弔屈原賦〉判屬「楚辭學」不合於批評過程的實踐。至於「擬騷」何以能擔任「批評」的文本,將於後文說明。

確定本文所擬討論「漢代楚辭學」的「楚辭」範圍為屈原其人其文之後,接下來則是要界定「漢代楚辭學」的文本範圍。以下分「時代斷限」與「論述形式」兩方面說明。

(一)時代斷限

歷史上的漢代實為兩漢之合,西漢始自高祖即位(西元前 206 年),終於王莽登基(西元 9 年),凡二一五年。東漢則起自光武中興(西元 25 年),到曹丕稱天子(西元 220 年),歷時一九六年。政治史的時代斷限是以事件為依據,斬截俐落無所疑義,然而文學上的時間觀念卻無法如此一刀兩斷,因為文學現象與文學傳統的承繼、互動,自有其脈絡,一味配合政治史並不十分恰當。可是在找不到更理想的方式來取代之前,既有的「朝代」觀念對於古典文學研究的時期劃分,依然具有重大的參考意義。除了它簡潔、有共識基礎之外,中國文人跟政教的緊密關連,使得文學歷史的時期劃分往往跟政治史有所對應。因此,折衷的方式,便是以「朝代」為基礎,再依據文學特殊的因緣修正出精確的始末時間點。

本文所擬研究者,乃是屈原創作完成之後,作品引起知識份子熱烈討論,提出正反評價,並以辭賦發揚騷人情志的這段時期,而且是在「文學」觀念明晰之前;基本上和政治史的兩漢相去不遠,是以依然採用「漢代」楚辭學這樣的時代劃分方式。只是對於這個時間段落有幾點補充說明。首先,西漢、東漢之間曾有王莽篡位的十五年間隔,

基於文學歷時連貫性，新莽之世當然含蘊在內。至於前後始點跟末點
的切分，本文取捨從嚴，凡生卒年皆在漢世者才列為本文研究範圍。
其原因一為「楚辭」對於漢代知識份子的特殊意義跟大一統政局的制
約或影響有關，而楚漢相爭與建安時期都不是這樣的氛圍。其次，跨
越秦漢之際的學者對於「楚辭」，未見重要論述意見之史料，故無討
論價值。其三，建安雖仍屬東漢，但無論政治、社會、學術俱在變動
中尋求新貌，曹氏父子領袖文壇，所謂「建安風骨」鮮然標著，漸啓
六朝浪漫華采之風，因此建安文士歸於六朝當較劃屬漢代符合文學風
氣。

（二）論述形式

　　一般文學史、文學批評史、楚辭學史論及「漢代楚辭學」時，多
強調司馬遷《史記‧屈賈列傳》、班固〈離騷贊序〉、王逸《楚辭章句》
等幾篇文本而已。原因是它們主題明確，針對屈原其人其文進行陳述
與評斷；而且是說明性文字（相對於創作性的賦、擬騷），符合「批
評」的要求。這幾篇固然是「漢代楚辭學」中非常重要的代表性文本，
可是除此之外，難道沒有更多的文本了嗎？假如從「專書學」的角度
來看，所謂「漢代楚辭學」的文本在定義與文字形式上，究竟可以容
許怎樣的空間？

　　漢代關於「楚辭」的文獻基本上有以下幾種類型：一是對「楚辭」
作者及作品以說明性的文字作旨要的闡述、評論及字句訓解，如司馬
遷《史記‧屈原列傳》、班固〈離騷贊序〉、王逸《楚辭章句》；這類
納入「楚辭學」應當沒有爭議性。二是除了形式之外，內容也與「楚
辭」相關的擬騷及辭賦文章，如賈誼〈弔屈原賦〉、東方朔〈七諫〉、
嚴忌〈哀時命〉、王褒〈九懷〉、劉向〈九歎〉、揚雄〈反離騷〉、班彪
〈悼離騷〉、梁竦〈悼離騷〉、應奉〈感騷〉、王逸〈九思〉等。此類
則必須加以說明：這些文章雖然不是使用抽象概念陳述的知性語言，
但仍對批評對象發出詮釋及評價，具有文學批評的本質，因此也應列
入討論文本。第三類雖未直指屈原之名，其文章主旨也不是針對屈原

其人其文有所評論,但是其思想或文辭可以看出受到屈原作品的影響,如司馬相如〈大人賦〉、崔駰〈達旨〉、張衡〈思玄賦〉等,它們之間的影響痕跡與關連將在文章實際引用時說明。符合以上標準的文本,詳如書末附表一。

　　在本論文之中,所處理的文本橫跨幾種文類:司馬遷《史記‧屈賈列傳》為史傳,王逸《楚辭章句》為註疏,賈誼〈弔屈原賦〉等為賦體,如何保留文類特性同時架構出漢代楚辭學的整體批評模式,以及這些文本與歷史背景間的交互作用關係,將是筆者思考、行文時需要步步為營的。基於後設立場,與其說出單一作法,毋寧揭示諸多陷阱的位置,並謹慎地不犯錯,例如清楚任何一句陳述、一個論斷是屈原、漢儒、筆者三者中哪一發言立場,而且批評者(漢儒及筆者)如何對待自己的閱讀在當代批評場景中所處的位置;在重建歷史背景中,是否偏信某些因素具有決定性力量,而排擠了其他因素?「再現歷史的同時,詮釋者必須顯露出自己的聲音與價值觀,也就在此處,詮釋者試圖參與和建構關於未來──而不只是關於過去──的對話。」〔註8〕

第三節　文獻檢討

　　對「漢代楚辭學」此一論題的表述意見早期包含在「文學批評史」之中,其處理方式主要是以介紹漢代文人學者的文學理論觀點為綱,其中若有夾陳對屈原之評價者亦列舉之,最具代表性者當屬《史記‧屈賈列傳》,例如:

> 以國風小雅釋〈離騷〉,仍是繼承劉安之說;……這雖然是
> 幾句抽象的贊語,而後來的批評楚辭者,差不多皆未能越
> 此範圍,不過更加邃密或具體而已。〔註9〕

〔註8〕 張京媛編《新歷史主義與文學批評》頁7,北京:北京大學出版社,
　　　　1993年。
〔註9〕 羅根澤《中國文學批評史》頁97,臺北:學海,民國79年。

司馬遷對於〈離騷〉的讚揚，首先著眼於它「指大」「義遠」
的內容，而〈離騷〉之所以能「稱文小而其指極大，舉類
邇而見義遠」，又是取決於作者「志潔」和「行廉」。司馬
遷結合作者的生平遭遇和思想品質來研究作品，這種方法
是十分可取的。〔註10〕

司馬遷聯繫作家的生平、思想來研究作品，所以對〈離騷〉
的思想內容有很深刻的認識，對於屈原作品做出正確的評
價。……同時，從作品的藝術方面對〈離騷〉作了分析，
指出它的「文約」、「辭微」的藝術特色和種種不同的表現
手法，或以古刺今、或以小喻大、或因邇及遠等等，並且
指出屈原採用這些不同的表現方法，都是為了一個目的：
諷刺世事、表達「指」「義」。〔註11〕

以上三則是「中國文學批評史」或「中國文學理論史」的評論，第一
則指出司馬遷的批評模式，奠定了兩千年來屈賦研究的基礎，二、三
則同樣指出兩點：司馬遷聯繫作者生平、思想來研究作品，屈原作品
強調諷諫；而且他們認為這是相當正確的。

　　其次是據上演繹，由司馬遷《史記》對屈原的高度評價，對照出
班固的貶斥態度，對於屈原是「悲己之怨」（吟詠情性）或「悲世之
怨」（政治性）的爭議，如司馬遷謂之「推此志，雖與日月爭光可也。」
〔註12〕班固卻道「露才揚己，……亦貶絜狂狷景行之士。」〔註13〕
同為對於屈原精神的認知，為什麼會產生如此差異？且其褒貶標準為
何？這種討論開始將漢儒對屈原的觀點視為一議題，認為漢儒有正反
兩派對立意見，淮南王、司馬遷、王逸為正方代表，班固為反方代表；

〔註10〕黃保真、成復旺、蔡鍾翔合著之《中國文學理論史——先秦兩漢魏
　　　　晉南北朝時期》頁125，臺北：洪葉，民國82年（原北京出版社出
　　　　版）。
〔註11〕王運熙、顧易生主編《中國文學批評史》頁56至57，臺北：五南，
　　　　民國82年（原上海古籍出版）。
〔註12〕《史記·屈賈列傳》。
〔註13〕〈離騷序〉。

揚雄則爲爭議人物，或認爲他肯定屈原，或認爲他持反對意見。除正反兩派的劃分之外，還有用「分期」來整理漢儒對屈原的觀點，也就是認爲第一期是贊許屈原的，以淮南王、司馬遷爲代表；第二期則批評、反對，以揚雄、班固爲代表；第三期又回復肯定態度，以王逸爲首。但不論「兩派」或「三期」的說法，都把漢代知識份子對「楚辭」的意見簡化爲對屈原個人「肯定－否定」的二元選擇，猶如作是非習題般，忽略其意見背後的意涵。遑論這些學者對「楚辭」的其他意見，以及其他漢代知識份子對「楚辭」及屈原的各式感受或評論。

　　將「楚辭學」乃至「漢代楚辭學」視爲一獨立題目進行學術研究則爲近年之事，包含大陸方面的三本專書，以及台灣方面的單篇論文。其一爲易重廉先生《中國楚辭學史》，此書先分兩漢、魏晉南北朝、隋唐五代、宋代、遼金元明、清代等部分，予以楚辭學的初興期、發展期、中落期、興盛期、繼興期、大盛期之副標題，再分章節介紹代表性的楚辭學者及重要著作。其優點爲論述角度上確實掌握住「楚辭學史」的立場，材料的取捨不爲眾多註疏之異同細節擾亂，評述過程綜觀整個楚辭學史，著重探討其影響力及地位，表達方式條列清晰；缺點則是好用抽象術語或籠統概念，例如分析司馬遷《史記·屈原列傳》評論方面的價值爲：一、用歷史主義的眼光，比較準確地揭示了楚辭文學產生的現實基礎。二、站在文學理論的高度，比較深刻地揭示了楚辭文學的個性特點。三、高度肯定了屈原作品的偉大成就。缺點也分三點，各從史學、文學、哲學的角度看，僅舉史學之例：「從史學的角度看，和司馬遷其他列傳相比，史料顯得單薄一些，行文過程中，又過分帶了感情，以致出現一些罅漏，給後人研究屈原留下不少困難。」從這樣的優缺點評述，我們很難掌握具體印象，而「歷史主義」之類的用語未作討論或進一步的說明，「楚辭文學的個性特點」一語也過於模糊抽象，評論其缺點時使用「史學、文學、哲學」這樣大範圍的視野，讓讀者以爲可以獲得豐富的評論內容，卻只有約五十字的敘述，諸如此類的情形不勝枚舉，有名實不符之嫌。雖其行

文有可議之處，然對本文仍有參考助益。

　　其次爲周建忠先生《當代楚辭研究論綱》。此書分上編：研究概論，下編：學者專論，側重介紹 1977 至 1990 這段時間大陸學者研究楚辭的方向、成果；展現楚辭學近年發展的巨大變異，如加入美學、神話學等新興的研究角度等，不過與本文關係不大。

　　其三爲李大明先生《漢楚辭學史》，此書研究對象與本文一致，皆爲「漢代楚辭學」，然問題意識截然不同，此書以評介材料爲目的，將漢代各家論《楚辭》的意見平面攤展開來，並作特色描述及價值評斷，性質上與一般文學史及文學批評史相近，讀者從中可以獲得印象式的認識；本論文則企圖在平面獨立的各家論述中，以文學批評的概念將之串連爲一個有機體，此書對於本論文在材料揀選及背景資料方面有若干助益。

　　台灣方面顏崑陽先生〈漢代「楚辭學」在中國文學批評史上的意義〉，先對「楚辭學」及「文學批評史」二詞反省及定義，討論漢代楚辭學發生的因素及其類型，進而分析其在中國文學批評史上的意義。此文雖爲短篇論文，價值卻在前述幾本專著之上；他提出許多問題，對僵化觀點重新思考，並探索漢代楚辭學的批評方法及次類型，具有很大的啓示作用，筆者行文也多處參考。但是此文從「文學批評史」的角度來理解，與本文進路不同，所討論的範圍也以「文學批評」爲限，強調「主體式批評」，難以觸及屈原情志以外的討論層面，如本文第四章「經世致用」及第五章「遠離濁世」的現象。不過顏文以單篇論文準確扣緊問題意識，分析精要；本文則嘗試以更完整的篇幅、更深入的探討補充勾勒出「漢代楚辭學」的多樣風貌。

第二章　漢代的政治與文學背景

　　「漢代楚辭學」代表漢人對「楚辭」的解讀，而任何一種解讀經驗的產生形成，不論程度深淺，都是讀者依據其「前理解」〔註1〕－包含環境（時代、地域、階級）、個人經歷、思想認同，以及該對象既有的詮釋等因素－而對作品投射問題、搜尋答案，進而產生種種詮釋；所以掌握漢代是一個什麼樣的時代對於「漢代楚辭學」是不可或缺的。其原因有二：一者，我們要知道何以漢人如是理解屈原及楚辭？漢人觀點和其他時代有何不同？這樣的詮釋是不是只會發生在漢代？二者，楚辭是戰國末年的作品，並沒有既存的「詮釋典範」可供參考，因此「漢代楚辭學」在整個楚辭學史上所佔據的起點意義益形重要。換言之，由於詮釋傳統前理解的空白，環境因素以及批評家個人經驗的決定力量益顯重大。而個體不可能孤立於時代之外，所以企圖掌握批評家個人的經歷與思想認同等因素，又必然要先釐清整個時代的特性，因此探討漢代的政治、學術、文學概況，其意義不只是簡單地交代歷史場景，而是與詮釋批評的形成存在不可割離的錯綜關係。

〔註1〕　前理解（preunderstand）雖是詮釋學所提出，但是此處並不涉及「詮釋學循環」之哲學辨證，只單純指涉「理解」行為成立的當然要素。

第一節　政治環境的特性

甲、政治體制

　　兩漢承秦之後，秦帝國自始皇二十六年并天下，至子嬰三年出降，前後雖僅十五年，然總結先秦離析之局，開後世一統之制，就政治制度而言，中國歷史自此跨入全新局勢，將氏族社會長期積累加上周公依理想擘劃建立的封建體制解體，開創出往古未有的中央極權的專制政體。雖然秦始皇廢封建、行郡縣，銷鋒寢兵，修築馳道，統一度衡文字，政教上種種措施規模宏偉，可是戰國二百餘年，苦於兵革，民力已竭，而秦法益峻，「秦非不欲治也，然失之者，舉措太眾，而用刑太極故也。」〔註2〕由於「勞疲者不得休息，饑寒者不得衣食，亡罪而死刑者無所告訴。」〔註3〕自是群情騷憤，揭竿而起；繼陳勝、吳廣之後，六國後裔亦紛紛自立為王〔註4〕，最後劉邦逐得鹿鼎，建立漢帝國。

　　從客觀條件來說，封建制度早在春秋「禮壞樂崩」時即已崩潰，至於專制制度，雖然郡縣制的統治威望尚未建立，實施上有其障礙，但是專制皇帝的崇高權位，對於統治者而言無疑是充滿誘惑的，故而西漢初年採取封建與郡縣並軌制度，這期間現實形勢的考量與主位者的意志決策構成漢初的歷史相貌。

　　漢代政治體制的形成，從楚漢相爭即埋下伏筆；群雄爭霸中，劉

〔註2〕　陸賈《新語・無為第四》。
〔註3〕　賈山〈至言〉，見《漢書・賈山傳》。其他對秦代尚刑速亡的描述還有賈誼〈治安策〉：「秦王置天下於法令刑罰，德澤無一有，而怨毒盈於世，下憎惡之如仇讎。禍既及身，子孫誅絕，此天下之所共見也。」〈過秦中〉：「繁刑嚴誅，吏治深刻，賞罰不當，賦斂無度……自君卿以下，至於眾庶，人懷自危之心，親處危苦之實，咸不安其位，故易動也。」賈山〈至言〉：「賦斂重數，百姓任罷；赭衣半道，群盜滿山。」
〔註4〕　張耳、陳餘立趙歇為趙王，魏人周市立魏公子咎為王，燕人韓廣自立為燕王，齊王族田儋自立為齊王，張良立韓公子成為韓王，陳勝起先自立為楚王，陳勝死後項梁立楚懷王孫心為楚王。

邦集團與項羽及其他東方諸侯角逐天下，終於取得勝利，其原因之一據徐復觀先生認為是：「有功者輒裂地而封為王侯」〔註5〕，藉著滿足平民野心家的願望達成取得天下的階段性任務，這些異姓諸侯王在政權確立後即逐一翦滅。可是亡秦教訓顯示郡縣制度似乎尚未成熟，為了填補翦滅異姓諸侯而空出的政治虛脫地域，也為了宣示對秦朝的反動意義，劉邦大舉分封同姓諸侯，其目的在「鎮撫四海，承衛天子」〔註6〕，與「周封五等」的「親親之義，褒有德也」不可同日而語。

　　由於漢初的封建並不具理想本質，也沒有西周社會的宗族穩定條件，加上專制制度本身的排他性，帝王猜忌諸侯王威脅政權的潛在可能，因此從文、景到武帝，都不斷試圖削減諸侯權勢〔註7〕。到武帝之後，所謂的封建已名存實亡，諸侯王與富室無異！所以從制度上來看，高祖到武帝為一階段，封建與專制以一種緊繃的關係並存。在中央之外，地方仍存在某些集團與核心，這代表諸侯可以凝聚某種政治與學術力量，也就是學術（知識分子）有多核心發展的機會。

　　真正的大一統政權應從武帝算起，武帝以其個人強烈的意志將皇帝權力發揮得淋漓盡致，他透過種種制度性的改革：普設恩澤侯、降低諸侯王所屬官員俸祿、大量擴充與皇帝直接相關的職位與後宮、將軍事脫離宰相系統直屬皇帝，建立「御史中丞督司隸，司隸督司直，司直督刺史兩千石以下至墨綬」的完整督責體系、設「五

〔註5〕《史記》卷八〈高祖本紀〉。
〔註6〕《史記》卷十七〈漢興以來諸侯王年表〉。
〔註7〕例如「文帝採賈生之議，分齊趙；景帝用晁錯之計，削吳楚；武帝施主父之策，下推恩之令。」（《漢書》卷十四〈諸侯王表序〉）除實際削侯之外，更在官制及人事上削權：「景帝中五年，令諸侯王不得復治國，天子為置吏；改丞相曰相，……大夫、謁者、郎、諸官長丞，皆損其員。武帝改漢內史為京兆尹，中尉為執金吾，郎中令為光祿勳，諸王國如故。損其郎中令秩千石，改太僕曰僕，秩亦千石。」高祖時諸侯制同朝廷，文景開始將中央與諸侯的官名分開，凸顯兩者層級的差異，另一方面實際減薪，縮小其規模。甚至阻絕諸侯僚屬的仕途，所以王吉「戒子孫勿為王國吏」（《漢書》卷七二〈王吉傳〉）。

經博士」奠立官學系統、「舉賢良文學之士」將知識分子集中至朝廷，以及個別性的高壓措施：重用張湯等執法嚴苛之酷吏，藉謀反之名誅除淮南王劉安的文學集團〔註8〕，延攬所謂「天子賓客」，鼓勵他們以縱橫之術詰難、折服大臣〔註9〕……，諸如此類的作為終在武帝一朝完成專制政體，塑造出皇帝個人的絕對權威，也促成君臣關係的絕對化：「自秦用法家，嚴主上之威、固帝王之勢，以兼天下，遂開啓中國專制政權之傳統，秦祚不永，漢世踵隨，四百年之一統政權，終令一人專制之政體凝結鞏固，不復移易。而在專制政體下，君臣結束平行之師友關係，主上威勢騰駕於群臣之上，而凝定為必然之架構。」〔註10〕

東漢的制度大致上承襲西漢，但是實際官制權力的運作有些改變，「光武皇帝慍數世之失權，忿彊臣之竊命，矯枉過直，政不任下，雖置三公，事歸臺閣。自此以來，三公之職，備員而已。」〔註11〕原來的三公虛化為「坐而論道」的顧問，反而九卿中少府所轄的「尚書」，因為職掌文書奏議，得以親近皇帝而影響政策的制定。另外「中常侍」一職，西漢是顧問性質的編外頭銜，東漢則成為固定官職，由侍奉皇帝的宦官擔任，且其數量由明帝時四名增加到和帝時十名，因此雖然他們官階品級不如三公，其得自皇帝重用的權力卻形成真正的內閣。證明君主專制下，權力的強弱完全依賴於君權，而不是繫屬於客觀穩定的制度。

如果我們把這個體制下的君臣關係與戰國時期作一對比，可以明顯看出巨大的落差。秦始皇一統之前，政治情勢乃諸侯並據、霸主林

〔註8〕 「其明年（元狩元年），淮南、衡山、江都王謀反跡見，而公卿尋端治之，竟其黨與，而坐死者數萬人。」（《史記》卷三十〈平準書〉）

〔註9〕 「上令助等與大臣辯論，中外相應以義理之文，大臣數詘。」（《漢書》卷六十四〈嚴助傳〉。）

〔註10〕 曹淑娟先生《漢賦之寫物言志傳統》頁 101，臺北：文津出版社，民國76年。

〔註11〕 仲長統《昌言・法誡篇》。

立,卿士游於各國王侯之門,因列國激烈競爭,在爭霸的迫切要求下,縱橫之士、征伐之將多所發揮,「子胥死而吳亡,種、蠡存而越伯,五羖入而秦喜,樂毅出而燕懼」〔註12〕;一方面,君王需要種種知識與技能,臣民只要身懷才能,布衣可致卿相,如果不受本國國君賞識,何妨轉效他國,仍能運籌帷幄、決戰沙場,展露長才而晉爵厚祿;故而君臣間是互蒙其利的平行關係,「君驕士,曰士非我無從富貴;士驕君,曰君非士無從安存。」〔註13〕。在另一方面,企圖成就霸業的有為君主除武力之外,更需要「道」來支持其合法政權的思想基礎;因此以道自任的知識份子與政治權威形成「道統」與「政統」,也就是「道與勢」、「德與位」的抗衡,孟子說:

> 以位,則子君也,我臣也,何敢與君友也;以德,則子事
> 我者也,奚可以與我友?(《孟子·萬章下》)

可是這種「以道自任」的尊嚴感至漢代已蕩然無存。

秦漢政局統一之後,如前所言,皇帝藉由高壓、懷柔雙管齊下的手段凝塑出絕對權威,君臣相處模式漸趨於層級對立森嚴,因此西漢的知識分子對於君臣關係感觸格外深刻。桓寬《鹽鐵論·刺復第十》有段紀實:

> 文學曰:「……昔周公之相也,謙卑而不鄰,以勞天下之士,是以俊乂滿朝,賢智充門。孔子無爵位,以布衣從才士七十有餘人,皆諸侯卿相之人也。況處三公之尊以養天下之士哉?今以公卿之上位,爵祿之美,而不能致士,則未有進賢之道。堯之舉舜也,賓而妻之。桓公舉管仲也,賓而師之。以天子而妻匹夫,可謂親賢矣;以諸侯而師匹夫,可謂敬賓矣。是以賢者從之若流,歸之不疑。今當世在位者既無燕昭之下士,鹿鳴之樂賢,而行臧文、子椒之意,蔽賢妒能,自高其智,皆人之才;足己而不問,卑士而不

〔註12〕 揚雄〈解嘲〉。
〔註13〕 桓譚〈陳時政疏〉引「孫叔敖對楚莊王」語,見《後漢書·桓譚傳》,又見《新序》。

—19—

友：以位尚賢，以祿驕士，而求士之用，亦難矣！」大夫
繆然不言，蓋賢良長歎息焉。

徐復觀先生對此有精闢見解：

> 西漢與先秦相去不遠。先秦諸子百家，在七雄並立中的自
> 由活動，即在自由活動中所強調的人生、社會、政治的各
> 種理想，與漢代所繼承、所鞏固的大一統的一人專制政治
> 的情形，極容易引起鮮明地對照。例如在《戰國策・齊策》
> 「齊宣王見顏斶曰斶前，斶亦曰王前」的一個故事中，顏
> 斶竟說出「生王之頭，曾不若死士之壠」的話，而使齊王
> 「願請受為弟子」。這雖是比較極端的一例，但當時王與士
> 的距離比較近，是可以想見的。進入到大一統的一人專制
> 以後的的情形，便完全改變了。漢文帝時賈山〈至言〉中
> 謂「雷霆之所擊，無不催折者。萬鈞之所壓，無不靡滅者。
> 今人主之威，非特雷霆也。勢重非特萬鈞也。」這與戰國
> 時，士對人君的覺感，可以說是天壤懸隔。〔註14〕

曹淑娟老師也提到：

> 戰國之時君主禮賢成風，魏文侯之於子夏、田子方、段干
> 木，魯繆公之於子思、泄柳，齊宣王之於稷下學士，尊重
> 其不治而議論之表現，安頓以不臣之位，師友事之，凡此
> 可見戰國時君臣之際，從容多姿，並不嚴刻範限於上下從
> 屬之關係。……在士人適當努力中，道尊於勢仍是可以締
> 創之局面。而在專制政體下，君臣結束平行之師友關係，
> 主上威勢騰駕於群臣之上，而凝定為必然之架構，……士
> 人之一切努力，已先寫定必然受制於勢之命運，則主上威
> 勢便對士人心靈具有相當摧抑之力。〔註15〕

由於秦始皇和李斯創造了專制體制，漢武帝又憑藉成熟的客觀情
勢並運作諸多制度性的行政措施來推動集權，奠定了穩定的體制架

〔註14〕 徐復觀先生《兩漢思想史》卷一，頁 282，臺北：臺灣學生書局，
　　　　民國 82 年，七版三刷。

〔註15〕 曹淑娟先生《漢賦之寫物言志傳統》頁 101。

構，進而形成大一統時代的風氣與共識，承繼的君主可輕易維持此種體制，是以終兩漢之世，此種專制體制成為政治環境之基調。唯獨新莽與東漢交替間曾有一段四方兵起的爭霸情勢，故馬援曾有「當今之世，非獨君擇臣也，臣亦擇君矣！」的豪語，但是此種擇君乃是預測誰能底定江山的賭注，非長久之計，所以主要衡量是選擇投靠對象的勢力，而不是很純粹或天真地考慮哪個領袖可以讓我實踐理想；其次在兩漢四百年間的統一形勢中，這段時期過於短暫，並未見其影響力。

　　至於王莽所建立之新朝，其篡位前後所變革者，只是依《周禮》增損官職或改變名稱，如「遣大司徒司直陳崇等八人分行天下，覽觀風俗。」〔註16〕這種形式上的變化並不會影響整個中央集權的體制，甚至每一次的權力交替轉換，都會促使新的掌權者為鞏固自身權力而進行一次重整〔註17〕，也就再一次強化束緊集權的統治力量。

　　值得注意的是，在政治體制中，「君權」與「君王」是不同的概念，君權不一定由君王本人行使，因此君權固然是絕對的、高高在上的，可是世襲皇位的君主未必有聰明才智與魄力緊緊控制整個朝廷的政務，此時環繞在君權左右的人物便可能代行其權。像是皇帝年紀過輕而大權旁落到權臣、外戚或宦官之手的情況，在兩漢屢見不鮮。可是他們仍然是借用皇帝的名義頒詔，雖然皇帝本人沒有發揮實際政治影響，但是這個帝王位置的象徵意義卻是政策命令的合法基礎，一切權力由他授與，君權仍是整個王朝運作的根基。因此即使西漢的昭、哀、平，東漢的和、殤、安、少、順、沖、質、桓、靈、獻帝俱年少登基，先後由皇太后（代表外戚力量）、宦官把持政權，仕人所直接面對的不是皇帝個人的情緒威勢，可是在君權的名義下，實際行使權力者同樣掌控進黜用廢乃至生殺之權，依然是專制體制的權力結構。

〔註16〕《漢書》卷九十九〈王莽傳〉。
〔註17〕像王莽初進權力核心，「州牧、二千石及茂材吏初除奏事者，輒引入至近屬對安漢公，考故官、問新職，以知其稱否。」（《漢書》卷九十九〈王莽傳〉）這種勤政態度其實是在測試檢驗及落實施展自身權力。

乙、律令案例

　　除了政治體制，我們還可以從實際的法律條文或案件判例中了解漢代的君臣關係。「君臣以義合」是君主體制中的理想境界，彼此以共同理念聚合，適切地尊重對方；然而在君主專制的政治實體中，法律卻是保障君權、壓抑臣下之最佳公器〔註18〕，君臣關係限定在不平等的律令中，高祖十二年有一詔書：「……吾於天下賢士功臣，可謂亡負矣。其有不義背天子擅起兵者，與天下共伐誅之。」〔註19〕此後兩漢因起兵謀反而見戮者，幾乎代有其人，其中眞正發兵者不多，僅以「計猶未決」的謀反意圖而見疑遭誅者反在多數。尤其具有王室血統、可能威脅政權的諸侯，更是君主猜忌的高危險群，雖然武帝之後，諸侯王政治、經濟、武力上的勢力已式微，可是如同徐復觀先生所言：

> 於是猜防的重點轉向到諸王的賓客上面，尤其是轉向到有學術意義的賓客上面。而能招致才智及在學術上有所成就之士的諸侯王，必其本身也相當地才智，在學術上也有相當地修養；而其生活行爲，也多奮發向上，可以承受名譽。這更觸犯了專制者的大忌。換言之，專制皇帝，只允許有腐敗墮落的諸侯王，而絕不允許有奮發向上的諸侯王。〔註20〕

由於猜忌廣延賓客的諸侯王，「謀反」罪名成爲誅除此種勢力的最佳手段，因爲謀反是重罪，可以連帶將相關者一併法辦，而且不需要精確的證據。歷來引起爭議的淮南王安謀反一案，其決獄過程即依據「意圖形同叛亂」而連誅數千人：

> 春秋曰：「臣毋將，將而誅。」安罪重於將，謀反形已定。……

〔註18〕 法律的精神原本是爲團體生活制定共同遵守的規則，保障社會秩序、個人生命財產的不被破壞，它具有必要性與強制力，適用對象含括所有生活在該團體中的人。可是君主專制體制中，君王本身明顯享有法律特權，法律的產生也由君王制定，導致「皇帝之所欲即爲萬民之法律」；而且法律精神中維持社會秩序安定的意義，轉化爲政權的穩固，因此成爲君王排除異己的合理依據。

〔註19〕 《漢書》卷一〈高帝本紀〉。

〔註20〕 徐復觀先生《兩漢思想史》卷一，頁181至182。

論國吏二百石以上及比者，宗室近幸臣不在法中者，不能相教，皆當免，削爵為士伍，毋得官為吏。其非吏，它贖死金二斤八兩，以章安之罪，使天下明知臣子之道，毋敢復有邪僻背畔之意。〔註21〕

這分明是政治迫害，在事件當時「吏因捕太子、王后，圍王宮，盡捕王賓客在國中者，索得反具以聞，上下公卿治，所連引與淮南王謀反列侯、二千石、豪傑數千人，皆以罪輕重受誅。」〔註22〕輕度關連者皆立刻伏法，其後又為殺雞儆猴的示警目的將無法羅致罪名者亦下令不得為官吏。

東漢光武之世，此種政治悲劇再度上演，「時禁網尚疏，諸王皆在京師，競修名譽，爭禮四方賓客。」〔註23〕當諸王賓客引起皇帝不悅時，制定法令成為初步動作：建武二十四年「詔有司申明舊制阿附藩王法」，表達對於賓客阿附諸侯王的防制態度。在《後漢書‧光武帝紀》記載：「（建武二十八年）夏六月丁卯，沛太后郭氏薨，因詔郡縣捕王侯賓客，坐死者數千人。」為什麼郭后之死會引發數千人的誅死事件呢？光武廢郭后改立陰后之後，郭后即跟其子沛獻王劉輔同住，「輔矜嚴有法度，好經書，善說京氏易、孝經、論語傳及圖讖，作《五經論》，時號之曰『沛王通論』。在國謹節，終始如一，稱為賢王。」〔註24〕如前所言，一個負盛名的諸侯王是不受專制君主歡迎的，於是必然尋思機會挫其羽翼。劉鯉的事件成為導火線，「壽光侯劉鯉，更始子也，得幸於輔。鯉怨劉盆子害其父，因輔結客，報殺盆子兄故式侯恭，輔坐繫詔獄，三日乃得出。自是後，諸王賓客多坐刑罰，各循法度。」〔註25〕劉鯉本身就是政治敏感人物，他是更始皇帝劉玄之子，更始殺光武劉秀之兄劉縯，而劉秀復

〔註21〕《漢書》卷四十四〈淮南王傳〉。
〔註22〕同上。
〔註23〕《後漢書》卷四十二〈光武十王列傳〉。
〔註24〕同上。
〔註25〕同上。

由其手奪取政權，當年的恩怨嫌隙在心〔註26〕，故藉此機會一舉清理宿讎及滅賢王威風。這一事件在當年或許念及郭后，只將沛獻王下獄三日，可是郭后一死，便開始清算諸王賓客，此事在《後漢書卷二十四‧馬援傳》有比較清楚的交代，「及郭后薨，有上書者，以爲肅等受誅之家，客因事生亂，慮致貫高、任章之變。帝怒，乃下郡縣收捕諸王賓客，更相牽引，死者以千數。」所謂「貫高、任章之變」是西漢之事，據《後漢書》注曰：「張敖爲趙王，其相貫高。高祖不禮趙王，高恥之，置人壁中，欲害高祖。又任章父宣，霍氏女婿，坐謀反誅。宣帝祠昭帝廟，章乃玄服夜入廟，待帝至，欲爲逆。發覺，伏誅。」〔註27〕因爲皇帝誅殺了不少冤者，害怕其親友暗殺，所以「更相牽引」，導致數千名無辜者死於非命。而這些無辜者大多是受過教育，懷才負智的賓客，漢代知識分子的生殺大權就如此輕率地操控於帝王之喜怒！是以朝野人人自危，曾在左馮翊、光祿勳任上政績良好的張湛爲辭官可謂不擇手段：「及郭后廢，因稱疾不朝。……後大司徒戴涉被誅，帝彊起湛以代之。湛至朝堂，遺失溲便，因自陳疾篤，不能復任朝事，遂罷之。」〔註28〕

又如楚王英之事，光武皇帝共十一子〔註29〕，楚王劉英爲許美人所生，《後漢書‧光武十王列傳》：

> 自顯宗爲太子時，英常獨歸附太子，太子特親愛之。……
> 英少好游俠，交通賓客，晚節更喜黃老，學爲浮屠齋戒祭

〔註26〕 事見《後漢書》卷十一〈劉玄劉盆子傳〉、卷十四〈宗室四王三侯列傳〉。

〔註27〕 此依據〔唐〕章懷太子李賢等的注本，二事詳見《漢書》卷三二〈張耳陳餘傳〉，卷六八〈霍光金日磾傳〉。

〔註28〕 《後漢書》卷二十七〈宣張二王杜郭吳承鄭趙列傳〉。

〔註29〕 郭皇后生東海恭王彊、沛獻王輔、濟南安王康、阜陵質王延、中山簡王焉，陰皇后生顯宗（即東漢明帝劉莊）、東平憲王蒼、廣陵思王荊、臨淮懷公衡、琅邪孝王京，加上許美人所生的楚王英。原本立東海恭王彊爲太子，建武十七年廢郭后改立陰后，將諸子由公進爵爲王，十九年改立顯宗。

祀。……十三年，男子燕廣告英與漁陽王平、顏忠等造作
圖書，有逆謀，事下案驗。有司奏英招聚姦猾，造作圖讖，
擅相官秩，置諸侯王公將軍二千石，大逆不道，請誅之。
帝以親親不忍，乃廢英。……明年，英至丹陽，自殺。……
於是封燕廣為折姦侯。楚獄遂至累年，其辭語相連，自京
師親戚諸侯州郡豪傑及考案吏，阿附相陷，坐死徙者以千
數。

當時黃老方士、浮屠以宗教兼學術流行於世，「作金龜玉鶴，刻文字
以為符瑞」在讖緯盛行的兩漢也只是平常之事，有人藉此告楚王謀
反，明帝身為太子時對楚王「特親愛之」，一旦當上皇帝，對謀反問
題便特別在意，從寫史者角度認為「帝以親親不忍」只廢未誅表現寬
厚之風，事實上這些罪名皆誣妄之辭，這個案件背後的政治意義遠大
於案件本身，所以重點不在楚王英身上，而是在楚王自殺之後，藉此
名義剷除當初因功封賞的中興二十八將的王侯勢力，《後漢書·馬武
傳》：「子檀嗣，坐兄伯濟與楚王英黨顏忠謀反，國除。」又〈劉植傳〉：
「子述嗣，永平十五年，坐與楚王英謀反，國除。」在位者為排除異
己，不惜千方百計尋找藉口，其牽連之廣：「楚獄遂至累年，其辭語
相連，自京師親戚諸侯州郡豪傑及考案吏，阿附相陷，坐死徙者以千
數。」〔註30〕殘酷苛毒簡直不忍卒睹。

　　士人跟隨諸侯王必須冒著隨時被集體誅連的危險，並不意味身在
朝廷就較幸運，直接面對君主的壓力同樣沈重，在皇帝的好惡主宰
下，任何或輕或重或莫須有的過錯都可能致命，例如僅是態度驕慢即
視同背叛而處以刑責，「驕逸悖理，與背畔無異，臣子之惡，莫大於
是」〔註31〕。此在君臣關係中所造成的實際影響，即是士人心中無時
不在的竦懼戒慎，本身的才能學識或當下的受寵賞識，都不足以保證
明日的平安順遂，例如「賈誼以才逐，鼂錯以智死」〔註32〕，「劉向

〔註30〕《後漢書》卷四二〈光武十王列傳〉。
〔註31〕《漢書》卷五九〈張湯傳〉，薛宣、翟方進彈劾張放的奏言。
〔註32〕桓譚〈陳時政疏〉，見《後漢書》卷二八上〈桓譚馮衍列傳〉。

二度下獄，歆以事自殺，班固下獄死，彼等皆曾校理群書，宦途清順，而終觸帝網，履至危之域」〔註33〕。

　　就在朝爲臣的知識分子而言，言談議論、策問奏疏即其職務，卻也常是其獲罪的途徑。儒家向來重視「諫諍」，《孝經·諫諍》：「昔者天子有爭臣七人，雖無道，不失其天下。」又云：「故當不義，則子不可以不爭於父，臣不可以不爭於君。」因此「君主聽諫聞過，臣子有犯無隱」原是理想的君臣關係，可是忠言逆耳，眞正能察納雅言的君王恐不多見，倘遇肆意甌欲之君，如始皇、二世，則有具體法令「誹謗律」與「妖言令」以懲處臣下，並貽毒後世：

　　　誹謗律和妖言令是秦律所有，而爲蕭何定律時所保留，至於秦時對誹謗和妖言的認定，賈誼〈治安策〉：「忠諫者謂之誹謗，深計者謂之妖言。」路德舒〈尚德緩刑疏〉：「正言者謂之誹謗，過過者謂之妖言。」因此何種言論是「誹謗」或「妖言」，可以憑君主主觀好惡來決定，所以這兩種法令具有壓制輿論、杜絕群臣諍言的作用。〔註34〕

誹謗律與妖言令並非嚴刑峻法的秦代所獨有，終兩漢之世，此二者始終潛出暗沒，「高后、文帝皆有除誹謗、訞言之令，而哀帝時又除誹謗法，章帝、安帝諸紀所載，復有坐訞言者，魏志崔琰傳注引魏略：『太祖以爲琰腹誹心謗，乃收付獄，髡刑輸徒。』是此法終漢世未盡除也。」〔註35〕不僅「誹謗律」與「妖言令」未徹底廢除〔註36〕，尚有「誣罔」、「罔上」等律令，至重可判腰斬，而此等罪名皆可憑君主主觀意志入罪，因此這個諫爭限度的壓力也就持續存在於兩漢知識分

〔註33〕 曹淑娟先生《漢賦之寫物言志傳統》頁107。

〔註34〕 節錄自李偉泰先生《漢初學術及王充論衡述論稿》頁65、73及129。

〔註35〕 程樹德《九朝律考》卷一。

〔註36〕 僅宣帝一朝，即陸續有溫水侯安國「坐上書爲妖言，會赦，免」，張壽王「誹謗益甚，竟以下吏」，夏侯勝「非議詔書不道，下獄」，蓋寬饒「怨謗不改，下吏自剄」，嚴延年「怨望非謗政治不道，棄市」，楊惲「妄怨望，稱引爲訞惡言，詔免爲庶人」。又如元帝時，京房及張博兄弟三人誹謗棄市。

子身上。

　　而且兩漢的執法相當嚴厲，據班固《漢書・刑法志》，文帝時「外有輕刑之名，內實殺人。斬右止者又當死。斬左止者笞五百，當劓者笞三百，率多死。」武帝時「其後姦滑巧法，轉相比況，禁網浸密。律令凡三百五十九章，大辟四百九條，千八百八十二事，死罪決事比萬三千四百七十二事。文書盈於几閣，典者不能遍睹。是以郡國承用者，或罪同而論異。姦吏因緣爲市，所欲活則傅生議，所欲陷則予死比，議者咸冤傷之。」成帝時曾想改善律令煩苛之弊，然「有司無仲山將明之才，不能因時廣宣主恩，建立明制，爲一代之法，而徒鉤摭微細，毛舉數事，以塞詔而已。是以大議不立，遂以至今。」〔註37〕

　　再觀察史書中兩漢君王對待士人的態度，更能明瞭當時政治情勢下的君臣面相。劉邦以一孤微平民而得天下，史稱「沛公不好儒，諸客冠儒冠來者，沛公輒解其冠，溲溺其中；與人言，常大罵，未可以儒生說也。」〔註38〕又載「叔孫通儒服，漢王憎之；迺變其服，服短衣、楚製，漢王喜。」〔註39〕可知高祖之爲人乃一介武夫，對儒生不稍體恤；之後的皇帝也是自恃權位，輕視儒生的德政理想，如昭宣時期經學鼎盛，「爲相者皆一時大儒」〔註40〕，然宣帝卻明白地說：「漢家自有制度，本以霸王道雜之，奈何純任德教，用周政乎！且俗儒不達時宜，好是古非今，使人眩於名實，不知所守，何足委任！」〔註41〕

　　總而言之，不論從政治體制，律令、執法，以及諸多案例中，都可以認識到兩漢政治環境對於擔任臣子者，是充滿壓迫危機的艱鉅處境。

〔註37〕　本段三則引文皆出《漢書・刑法志》。
〔註38〕　《史記・酈生傳》。
〔註39〕　《史記・叔孫通傳》。
〔註40〕　《漢書・儒林傳》。
〔註41〕　《漢書・元帝紀》。

第二節　知識份子的定位

　　上一節我們就客觀情勢與政治層面觀察兩漢時代表相，亦即偏重於君王的舉措表現；本節將從主體感受與學術發展作反向思考，觀照作爲「漢代楚辭學」批評主體的知識份子們如何看待這個時代？以及如何爲自身定位？他們關心哪些問題？

　　「知識份子」基本上是一個現代用語，意義相當於西方「Intellectuel」〔註42〕，但是它所指涉的意義內涵則存在已久，清末之前的「讀書人」、「士大夫」、「士子」、「文人」、「儒生」到現代「知識份子」等詞語幾乎是重疊在同樣一群人身上，只是不同辭彙強調的重點不一〔註43〕，之所以選擇「知識份子」一詞是因爲在學術領域中，這個辭彙已存在相當深刻的反省，例如海耶克（F. A. Hayek）把知識分子看作是自由、良知和批判的整合人格（integrative personality），熊彼特（J. Schumpter）和亞隆（R. Aron）則強調知識分子的批判態度等等。朱言明先生在〈論知識分子的基本性格〉一文中提出七點：批判反省的工夫，有爲有守的有閒階級，高風亮節之風骨，實事求是的求眞精神，濟世救人的情懷，沈潛深厚的憂患意識，以及對歷史使

〔註42〕 這是一般公認的翻譯，intellectual 同時指智力、理智等，具體討論如葉啓政先生認爲知識分子一詞源於 intelligentsia 與 intellectual（詳見徐復觀等著《知識分子與中國》頁 24，臺北：時報，民國 74 年）。另外，陳秉璋先生則認爲中國人所謂的知識分子意義相當於 intellectual，但是在社會科學領域中，更接近 Elite（社會菁英），不過社會菁英的定義強調階層性，意即形成權力階級才具影響性，這一點是否符合知識分子特性仍有爭議，因此筆者並不贊同將「知識分子」視爲 Elite（社會菁英）這個辭意。（陳秉璋〈政治權力結構之基礎理論與知識份子在社會變遷中所扮演的角色〉，《政大社會學報》頁 1，民國 73 年 9 月。）

〔註43〕 其實這幾個詞語常常可以混用，並不具排他性。這裡標立「知識份子」的考量是一個擁有豐富學識的儒生可能是援經希寵之徒，而一個文人又似乎只偏重了文學創作的才華；由於漢代對「楚辭」進行詮釋者包含研究經學的儒生及專擅辭賦的文學家，因此下面行文若有特定所指時也會使用這兩個辭彙。

命感的執著〔註44〕。所以我們可以很清楚地看出來，知識分子不只是承載知識的個體或是學有專長的專業人士而已，他對社會的批判精神、具有改善人類社會的主觀意願是很重要的。

因此使用「知識份子」這個概念所蘊含的意義在於強調漢代楚辭學的讀者、批評者是特屬於知識階層，而且對於時代、歷史、政治、社會以及自身的存在、生命的意義等問題有自覺體認者。雖然其中有不容忽略的個別差異，彼此的氣度格局廣狹不同，可是在共同的時代場景下，其用世之志、價值自許到文學表現的確展現相當的共相。而以「知識份子」的角度觀照「漢代楚辭學」的表現，更能突顯文學批評之外，思想交會於文學所迸發豐富而深刻的生命深度。

以下就從「士」的形成談起，然後說明兩漢知識分子的基本士風，以及他們對於時代——尤其是君臣關係的態度。

甲、先秦——「士」的自覺

在孔子之前的「士」只是「有職之人」〔註45〕，並沒有批評時政的精神自覺，直到孔子提出：

> 士志於道，而恥惡衣惡食者，未足與議也。(《論語‧里仁》)
> 士不可以不弘毅，任重而道遠。仁以為己任，不亦重乎？
> 死而後已，不亦遠乎？(《論語‧泰伯》)

肯定「士」是「道」的承擔者，於是士人心靈超越個人職事與生活限制，而以整個文化秩序為關懷對象，也就是現代所謂的「知識份子」，但是「士」階層仍實際生活於封建秩序的社會中，於是他與政治權威

〔註44〕《中華文化復興月刊》第二十一卷第十二期（總二四九期），頁 26 至 28，民國 77 年 12 月。

〔註45〕許慎《說文》：「士，事也。」吳承仕先生說明：「士，古以稱男子，事為耕作也。人生莫大於食，事莫重於耕，故宙物地中之事引伸為一切之事也。」楊樹達先生補充說：「士字甲骨文作丄，一象地，丨象苗插入地中之形。」（吳、楊之說俱見《積微居小學述林》，北京：中國社會科學院，1954 年。）

的關係便相當微妙，余英時先生說：

> 何以在君主與知識分子之間會發生這種師、友、臣的等級
> 劃分？其中最重要的原因之一是「道」需要具備某種架構
> 以與「勢」相抗衡。道統是沒有組織的，「道」的尊嚴完
> 全要靠它的承擔者——士——本身來彰顯。……在理論
> 上，知識分子與君主之間的結合只能建立在「道」的共同
> 基礎上面。所以孔子說：「天下有道則見，無道則隱。」(《論
> 語‧泰伯》) ……中國的「道」自始即是懸在空中，以道
> 自任的知識分子只有盡量守住個人的人格尊嚴才能抗禮
> 王侯。〔註46〕

雖然中國知識份子理想的實踐與否主控於政治權威，可是屈從於權威
就失去其理想意義了，因此知識份子必須堅持著理想人格，為承擔
「道」的使命盡最大的努力。

孟子更是積極堅持在入仕問題上的尊嚴表現，他們不是官僚系統
的臣下，而是以「道」批評指導時政者，因此君王必須以恭謹的態度
禮遇，並且實際聽其建言：

> 陳子問：「古之君子何如則仕？」孟子曰：「所就三，所去
> 三。迎之致敬以有禮，言將行其言也，則就之；禮貌未衰，
> 言弗行也，則去之。其次，雖未行其言也，迎之致敬以有
> 禮，則就之；禮貌衰，則去之。其下，朝不食，夕不食，
> 飢餓不能出門戶，君聞之曰：『吾大者不能行其道，又不能
> 從其言也，使飢餓於我土地，吾恥之。』周之，亦可受也，
> 免死而已矣。」(《孟子‧告子》)

雖然士人有「議論」傳統自周代已然，如《左傳‧襄公十四年》「士
傳言」〔註47〕《孟子》「處士橫議」，子產處理「鄭人游于鄉校，以論

〔註46〕 余英時《士與中國文化》頁 101 至 102，上海：上海人民出版社，
1987 年。
文中「中國的道懸在空中」指的是相對於西方上帝的尊嚴可以通過
教會制度來樹立。

〔註47〕 師曠對晉侯曰：「自王以下各有父兄子弟以補察其政。史為書，瞽為
詩，工誦箴諫，大夫規誨，士傳言，庶人謗，商旅于市，百工獻藝。」

執政」之例更是孔子稱道的模範〔註48〕；但是「把知識分子和批評完
全等同起來，並由官方正式加以承認，則始於稷下」〔註49〕，其依據
在：

> 宣王喜文學游說之士，自如騶衍、淳于髡、田駢、接予、
> 慎到、環淵之徒七十六人，皆賜列第，爲上大夫，不治而
> 議論。是以齊稷下學士復盛，且數百千人。（《史記・田敬仲
> 完世家》）

「不治而議論」表示實際上稷下之士不任官職，只單純批評國事，因
此和前一節討論政治制度有一點很大不同的是，君王「禮賢重道」的
動機不爲富強，而另有原因。在那段時期，幾個重要國家如齊、秦、
魏、趙、燕等都有統一天下的雄圖，在國防武力、經濟富強的實力之
外，也需要發展文教與精神層次的思想力量作基礎。例如騶衍的「五
德終始」就是一種以天道爲政權興衰作解釋的學說，但是當時「政統」
與「道統」都未定於一，所以不但各國君主爭禮不同學派的領袖，諸
子百家也莫不競售其「道」以期獲得正統地位。

　　宏觀地來說，先秦經典、諸子中，對君權、君臣關係、入仕等問
題的觀點，存在著學派以及歷時演變兩個變化因素，在學派上，儒、
道皆是站在人民立場談政治，希冀藉由君臣相對性的努力達成和諧的
政治理想，其中又以儒家中庸之道近於人情，故影響力特大〔註50〕；
可是法家卻從實際面考量，認可君臣間不平等的權力關係，建立一套
利於統治者的技術來強化整個政治系統的運作。換言之，儒、法分執

〔註48〕　《左傳・襄公三十一年》：鄭人游于鄉校，以論執政。然明謂子產曰：
　　　　「毀鄉校如何？」子產曰：「何爲？夫人朝夕退而游焉，以議執政之
　　　　善否？其所善者，吾則行之；其所惡者，吾則改之，是吾師也。若
　　　　之何毀之？我聞忠善以損怨，不聞作威以防怨，豈不遽止？然猶防
　　　　川，大決所犯，傷人必多，吾不克救也，不如小決使道，不如吾聞
　　　　而藥之也。」然明曰：「蔑也！今而後知吾子之信可事也。小人實不
　　　　才，若果行此，其鄭國實賴之，豈唯二三臣？」仲尼聞是語也，曰：
　　　　「以是觀之，人謂子產不仁，吾不信也。」
〔註49〕　余英時先生《士與中國文化》，頁105。
〔註50〕　徐復觀先生《兩漢思想史》卷三，頁190。

「尊道」及「尊君」兩大主流,孔、孟關注士人君子的心志德行,主張用捨行藏以道爲據,韓非等人卻從富國強兵的立場,嚴明君臣分際,撻伐博辯抗主之士。而在歷時演變上,則有君臣關係逐漸「制度化」的趨勢,愈近戰國末年,愈強調君臣尊卑的倫理;例如《春秋》義法中有所謂「一字褒貶」,君臣無道同受譴責,對不君之君亦不迴護〔註51〕,彰顯君臣合理對等的倫常觀念。《左傳》中更有一段具體意見:

> 社稷無常奉,君臣無常位,自古以然。故詩曰:「高岸爲谷,
> 深谷爲陵。」三后之姓,於今爲庶,王所知也。在易卦,
> 雷乘乾曰大壯,天之道也。(《左傳・昭公三十二年》)

這是趙簡子(趙鞅)就「君(魯昭公)死於外,而莫之或罪(季氏)」之事請教史墨,史墨所說的一段話,他引《詩》和《易》來說明君臣間沒有恆常不變的絕對關係,君無道或失權則終淪於臣。這種「君臣無常位」的說法在世襲政權中是難被當政者允許的,所以較晚出現的《禮記》〔註52〕,觀念已截然相反:

> 天尊地卑,君臣定矣;卑高已陳,貴賤位矣。(《禮記・樂記》)

把君臣間的流動性固定下來,並予以尊卑貴賤的價值判斷,已經不認同「君臣無常位」或君臣平行對等的觀念。

乙、西漢——雄心壯志與束縛感

西漢是自春秋分裂到楚漢相爭數百年戰亂後眞正長治久安的統一,置身於這樣歷史環境的知識分子其實是充滿雄心壯志的時代使命感,他們希冀建立垂名青史的功業,不管是制度上的百年大計、外交上的開疆拓土或學術上的一家之言;可是實際政治環境、君臣倫理的

〔註51〕 例如《春秋》隱公四年:「衛人殺州吁於濮。」僖公七年:「鄭殺其大夫申侯。」稱人稱國僅一字之差,含義卻有很大區別,前者表衛國人皆認爲州吁該殺,後者則是鄭國國君個人殺了申侯,所殺非罪,故少了一「人」字即意在貶責鄭君不君。

〔註52〕 《禮記》一書雖爲儒家經典,但現在學者多認爲其內容實摻雜有儒家以外之諸子思想。

摧折卻又使得他們懷念戰國「爲君師友」的理想模範，因此西漢知識分子大體上是在這兩種情懷下提出個別的學說來批判及致力改善他們所處環境。

例如西漢初年，賈誼即頗具遠見地針對正朔禮制及中央與地方的勢力角逐提出其思辨與建言：

> 誼以爲漢興二十餘年，天下和洽，宜當改正朔、易服色制度、定官名、興禮樂。乃草具其儀法，色上黃，數用五，爲官名悉更，奏之。（《漢書・賈誼傳》）

> 欲天下之治安，莫若眾建諸侯而少其力；力少則易使以義，國小則亡邪心，令海內之勢如身之使臂，臂之使指，莫不制從。諸侯之君不敢有異心，輻湊並進而歸命天子，雖在細民，且知其安，故天下咸知陛下之明。（同上）

對於正朔服色的建言，文帝以謙讓態度婉辭而未採納；至於避免諸侯勢力擴張，鼂錯、枚乘等人也都加入這個論題〔註53〕，後來的演變證實賈誼等人的先見之明，亦證明當時知識分子對時代不僅有敏銳的感受，而且積極地思考未來路向與方針。

前文提到高祖到武帝期間，封建與專制並存，中央爲最大的權力核心，但是地方諸侯仍可以凝聚某種政治與學術力量，因此知識分子也以游士的姿態作客於朝廷與諸侯王間〔註54〕。承繼先秦縱橫餘風，此時的知識分子對於君臣關係仍保有相對精神：

> 是故君不能賞無功之臣，臣亦不能死無德〔註55〕之君。（《淮南子・主術》）

〔註53〕　見《漢書》卷四九〈爰盎鼂錯傳〉及卷五一〈賈鄒枚路傳〉。

〔註54〕　「漢興，諸侯王皆自治民聘賢，吳王濞招致四方游士，陽與吳嚴忌、枚乘等俱仕吳，皆以文辯著名。」（《漢書》卷五一〈鄒陽傳〉）
　　　　「相如以貲爲郎，事孝景帝，爲武騎常侍，非其好也。會景帝不好辭賦，是時梁孝王來朝，從游說之士齊人鄒陽、淮陰枚乘、吳嚴忌夫子之徒，相如見而說之，因病免，客游梁，得與諸侯游士居。」（《漢書》卷五七〈司馬相如傳〉）

〔註55〕　此「德」並非指德行，而是指主上對臣的尊重、賞識，有恩澤、情份的意味。

故君之於臣也,能死生之,不能使爲苟簡易;父之於子也,
能發起之,不能使無憂尋。故義勝君,仁勝父,則君尊而
臣忠,父慈而子孝。(《淮南子‧繆稱》)

到了漢武帝,雖然表面上「獨尊儒術」,實際上的政治環境卻是以「法
家」意識在運作,而且武帝善於以臣子相互制衡〔註56〕,將所有臣子
控制在其個人至高權力下,君臣間的上下位階已不可動搖,因此早期
「爲君師友」的理論不復流行,反而興起「陰陽災異」之說,將君臣
關係納入一套完整的陰陽學說之中。既然「道」缺乏足夠力量來指導
君王施政方向,只好在「君權」之上加一「天意」,限制君權的無限
擴張,如同皮錫瑞《經學歷史》所云:

當時儒者以爲人主至尊,無所畏憚,借天象以示儆,庶使
其君有失德者猶知恐懼修省。此春秋以元統天,以天統君
之意,亦易神道設教之旨。漢儒藉此以匡正其主。(《經學極
盛時代》)

董仲舒《春秋繁露》是爲代表:

受命之君,天意之所予也,故號爲天子者,宜視天爲父,
事天以孝道也。(《春秋繁露‧深察名號第三十五》)

春秋之法:以人隨君,以君隨天。……故屈民而伸君,屈
君而伸天,春秋之大義也。(《春秋繁露‧玉杯第二》)

災異以見天意,天意有欲也,有不欲也;所欲、所不欲者,
人內以自省,宜有懲於心,外以觀其事,宜有驗於國,故
見天意者之於災異也。(《春秋繁露‧必仁且智第三十五》)

董仲舒思想乃天人合一之架構,人之形體情性副於天數,倫理政治亦
然,君乃天命所授,衍伸出「人從君,君從天」這般邏輯,天無言語,
故以災異顯示其好惡。其實陰陽之說自《易》即兆其始,五行生剋也
在戰國末年鄒衍就已提出,但是直到董氏《春秋繁露》才架構出完整

〔註56〕 例如他重用公孫弘,卻又以朱買臣詘之,讓文學與大夫兩股勢力相
互制衡;重用張湯等酷吏來挫抑諸大臣,後又責湯至令自殺。藉此
鞏固絕對上下從屬的君臣倫理。

體系，將三綱倫理結合陰陽天地的比喻系統，也就是「君爲陽，臣爲陰」、「天爲君而覆露之，地爲臣而持載之」等等的傳統說法，賦予「德刑」善惡的價值判斷，「貴陽而賤陰也」〔註57〕。雖然他的立意在勸君王重德不重刑，可是其相對效應卻是認同「君尊臣卑」的觀念，「將先秦儒家相對性的倫理關係，轉變爲絕對性」〔註58〕，「爲人主者，居至德之位，操殺生之勢，以變化民。民之從主也，如草木之應四時也。」〔註59〕雖然平心而論，此套理論難逃擴張君權的幫兇之嫌，不過這是知識分子相應於新的情勢環境而提出的妥協方案，其可行性及影響力皆不容小覷。自此之後陰陽災異在兩漢哲學中蔚爲主流，諸多臣子相繼以災異現象的詮釋試圖影響君主決策，將仁德理想結合陰陽學說以爭取落實的機會。

　　雖然武帝始設五經博士，可是並未重用儒生，是到昭、宣時期，經學才蓬勃發展，位居高官者皆通曉經術之大儒，《漢書・儒林傳》有言：

> 蓋漢武一朝，其先多用文學浮夸士，其後則言財利峻刑酷法者當事，儒生惟公孫弘、兒寬而已。自昭宣以下，而漢廷公卿，一異於昔。……蓋自宣帝以下，儒者漸當路，至於元、成、哀三朝，爲相者皆一時大儒。其不通經術爲相者，如薛宣，以經術淺見輕，卒策免；朱博以武吏得犯自殺。蓋非經術士，即不得安其高位。

昭、宣、元、成之世，在政治情勢上並無重大變化，但在學術上倒是發展出經學鼎盛的路向。可是由政治力量獎掖學術，往往爲學術發展增加許多外力變因，例如師法、家法的繁複嚴格，經學史已詳論源流，可是放在時代脈絡下，我們難以輕忽其與政治的微妙關係；例如今古

〔註57〕　《春秋繁露・陽尊陰卑第四十三》。
　　　　　戰國中期以後，以《易傳》爲中心的陰陽思想，雖然亦有「君臣—陽陰」的類比，但是〈繫傳〉：「一陰一陽之謂道」，陰陽各爲天道一面，無貶陰崇陽之意。
〔註58〕　徐復觀先生《兩漢思想史》卷二，頁376。
〔註59〕　《春秋繁露・威德所生第七十九》。

文問題牽涉在位者對特定勢力的好惡,「三家皆列於學官,又有毛公之學,自謂子夏所傳,而河間獻王好之,未得立」〔註60〕;而儒生之間為專擅利祿又經常互相排擠,像是家法章句的爭議論戰,除單純學術真理的各持己見外,恐怕鄙儒鞏固權勢的私心方是主因。持平而論,兩漢經學具有「利祿之徑」的性質,所以師法、家法、章句興繁現象不能等同於儒生的進取或知識分子的昂越,然部份學者對於經學「經世致用」理念的堅持亦不能因此抹煞。

元、成之時,災異頻仍,皇帝不僅在形式上下詔罪己,還會賑濟孤苦、省刑罰、假貸農畝予無田者,或是增爵賜祿、詔舉茂材等〔註61〕,另一方面,臣子們亦強調災異乃上天示儆,劉向即數度以頻繁災異為亂事徵兆,上書請皇帝黜遠外戚:

> 夫乘權藉勢之人,子弟鱗集於朝,羽翼陰附者眾,輻湊於前,毀譽將必用,以終乖離之咎。是以日月無光,雪霜夏隕,海水沸出,陵谷易處,列星失行,皆怨氣之所致也。……初元以來六年矣,案《春秋》六年之中,災異未有稠如今者也。夫有《春秋》之異,無孔子之救,猶不能解紛,況甚於《春秋》乎?〔註62〕

> 漢興訖竟寧,孝景帝尤數,率三歲一月而一食。臣向前數言日當食,今連三年比食,自建始以來,二十歲間而八食,率二歲六月而一發,古今罕有。異有小大希稠,占有舒疾緩急,而聖人所以斷疑也。《易》曰:「觀乎天文,以察時變。」……觀孔子之言,考暴秦之異,天命信可畏也。〔註63〕

〔註60〕 《漢書・藝文志》。此乃徐復觀先生之推測,因為武帝之前並無今古文對立之爭,何以立今文而棄古文,可能為河間獻王蒐集所得多屬古文,又特為毛詩及左氏傳立博士,基於武帝打壓諸侯王的作風,古文經學遂為當時之大諱。詳參徐氏《兩漢思想史》卷一,頁188。

〔註61〕 見《漢書》卷九〈元帝紀〉。

〔註62〕 見《漢書》卷三六〈楚元王傳〉。元帝初即位,劉向與太傅蕭望之、少傅周堪、侍中金敞四人同心輔政,然外戚許、史在位放縱,而中書宦官弘恭、石顯弄權,劉向勇抗讒邪,數度上書直言。

〔註63〕 同上,成帝即位,王氏倚太后而專權,劉向又多度上書,亦見《漢

只可惜元、成魄力不足，劉向雖忠直卻壯志難酬。

　　在以災異推論人事的陰陽五行學說中，時常引用五經，尤其是《尚書》、《春秋》、《易》及孔子言行爲理論依據，如劉向上書引《易》曰：「觀乎天文，以察時變。」〔註64〕以及經師藉《尚書·洪範》的「五事」〔註65〕提出可能的災異等等。換言之，陰陽五行與經學「經世致用」的理念是一致的，兩漢經學家拿三百篇當諫書、以《春秋》決獄的情況眾所皆知；其中作爲知識分子對改善環境的努力意義是值得肯定的。

丙、東漢——士族政治與節義自許

　　西漢士風整體而言，保留了游士縱橫的霸氣，個人好於馳才逞智，期許英雄主義式的立業揚名。東漢卻是截然不同的風格，對於東漢的士風，顧炎武極力推許：

> 漢自孝武表彰六經之後，師儒雖盛而大義未明，故新莽居攝，頌德獻符者遍於天下。光武有鑒於此，故尊崇節義，敦厲名實，所舉用者莫非經明行脩之人，而風俗爲之一變。至其末造，朝政昏濁，國事日非，而黨錮之流、獨行之輩依仁蹈義，捨命不渝，風雨如晦，雞鳴不已；三代以下，風俗之美，無尚於東京者。（《日知錄》卷十七）

東漢士風素以淳美儒雅見稱，士人對操守名節的重視幾已到有違常情

〔註64〕 同上。據班固所載：「劉向晝誦書傳，夜觀星宿，或不寐達旦。」（〈楚元王傳〉）這段《易經》引文見其上成帝書，原文出現於〈賁卦·象辭〉。

〔註65〕 《尚書·洪範》：「五事：一曰貌，二曰言，三曰視，四曰聽，五曰思。貌曰恭，言曰從，視曰明，聽曰聰，思曰睿；恭作肅，從作義，明作哲，聰作謀，睿作聖。」《漢書·五行志》載：傳曰：「貌之不恭，是謂不肅。厥咎狂，厥罰恒雨，厥極惡。時則有服妖，時則有龜孽，時則有雞禍，時則有下體生上之痾，時則有青眚青祥，唯金沴水。」經師們由一句「貌之不恭」來詮釋發揮，衍生出種種五行相關的可能災異，此茲舉一家之說，實則各家對這一句還有不同解說，詳見《漢書·五行志》。

的地步〔註66〕，不論忠、孝、廉、義種種德性，俱是躬身自礪、修絜自勉，且隱逸成風，儒生多不仕者；可是形成儒生氣象轉換的原因，是否只因光武「表彰六經、尊崇節義」如此單純？以下筆者試著爬梳其脈絡。

這要從王莽新政的影響談起，王莽之世，吏民群起歌功頌德，奔競之風促使光武褒獎氣節以矯弊俗，這一點前引顧炎武之文已經提到。但另外值得注意的是，王莽以儒者身分當國，大儒劉歆等人循經典古制助其改革，起明堂、辟雍，爲學者築舍萬區，行周禮、置王田、禁買賣奴婢……可是這些從儒家經典推導出來的改制政策雖然宏偉卻不切實際，而王莽的失敗「使儒家部份高遠的理想受到徹底打擊，禪讓便成了篡奪的同義語，王田與國營事業成爲暴政的象徵」〔註67〕，原先標誌著儒家理想主義的巔峰，現在卻成了浮誇虛僞的政治鬧劇，這使得東漢儒生積極政治作爲的熱誠難以激昂，他們不再天眞地嚮往宏闊外放的功業。

而在政治的技術層面，隨著經學取士，士人數量激增，士族逐漸奠定深厚的社會基礎，到了東漢，已經是士大夫、儒生所組成的繁複官僚政府，各個儒者官宦所分得的政治責任大幅減縮，整個仕宦體系跟價值觀念都異於西漢。東漢既是以選舉孝廉，徵召屬吏爲仕進的制度，久居二千石以上的世家，自然就擁有眾多的對他負有報恩義務的「門生」、「故吏」，而成爲一種強大的政治力量了；他們又多擁有「名儒」或「世傳家學」的聲名，有的更是通過薦舉和徵辟名儒的辦法，把當時新出現的「名儒」、「名士」羅致於自己的從屬之下，同時把持了儒術這個進入仕路的必要的工具，逐漸成爲壟斷做官權力和操縱統治階級內部輿論的一種強大的力量。甚者成爲外戚，利用幼主虛位來

〔註66〕 張蓓蓓《東漢士風及其轉變》有詳述，《台大文史叢刊》七十一，民國74年。

〔註67〕 姚秀彥〈從黨錮、獨行諸傳看漢代儒術流變〉，《漢代文學與思想學術研討會論文集》頁291，臺北：文史哲出版社，民國80年。

干預朝政。

在舉薦制度中，荐主對被荐的人要負責任，如薦舉非實，或者被荐人犯罪，荐主往往連坐，因此薦舉者與被薦舉者，徵召者與被徵召者就發生了一種政治上的從屬關係，如果被薦舉者、被徵召者反對荐主、徵主，或者脫離與荐主、徵主的聯繫，或者不報恩償德，那就要被視爲忘恩負義，在官僚集團中失去信任，難以生存下去。可是成爲一個集團就有集團勢力的利益鬥爭，個人的政治理念往往置於次要地位，某些不願受制於世官名儒各個官僚集團的游離份子，於是堅持在野隱逸。不過這樣的清流士人雖然不仕，並非潛隱自修、與世隔絕，仍然與聞人事，希企有爲。基於知識份子對「道」的承擔，他們積極評議國事，范曄即形容：

　　　　漢自中世以下，閹豎擅恣，俗遂以遁身矯絜放言爲高。〔註68〕

東漢中葉梁冀敗後，世官名儒集團的許多人由於依附梁冀，遭到連坐，免官失職，而宦官子弟、親故則奪得了不少的重要官位，行徑驕恣、逞其凶暴者所在多有。於是反對過梁冀或未附梁冀的一些人──這就是當時所謂的「清流」，以嫉惡如仇的姿態專找宦官子弟及其枝附們的貪贓枉法行爲進行懲治。〔註69〕尤其和帝之後，外戚、宦官僭奪權柄，凶恣貪殘，脩德絜行的士人自不能坐視，念念要激濁揚清，如張綱所言：「穢惡滿朝，不能奮身出命掃國家之難，雖生吾不願也！」〔註70〕是以諸儒群起抨擊、奮不顧身，奈何宦官羅致以「欲圖社稷」之罪名，造成桓、靈兩次黨錮之禍，將忠直之士殘害殆盡。

在學術層面，劉秀乃太學生出身，崇尚經術，明、章甚至自坐講經，因此東漢講學授經風氣邁越西漢，朝野學者門下動輒千人，而且

〔註68〕《後漢書》卷六二〈荀韓鍾陳列傳・論〉。
〔註69〕曾廷偉《兩漢社會經濟發展史初探》頁 272 至 274，北京：中國社會科學出版社，1989 年。
〔註70〕《後漢書》卷五六〈張王種陳列傳〉。

西漢原已分歧繁雜的今文家法加上逐漸受到重視的古文經傳，致使東漢章句更顯龐雜瑣碎，經師們競於矜奇炫博，故如皮錫瑞所言「凡是有見爲極盛，實則盛極而衰象見者」〔註71〕，有志之士鑑於拘固駁雜之弊，開始自省而求突破，有的博覽群經、兼通今古，不以一經一家一師爲滿足，如鄭玄；有的則鄙棄章句，直體聖人大義，如桓譚、梁鴻、班固、王充等〔註72〕。他們在思想上所關注的課題，也由天人宇宙轉爲疾虛妄、性命論等務實與個人道德層面。

經歷了西漢二百年穩固的「君尊臣卑」倫理之後，東漢士人對於君臣之道，不若西漢雜揉諸子、縱橫的猶疑，亦不復抱持師友理想的掙扎，而是轉以道德色彩更高的忠直自許：

> 人臣之義，以忠正爲高，以伏節爲賢。〔註73〕

> 蓋忠臣殺身以解君怒，孝子殞命以寧親怨，故大舜不避塗廩浚井之難，申生不辭姬氏讒邪之謗。〔註74〕

相較於西漢「臣亦不能死無德之君」，可謂相去千里；東漢君臣凜於名分，一片儒者氣象，不期於功名，而以修身爲要：

> 夫君子非不欲仕也，恥夸毗以求舉；非不欲室也，惡登牆而摟處。叫呼衒鬻，縣旌自表，非隨和之寶也；暴智耀世，因以干祿，非仲尼之道也。游不論黨，苟以徇己，汗血競時，利合而友，子笑我之沈滯，吾亦病子屑屑而不已也。先人有則而我弗虧，行有枉徑而我弗隨，臧否在子，唯世所議。（崔駰〈達旨〉）

> 君子不患位之不尊，而患德之不崇；不恥祿之不夥，而恥智之不博。是故藝可學而行可力也，天爵高懸，得之在命。（張衡〈應閒〉）

儒家「學而優則仕」的理想在東漢並未例外，因此知識分子們不反對

〔註71〕《經學歷史》卷四，〈經學極盛時代〉，臺北：河洛圖書出版社，民國63年。

〔註72〕見《後漢書》卷二八上、八三、四十上、四九。

〔註73〕王逸《楚辭章句‧離騷序》。

〔註74〕寇榮上書所言，見《後漢書》卷十六〈鄧寇列傳〉。

出仕進爵，只是認為自身德性若崇絜，主官君上自當虛位以待，若汲汲爭取就等而下之了；比較武帝即位初「四方士多上書言得失，自衒鬻者以千數」〔註75〕那種勇於自薦的風格是相當不同的。因為關注焦點由外在事功轉向內在修德，即使受到不合理的待遇也傾向反省自我的德性是否無虧，包括是否合乎忠義、諫諍、廉潔等等。因此對於君臣遇合的問題，東漢儒生首先考慮自己學識德性是否足堪出仕，對方是否有足夠誠意，仕隱間的名節問題等等，以致「徵辟不就」者屢見不鮮；入仕之後，也常認為環境污濁復又隱遁而去。東漢隱逸風氣極盛，逸民刻意表現「孤高絕俗」的風格，強調自身名行，它承繼戰國「不臣天子，不友諸侯」的傳統，如周黨見光武帝「伏而不謁」，王霸「稱名不稱臣」，嚴光之不臣光武更是千古美談；又如井丹「性清高，未嘗脩刺候人」，梁鴻「不肯低頭就人」〔註76〕，這些人顯示的態度，具有荀子「志意修則驕富貴，道義重則輕王公」的自負。范曄為這些人作傳，分析：「自後帝德稍衰，邪嬖當朝，處子耿介，羞與卿相等列，至乃抗憤而不顧，多失其中行焉。」〔註77〕總而言之，從士族政治、宦官亂政、隱逸風氣、經學自省到崇尚氣節，一個一個的時代環節將東漢士風推向一種儒雅而個人化的氣象，終於導致魏晉名士的出現。

第三節　文學觀念的變遷

先秦時期「文學」是趨近經術、包羅文化學術的籠統概念，魏晉南北朝則是文學自覺的高度發展，作家論、創作論、鑑賞論、文體論等各種文學觀念相繼成形，居中的兩漢實為文學觀念由混沌趨向明晰的過渡階段。由於漢代經學鼎盛，成為全面性的價值思考範則，影響

〔註75〕《漢書》卷六五，〈東方朔傳〉。
〔註76〕以上詳見《後漢書‧逸民列傳》。
〔註77〕《後漢書‧逸民列傳序》。

所及，詩辭賦的批評普遍存在「美刺諷諫」觀念。今之學者或以「漢儒扭曲文學作品、附會教化目的」來評價這段時期，事實上，這是拿現代的「文學」觀念作衡量標準。而且長達四百年的前後兩漢，其文學觀念並非隻言片語所能概括，乃歷經幾番轉折。這期間文學觀念的變化相當程度地決定了漢儒對「楚辭」的詮釋，因此本文有必要於此先敘述先秦至整個兩漢的文學觀念演進的歷史脈絡。

甲、「文學」名實

「文學」一詞首見於《論語·先進》：「子曰：『從我於陳、蔡者，皆不及門也。德行：顏淵、閔子騫、冉伯牛、仲弓；言語：宰我、子貢；政事：冉有、季路；文學：子游、子夏。』」皇侃《論語集解義疏》注之曰：「文學，指博學古文。」意即知識豐富，對古代典籍遺文有相當瞭解；我們可以進一步從子游、子夏的專長、形象來掌握「文學」一詞指涉內容。據《論語》所載，子夏是以嫻熟古籍、好學認眞在孔門弟子中別樹一格，尤其對《詩》的了解是受孔子肯定的〔註78〕，子游則是致力將所學知識落實到政務與生活上〔註79〕，故「文學」與

〔註78〕 《論語·八佾》：「子夏問曰：『巧笑倩兮，美目盼兮，素以爲絢兮，何謂也？』子曰：『繪事後素。』曰：『禮後乎？』子曰：『起予者商也！始可與言詩已矣。』」
　　　　另有一則也顯示子夏的學問。《論語·顏淵》：「樊遲問仁。子曰：『愛人。』問知。子曰：『知人。』樊遲未達。子曰：『舉直錯諸枉，能使枉者直。』樊遲退見子夏曰：『鄉也，吾見於夫子而問知，子曰「舉直錯諸枉，能使枉者直。」何謂也？』子夏曰：『富哉言乎！舜有天下選於眾，舉皋陶，不仁者遠矣；湯有天下選於眾，舉伊尹，不仁者遠矣。』」
　　　　《論語·子張》更記載多則子夏語錄，如：「日知其所無，月無忘其所能，可謂好學也已矣。」「博學而篤志，切問而近思，仁在其中矣！」「仕而優則學，學而優則仕。」都與學習知識相關，因此子夏在孔門中以學術爲其風格應是肯定的。
〔註79〕 《論語·雍也》：「子游爲武城宰，子曰：『女得人焉耳乎？』曰：『有澹臺滅明者，行不由徑，非公事未嘗至偃之室也。』」
　　　　《論語·陽貨》：「子之武城聞弦歌之聲。夫子莞爾而笑曰：『割雞焉用牛刀？』子游對曰：『昔者偃聞諸夫子曰，君子學道則愛人，小

「德行、言語、政事」相對而言，其所偏重乃知識、學術；至於子夏傳《詩》以及子游弦歌教化是否代表孔子之時所謂「文學」和詩歌特有淵源，也就是和後來狹義的文學扣合，這一點由於資料不足，還不能妄下定論。

之後諸子述及「文學」一詞者漸多，如：

今之人，化師法、積文學、道禮義者，爲君子。（《荀子·性惡》）

今天下君子之爲文學，出言談也。（《墨子·非命下》）

主有令，而民以文學非之；官府有法，民以私行矯之。人主顧漸其法令，而尊學者之智行，此世之所以多文學也。（《韓非子·問辯》）

《荀子》所謂的「文學」和《論語》接近，代表需要認眞學習，而可以飽滿涵養、端正身行的古籍知識；《墨子》和《韓非子》則對「文學」持負面態度，認爲那是詭辭厥辯，引古人之說以爲智，實則有損公利法度的推行。兩派褒貶雖有不同，實質所指皆爲熟悉古籍，並據此向君上進言者，所以「文學」的早期意義大約與「學術」相近，或指懂得學術的知識分子，尤其《韓非子》那段「民以文學非之」顯出「勢」與「道」的抗衡，「文學」正是「道」的依據。

秦漢之際，「文學」詞義約略承襲先秦觀點，故秦始皇焚書、坑儒兩件事都以「文學」爲對象〔註80〕，而且嫻熟文學者與方術之士並舉〔註81〕，這段期間，「文學」泛指龐雜的學術，地位與價值也不那

<hr/>

人學道則易使。』子曰：『二三子，偃之言是也。前言戲之耳。』」

〔註80〕如《史記·李斯傳》：「臣請諸有文學詩書百家語者，蠲除去之。」《史記·封禪書》：「諸儒生疾秦焚詩書，誅僇文學。」《漢書·郊祀志》：「誅滅文學。」《漢書·路溫舒傳》：「秦之時羞文學。」《漢書·董仲舒傳》：「秦重禁文學。」這些語境中，「文學」代表的是內容包括六藝與諸子百家的學術、知識。

另外秦代文學的詞義也與官立博士相關，《史記·叔孫通傳》：「秦時以文學徵，待詔博士。」

〔註81〕《史記·始皇本紀》：「『悉召文學方術士甚眾，欲以興太平；』」……

麼受肯定〔註82〕。及至漢武帝罷黜百家、獨尊儒術,廣招文學賢良之
士,「文學」一詞雖仍指學術,但是內容已經由雜揉百家方術狹縮爲
專指儒家五經,「文學」也就幾乎成爲「經學」。試觀《史記》所言「文
學」:

> 上鄉儒術,招賢良,趙綰、王臧等以文學爲公卿。……其
> 明年,上徵文學之士公孫弘等。(〈孝武本紀〉)
>
> 夫齊、魯之間於文學,自古以來,其天性也。故漢興,然
> 後諸儒始得修其經藝,講習大射鄉飲之禮。(〈儒林傳〉)
>
> 是時上方鄉文學,湯決大獄,欲傳古義,乃請博士弟子治
> 《尚書》、《春秋》補廷尉史,亭疑法。……是以湯雖文深
> 意忌不專平,然得此聲譽,而刻深吏多爲爪牙用者,依於
> 文學之士。(〈張湯傳〉)

趙綰、王臧、公孫弘都是經學家,「以『文學』爲公卿」也就是憑藉
著熟習五經六藝而擔任公卿等要職;至於齊、魯間(嫻)於經學以及
武帝獎掖儒術乃是眾所皆知。因此前三則所引「文學」一語,義近於
「經術」是毋庸置疑的,其義承先秦「文學-學術」而來。然《史記》
所言「文學」者,有兩種意思,另外一種意思則和官名或身分資格有
關。公孫弘向武帝上書:

> 古者政教未洽,不備其禮,請因舊官而興焉。爲博士官置
> 弟子五十人,復其身。太常〔註83〕擇民年十八以上,儀狀
> 端正者,補博士弟子。郡國縣道邑有好文學、敬長上、肅
> 政教、順鄉里、出入不悖所聞者,令相長丞上屬所二千石,
> 二千石謹察可者,當與計偕,詣太常,得受業如弟子。一
> 歲皆輒試,能通一藝以上,補文學掌故缺。其高第可以爲
> 郎中者,太常籍奏。即有秀才異等,輒以名聞。其不事學

皆坑之咸陽。」

〔註82〕 〈絳侯周勃世家〉:「勃不好文學,每召諸生、說士,東鄉坐而責之,
趣爲我語,其椎少文如此。」

〔註83〕 「太常」原稱奉常,景帝六年改名,掌宗廟禮儀,博士亦屬其掌理,
故負責拔選博士弟子。

若下材，及不能通一藝，輒罷之，而請諸不稱者罰。……
治禮次治掌故，以文學禮義爲官，遷留滯。請選擇其秩比
二百石以上，及吏百石通一藝以上，補左右內史、大行卒
史，比百石以下，補郡太守卒史：皆各二人，邊郡一人。
先用誦多者，若不足，乃擇掌故補中二千石屬，文學掌故
補郡屬，備員。（〈儒林傳〉）

這裡非常詳細地規範出學習經學者的出路及升遷制度，研讀文學六藝
成爲西漢讀書人標準的仕宦軌道，也有「文學掌故」〔註84〕一職以置
專精「文學」者。關於「文學」之職方面，我們在《漢書》可以看得
更清楚，昭帝曾詔曰：「其令三輔、太常舉賢良各二人，郡國文學高
第各一人，賜中二千石以下至吏民爵各有差。」（《漢書·昭帝紀》）
從此郡文學在西漢固定下來，它近乎一種任用資格，取得之後到政府
機構中擔任職務，可升至公卿等官位。

由「文學」仕宦爲吏的情形，亦即其政治社會地位的改變，可以
觀察出「文學」觀念與辭義間的滑動。西漢時鼂錯、汲黯、董仲舒、
公孫弘、嚴助、東方朔等人皆以「舉賢良文學」的機會得受武帝賞識
重用〔註85〕。待昭帝下詔郡舉文學之後，西漢中期至王莽，「郡文學」
乃是一般士子入仕從政的第一步，路溫舒、梅福、雋不疑、韓延壽、
蓋寬饒、諸葛豐、鄭崇、匡衡、張禹、翟方進、崔篆等人皆少爲郡文
學〔註86〕。可是到了東漢，常見的儒生典型乃是「薦舉孝廉而徵辟不
就」，除了「建初中，肅宗博召文學之士」〔註87〕之外，章帝之後幾
乎不再「舉文學之士」，縱有「舉明經」，其地位亦遠不如「舉孝廉」，

〔註84〕 《漢書儒林傳》記載，平帝時王莽秉政「歲課甲科四十人爲郎中，
乙科二十人爲太子舍人，丙科四十人補文學掌故。」但是之前已有
郎中、太子舍人等職稱，所以「文學掌故」可能在王莽之前就有，
另外朝錯是「以文學爲太常掌故」，其官階較高。
〔註85〕 見《漢書》卷四九、五十、五六、五八、六四、六五。
〔註86〕 見《漢書》卷五一、六七、七一、七六、七七、八一、八四，崔篆
見《後漢書》卷五二〈崔駰傳〉。
〔註87〕 《後漢書》卷八十〈文苑傳〉。

文學官職也變成「文學掾」，是低階附屬的辦事吏員〔註88〕，秩不過百石。

比較《史記》、《漢書》到《後漢書》中「文學」一詞的出現頻率，三部份量相去不遠的史書，《史記》出現四十三次，《漢書》八十二次，《後漢書》卻僅二十三次。以《史記》作為一部通史，紀錄漢代史事只佔部份的情況來衡量，尚且有四十三次，《後漢書》使用這個辭彙的次數卻幾乎只有它的半數；單純的數字只能提示部份意義，再審視這些辭彙的文意脈絡、使用情形，誠如上一段所述，《史記》、《漢書》中「文學」人士的重要性遠勝《後漢書》，明顯看出指涉「熟讀經義」這樣內涵的「文學」一詞在沒落當中。問題是經學本身並沒有沒落，「東漢經學的盛況不但未衰，且更有過於西漢」〔註89〕。那麼，答案應當是大家所認識的「文」在轉變當中了。

同樣這三部史書中，另外一個值得注意的詞是「文章」。它在先秦六經諸子中，最常以「黼黻文章」的詞組出現，指衣裳繪繡的紋采，因此衍伸出禮儀規矩和美麗娛目者兩個方向的意思。《史記》、《漢書》中出現的「文章」一詞多半是這兩種語境〔註90〕，例如「制度文章」

〔註88〕 文學掾除各郡有「郡文學掾」之外，中央某些單位亦有編制，據《後漢書‧百官志》注解，編有文學的有：衛尉（掌宮門衛士）、廷尉（掌平獄）、太僕（掌車馬）、大鴻臚（掌諸侯、郡國、蠻夷來朝之郊廟行禮）、大司農（掌錢穀貨幣）、執金吾（掌宮外戒司），其中只有大鴻臚掌管禮儀與經藝略有關係，餘皆脫離了西漢之前「文學」的本意，且東漢文學秩不過百石，職責、薪俸、地位皆與西漢文學不可同日而語。

〔註89〕 張蓓蓓《東漢士風及其轉變》頁40。而且皮錫瑞稱東漢為「經學極盛時代」，見其《經學歷史》卷四。

〔註90〕 以《史記》為例，共出現七次「文章」這個辭彙，其中「夫子之文章，可得而聞也。」有「夫子之文，章」的歧解，故排除；餘六次兩則是〈禮書〉的「黼黻文章」「刻鏤文章」，取文章圖案本意；兩則是〈樂書〉的「制度文章」跟〈李斯傳〉「度量文章」，取禮儀規矩之意；另兩則〈三王世家〉和〈儒林傳〉的「文章爾雅」，似與文質彬彬之意接近。

《漢書》則出現二十一次，跟《史記》相似的用法不再贅述，另有

「文章五色」，但是在《漢書》中開始有「優美的文字篇章」這樣近似現代「文章」意義的用法出現：「文章則司馬遷、相如」（〈公孫弘卜式兒寬傳〉）「後有王褒、嚴遵、揚雄之徒，文章冠天下。」（〈地理志〉）「聊因筆墨之成文章……其意欲求文章成名於後世。」（〈揚雄傳〉）到了《後漢書》，這個意義的「文章」一詞就大量出現，而且桓譚、應瑒、崔瑗、馬融、延篤以及〈文苑傳〉中的人物都是「以文章顯」，而所謂的文章包含詩、賦、頌、銘、箴、誄、弔、書、論、雜文……等種種文類，舉凡文字「創作」皆包含在內，所以經傳章句等注釋性文字是排除在外的，這已經非常相近於現代漢語所使用的「文章」意義。

其次，《史記》《漢書》皆只立〈儒林傳〉，到《後漢書》始於〈儒林傳〉外別立〈文苑傳〉，將能文者與經學家區分為不同性質的兩類人物，足見在《漢書》成書之前的西漢及東漢初期，文學觀念仍籠罩於先秦餘蔭；學術的實用意義居領導地位，先秦對於「文學」本質與功用的認知是：

> 誦詩三百，授之以政，不達，使於四方，不能專對，雖多，亦奚以為？（《論語·子路》）

> 小子，何莫學乎詩？詩，可以興，可以觀，可以群，可以怨；邇之事父，遠之事君；多識於鳥獸草木之名。（《論語·季氏》）

「文字創作」並未取得獨立的價值定位，因此「文學」仍與「通經致用」密不可分，然而長時間以來，一方面創作上不斷實驗出華麗雕琢的文章美感，另一方面觀念理論也在衝擊中慢慢演變，因此東漢期間，「優美文字創作」的存在逐漸受到注目與肯定，雖然其中仍有爭辯與質疑，如王充說：

> 文豈徒調墨弄筆為美麗之觀哉？載人之行、傳人之名也。

〈郊祀志〉「孝武之世，文章為盛」〈藝文志〉「燔滅文章，以愚黔首」的句例與「文學」約略相等。

> 善人願載，思勉爲善；邪人惡載，力自禁裁。然則文人之
> 筆勸善懲惡也。(《論衡》卷二十)

他的否定其實正顯示「調墨弄筆爲美麗之觀」的文學現象已然存在，且這個觀念已被某些人接受，才有否定的必要；而且文學語言的雕琢修飾本就是文學理論中的問題之一，由此可知，不帶實用目的、不爲學術性質而講究美感的獨立「文學」概念在東漢已逐步形成共識，而諸如此類的文學觀念變遷乃是漢代批評意識關鍵之一。

乙、經學系統

　　基於初期文學觀念乃附於經術的朦朧，以及經學研究同樣作爲一種批評的位置，而且是幾近批評典範的特殊位置，兩漢鼎盛經學促成的思考模式，對於漢代楚辭學，必然發生深刻的影響，因此擬對兩漢經學所涉及的文學價值觀念進行瞭解。

　　「經學」之所以名爲經學，乃取六藝足爲天地之常經也，原初即蘊含「通經致用」的理想目的，漢儒們也確實將經學的精神落實於關注社會、政治等層面〔註91〕，皮錫瑞《經學歷史》云：

> 武、宣之間，經學大昌，家數未分，純正不雜，故其學極
> 精而有用。以〈禹貢〉治河，以〈洪範〉察變，以《春秋》
> 決獄，以三百五篇當諫書，治一經得一經之益也。當時之
> 書，惜多散失。傳於今者，惟伏生《尚書大傳》，多存古禮，
> 與〈王制〉相出入，解《書》義爲最古；董子《春秋繁露》，
> 發明《公羊》三科九旨，且深於天人性命之學；韓詩僅存
> 《外傳》，推演詩人之旨，足以證明古義。學者先讀三書，
> 深思其旨，乃知漢學所以有用者在精而不在博，將欲通經

〔註91〕　如陸賈《新語》：「定五經、明六藝，承天統地，窮本察微，原情立
　　　　本，以緒人倫……以匡衰亂。」將經典歸意於「緒人倫」，穩定漢初
　　　　的社會秩序。又如《鹽鐵論》中爭辯鹽鐵公賣這種社會經濟的問題，
　　　　大夫與賢良文學皆引經據典支持己方意見。一來證明經學除了王道
　　　　德政的抽象爲政之道以外，亦深入社會人倫、經濟等層面；二來顯
　　　　示經學據有一種思想指導、理論依據的力量或地位。

　　致用，先求大義微言。〔註92〕

兩漢的經學思想，一種是發揮於經典的詮釋上，以傳注箋疏、訓詁章
句等，分析闡釋五經中聖人的微言大義；如《春秋繁露》發明《公羊》
三科九旨、《韓詩外傳》推演詩人之旨，《尚書大傳》更是明白主張：
「孔子曰：『六誓可以觀義，五誥可以觀仁，〈甫刑〉可以觀誡，〈洪
範〉可以觀度，〈禹貢〉可以觀事，〈皋陶謨〉可以觀治，〈堯典〉可
以觀美。』」

　　另一種則是表現於奏議，徐復觀先生說：

　　賈山《至言》、董仲舒《天人三策》之後，宣、元、成、
　　哀各代的經學意義，是通過他們的奏議而表現出來的。沒
　　有經學，便不能出現這些擲地有聲的奏議。雖然其中多緣
　　災異以立言，但若稍稍落實地去了解，則災異只是外衣，
　　外衣裡的現實政治社會的利弊是非，才是他們奏議中的實
　　質。他們對於現實政治社會的利弊是非，能觀察得這樣眞
　　切，能陳述得這樣著明，是出於他們平日與人民爲一體之
　　仁，及判斷明決、行爲果斷之義。這正是由經學塑造而來。
　　所以兩漢經學，除死守章句的小儒外，乃是由竹帛進入到
　　他們的生命，再由生命展現爲奏議，展現爲名節的經學。
　　〔註93〕

儒生以知識份子的情懷，將經學中的字字句句體會成王德聖政、良俗
教化，然後念茲在茲地期許明主能遵王道、行仁政，所以奏議中的援
經立論，乃至因災異獻策，實際上是自孔子以來一種知識分子不帶私
念、崇絜理想的投注，這種經學並非空洞的文字堆砌，而是眞實生命、
理想超越的努力，「通經致用」在兩漢也絕不只是迂腐的〈禹貢〉治
河、《春秋》決獄，而是知識分子願意以歷史智慧來改善現實缺失的
認眞與莊嚴。

〔註92〕皮錫瑞《經學歷史》頁 89。
〔註93〕徐復觀先生《中國經學史的基礎》頁 224，臺北：臺灣學生書局，
　　　　民國 79 年。

　　在漢儒的五經詮釋中，「詩學」是特別值得一提的。因爲《詩》
乃六藝中文學性質最強烈者，它以「文學的內容、經學的地位」在兩
漢形成奇特的思考方向，一般概括成「美刺諷諫」的詩教概念。關於
漢代詩學「美刺、比興、詩言志」等等問題，前人論述不勝枚舉，闡
述已詳，不煩贅複，以下僅就筆者對舊有詮釋尚有疑義的若干觀念提
出討論。

　　〈詩大序〉在漢代詩論中佔有舉足輕重的地位，其對於詩歌發生
的詮釋：「詩者，志之所之也。在心爲志，發言爲詩；……手之舞之、
足之蹈之也。」更是中國文學理論發展史上的重要里程碑，因爲先秦
不管實際賦詩斷章的應用，或是孔子「誦詩三百，授之以政」及「興
觀群怨」〔註 94〕的初步文學理論，都著重於詩歌功用，〈詩大序〉第
一次承認詩歌的藝術特徵，將文學理論的討論範疇擴展到作品發生那
一點，而不只是面對既有作品的處理態度；自是意義非凡。可是它也
未反對或忽略後面這個問題，所以承接這段文字之後的仍是充斥政教
色彩、諷喻教化觀念的詩歌功用說：

> 故正得失，動天地，感鬼神，莫近於詩。先王以是經夫婦、
> 成孝敬、厚人倫、美教化、移風俗。（〈詩大序〉）

然而劉若愚先生認爲〈詩大序〉一文前後矛盾：「情動於中而形於言」
等句是宣稱表現理論——「詩是感情的自然表現」，可是到了「故正
得失……移風俗」卻轉移到實用理論，有顯著不合理的推論〔註 95〕。
筆者以爲此種說法應再斟酌商榷，因爲「情」在漢儒的理解、定位恐
怕跟現代有段距離。關於「情」的定義，《荀子・正名篇》曾說過：「性
者，天之就；情者，性之質也。……性之好惡喜怒哀樂謂之情。」肯
定「情」是「性」的本質，對情的內容也說得很清楚，於是「情、性」
自此連結在一起。《禮記・樂記》進一步闡釋「情」的發生：「夫民有

〔註94〕分見《論語・子路》及《論語・季氏》。
〔註95〕詳見劉若愚著，杜國清譯《中國文學理論》頁 136 至 141，頁 248
　　　　以及頁 256 至 259，臺北：聯經出版事業公司，民國 82 年。

血氣心知之性，而無哀樂喜怒之常，應感起物而動，然後心術形焉。」
這說明人以其性「感物而動」然後生情，也就是「接觸外物而引生內
在感覺經驗」〔註96〕，這跟「情動於中而形於言」同樣都在文學理論
的層次上爲文學的發生作出極其生動的描述。

　　但是「情性」的性質爲何？在漢代是否指涉任何特殊經驗呢？齊
詩學者翼奉有言：「故詩之爲學，情性而已。」〔註97〕乍看將《詩》
與情性密切連結，似乎認同三百篇的情意性質，可是從上下文脈絡仔
細瞭解他這句話的意思，其「情性」指的是「五性六情」，六情爲「喜、
怒、哀、樂、好、惡」，五性在漢代一般是指「仁、義、禮、智、信」
〔註98〕，齊詩乃以「四始、五際、六情」〔註99〕詮釋《詩經》，認爲
五行運行、陰陽際會而產生六情之變，屬陰陽之學；董仲舒《春秋繁
露》也再三將情性連繫陰陽觀念〔註100〕。或以爲齊學素以陰陽見稱，
實則不僅齊學持此觀點，《韓詩外傳》有云：

　　善爲政者，循情性之宜，順陰陽之序，通本末之理，合天

〔註96〕　顏崑陽先生〈《文心雕龍》「比興」觀念析論〉，中央大學《人文學報》
　　　　　第十二期（民國83年6月），頁38。

〔註97〕　《漢書》卷七五〈眭兩夏侯京翼李傳〉：「察其所繇，省其進退，參
　　　　　之六合五行，則可以見人性、知人情。難用外察，從中甚明，故詩
　　　　　之爲學，情性而已。五性不相害，六情更興廢。觀性以曆，觀情以
　　　　　律，明主所宜獨用，難與二人共也。」

〔註98〕　見《白虎通義》卷八「五性六情」條。

〔註99〕　齊詩「四始」爲「〈大明〉在亥，水始；〈四牡〉在寅，木始；〈嘉魚〉
　　　　　在巳，火始；〈鴻雁〉在申，金始。」（《詩緯汜歷樞》）有別於《史
　　　　　記·孔子世家》：「〈關雎〉爲《風》之始；〈鹿鳴〉爲《小雅》始；〈文
　　　　　王〉爲《大雅》始；〈清廟〉爲《頌》之始：此詩之四始也。」
　　　　　五際則一說是：「卯、酉、午、戌、亥」，一說謂「兩亥、卯、午、
　　　　　酉」，詳參林金泉先生〈齊詩學之三基四始五際六情說探微〉一文，
　　　　　《成功大學學報》第二十卷，民國74年4月。

〔註100〕　〈深察名號第三十五〉：「天地之所生，謂之性情。性情相與爲一瞑，
　　　　　情亦性也。謂性已善，奈其情何？故聖人莫謂性善，累其名也。身
　　　　　之有性情也，若天之有陰陽也。」
　　　　　〈天辨在人第四十六〉：「天乃有喜怒哀樂之行，人亦有春秋冬夏之
　　　　　氣者，合類之謂也。」

> 人之際。如是，則天地奉養，而生物豐美矣。不知爲政者，
> 使情厭性，使陰乘陽，使末逆本……（卷七）

> 人有六情：目欲視好色、耳欲聽宮商、鼻欲嗅芬香、口欲
> 嗜甘旨、其身體四肢欲安而不作、衣欲被文繡而輕煖，此
> 六者，民之六情也。……必因其情而節之以禮，必從其欲
> 而制之以義。（卷五）

亦以情性并陰陽論之；且主以禮節制情性。魯學則劉向主張「性情
相應，性不獨善，情不獨惡。」〔註101〕實際上，「情性」問題乃漢
代思想界的焦點話題之一，董仲舒、劉向、揚雄、王充、荀悅、崔
寔等人及《白虎通義》都參與意見的表述。而綜觀各家說法，我們
可以發現，漢代對「情」的看法，基本上是放在「情性」脈絡下，
將情緒感受跟道德層次的「性」放在一起，融入陰陽觀念，爭辯其
善、惡或中性〔註102〕，並進而推導「節衽情慾」的應對之道。因此，
雖然漢儒認知到藝術作品的發生和個人內在的感受有密切關係，可
是並未如魏晉之後「緣情綺靡」的文學觀念般，賦予它獨立的地位；
而是「凡情、意、心、志者，皆性動之別名也」〔註103〕，順理成章
地，和陰陽、善惡、刑德、天人等形成一個完整而宏偉的學術體系，
因此，「情」導於政教乃必然方向。所以對〈詩大序〉前後語意的理
解，並不是「除了政治情況所產生的感情之外，沒有別種人類的感
情，而所有如此產生的感情，必然是道德的、有助於改善政治情況
的」〔註104〕。劉若愚先生從純粹文學理論角度提出的質疑固然甚具
啓發性，可是深入漢代思想背景，這段看似牽強的話實奠基於背後
那套完整的思想體系。而且我們據此也可以體會美刺諷諭觀點的理
論基礎。

〔註101〕收錄於荀悅《申鑒·雜言下》。
〔註102〕故在思想史上，我們說先秦孟、荀所論道德心性層次的性善、性惡，
　　　　　至漢代已轉化爲氣質之性，受陰陽學說支配。
〔註103〕同上。
〔註104〕見劉若愚著，杜國清譯《中國文學理論》頁257。

　　「比興」是漢代詩學的批評方法之一〔註105〕，雖然鄭眾、鄭玄各有定義，毛傳、鄭箋也「獨標興義」作具體的示範，但是這兩個觀念仍牽纏不清；筆者無法提出新意以嚴格劃分兩者，甚至試圖將兩者合併，視爲「興寄、託喻」的觀念〔註106〕，以掌握漢代批評家從比喻手法到創作情境，如何詮釋作者的思想懷抱，進而助於後文分析這些文學觀念對楚辭學的影響。

　　比興源出《詩》之六義，鄭眾：「比者，比方於物也；興者，託事於物也。」鄭玄：「比，見今之失，不敢斥言，取比類以言之；興，見今之美，嫌於媚諛，取善事以喻勸之。」清人劉寶楠認爲「先鄭解比、興就物言，後鄭就事言。」〔註107〕這種說法很有意思，我們可以看出鄭眾是針對「比、興」作爲文學技巧而解釋其異同，突顯「比、興」都運用了另一客觀材料（「物」），這是文字上讀者所直接領受的部份；可是鄭玄強調的卻是詩人作詩的用意，其心中主觀的情志與目的。而且我們上文已經討論過，在漢儒思想中，「情」導於政教乃必然方向，因此這個情志是充滿政治關懷，甚至以具體事件爲中心的，只是礙於不便直斥或褒譽，所以間接表達。換言之，「比、興」都存在著文字上看得到的客觀材料與不一定看得到的主觀情志，而鄭眾的意見有助於我們釐清「比」跟「興」實際創作或分析上的差別，所以後來劉勰提出更具說服力的定義：「比者，附也；興者，起也。附理

〔註105〕並非唯一，如「春秋化」則是另一種方法，詳見施淑〈漢代社會與漢代詩學〉，《中外文學》第十卷第十期，民國71年3月。

〔註106〕「比興」在唐代之後確實被視爲一個不可分割的名詞，杜甫〈同元使君春陵行序〉：「不意復見比興體制，微婉頓挫之辭。」柳宗元《《楊評事文集》後序》：「文有二道：辭令褒貶，本乎著述者也；導物諷諭，本乎比興者也。比興者流，蓋出於虞、夏之詠歌，殷、周之《風》《雅》，其要在於麗則清越，言暢而意美，謂宜流於謠誦也。」因此我們可以說，「比興」有兩種意思，一是分指兩種藝術表現手法，二是一個不可分割的完整概念，指《詩經》、詩教或是詩人興寄之旨，本文所欲討論即後者。

〔註107〕劉寶楠《論語正義》頁375，北京：中華書局，1962年。

者，切類以指事；起情者，依微以擬議。」讓「比、興」的區別較爲
清楚，而且脫離《詩經》政教傳統，成爲普遍性的文學概念或修辭技
巧。但是鄭玄的定義並非沒有價值，雖然他對「比、興」所作的區別
發生箋釋的實際矛盾〔註108〕，「比－刺，興－美」的定義也不可取，
但是鄭玄所言「見今之失，不敢斥言，取比類以言之；見今之美，嫌
於媚諛，取善事以喻勸之。」說明詩人運用「比興」展現內在情志卻
具有重要意義。

　　「比興」在漢儒詩教系統中，其意義不在普遍性的文學修辭，而
是透過「比興」來託喻、興寄主觀的情志，也就是「詩言志」的價值
觀，所以不管文字是「關雎」或「鵲巢」，重點在宣說的「后妃之德」，
而這個「託喻」的情志是屬於「作詩者」或是「說詩者」呢？朱熹之
後的學者多認爲漢儒的詮釋與《詩》不合，非聖賢本意，乃說詩者附
會個人主觀情志，可是事實上，漢儒的確相信那是詩人本意，顏崑陽
先生推論：

> 鄭玄在〈詩譜序〉中也概括地論明「作詩者」的「美刺」
> 之意：「論功頌德，所以將順其美；刺過譏失，所以匡救其
> 惡。」準此，則毛鄭於詩的作品中，解釋「興者，喻……」，
> 在他們的觀念中，其「所喻者」都是「作詩者」的「主觀
> 情志」。〔註109〕

但是漢儒何以會如此相信呢？這和詩歌語言本身意幽難明的特性以
及東周以來「賦詩言志」的傳統脫不了關係。因爲譬喻曖昧隱晦，詮
釋解說就存在種種豐富可能性，誰也無法證明這是或不是「作者本
意」。而自東周以來，對《詩》的態度就一直趨於「用詩」，在外交場

〔註108〕因爲毛詩獨標興，所以關於比不得而知，可是我們看其標注爲興的
　　　　詩章並非皆如鄭玄所言「興，見今之美，嫌於媚諛，取善事以喻勸
　　　　之。」美譽固有，譏刺者亦有，如《唐風・葛生》：「葛生蒙楚，蘞
　　　　蔓于野。」標注爲興，可是《序》曰：「葛生，刺晉獻公也。好攻
　　　　戰，則國人多喪矣。」豈不自相矛盾！
〔註109〕顏崑陽〈論詩歌文化中的「託喻」觀念──以《文心雕龍・比興篇》
　　　　爲討論起點〉頁9，第三屆魏晉南北朝文學與思想學術研討會。

合上「賦詩言志」，或是在言論中「引經據典」，促使大家積極主動去揣摩詩中的志意，甚至發展出孟子「以意逆志」的主張，於是自行掌握詩人寄託在詩中的思想懷抱亦漸漸被合理化了。

　　這種「比興」的精神、「詩言志」的價值觀、「以意逆志」的方法雖然是《詩》作爲經學發展出來的，可是它運用於《楚辭》上卻更爲輕易，因爲這幾個概念都預設了詩人的主觀情志，而《楚辭》裡屈原鮮明的個人情懷比起《詩經》中隱遁未知的作者，自是更容易揣摩其政治關懷，如果再扣合「知人論世」的方法，就無怪乎漢代楚辭學會發展出一致的「託喻、興寄」詮釋。

丙、辭賦系統 〔註110〕

　　賦盛之於漢，猶如詩盛之於唐、詞盛之於宋、曲盛之於元一般，成爲時代的代表文體。辭賦與楚辭淵源匪淺，「爰自漢室，迄至成哀，雖世漸百齡，辭人九變，而大抵所歸，祖述楚辭，靈均餘影，於是乎在。」（《文心雕龍・時序》）其「祖述楚辭」者，不僅是擬騷一類，亦不僅是楚語的使用或形式的相仿，更是在精神上的傳續，〈士不遇〉、〈答客難〉、〈遂初〉、〈慰志〉、〈刺世疾邪〉之類的騷體賦篇承繼〈離騷〉、〈九章〉中的悲己不遇之怨；〈子虛〉、〈大人〉、〈甘泉〉〈九宮〉之類散體賦則發揚〈離騷〉、〈遠遊〉中的神幻奇想；故而放在「漢代楚辭學」之下的辭賦，在數量跟內容上都值得重予評估，因此「辭賦」的全盤了解也是必要工夫。

　　漢賦的創作者有東方朔、王褒等言語侍從，幾是被「倡優蓄之」，

〔註110〕 「漢代文學史」包含辭賦、古詩、樂府及史傳散文，本文在此只論辭賦的原因有：一、辭賦爲漢代文學主流，若以一代有一代之文學而言，漢必是以賦爲代表。二、史傳散文乃是後代批評家基於司馬遷個人才華，取其流利文筆對後人之影響，史書本身未必歸於文學，如「經史子集」的分類即已將史書單獨畫爲一類。三、漢代的古詩、樂府是民間色彩較重的文類，可是「楚辭學」卻是知識階層的產物，兩者相容重疊的成份不高。因此本文之於漢代文學（狹義）只論辭賦系統而不論其他。

亦有董仲舒、揚雄、班固這樣的儒者；因此，漢賦究竟是遊戲意義或諷諭價值，便成爲學者勾勒漢代文學形貌的主軸。李曰剛先生《辭賦流變史》認爲漢賦「損詩增文，變本加厲；務華棄實，繁采寡情」，「即云諷諫，亦有名無實」，徒成君主娛悅耳目之倡優博奕〔註111〕。簡宗梧先生則從宮廷言語侍從之盛，贊同漢賦乃遊戲性質，至於其尙用諷諫的要求，推斷是武帝定儒術於一尊之後，「賦家寫作，即使是基於求寵進身的機心，也要亦步亦趨的，以聖賢之道諷時人之得失」〔註112〕。前者認爲漢賦的諷諭不過勸而不止、有名無實，後者評價稍高，同意諷諭的存在，不過卻以爲此乃受儒家經學，尤其詩三百美刺觀念的外在影響所致。

謝大寧先生對此提出一種很值得思考的新詮釋，他將漢賦諷諭特徵的產生歸於游士階層掙扎圖存的努力。由於武帝禁絕游士的任意干政，游士既不能再憑縱橫之論向中央輸誠，於是如東方朔、枚皋、嚴助、吾丘壽王、司馬相如等人憑恃才藝成爲武帝內朝近臣，但是他們的發言權有限，亦不見得受到尊重，只有憑才華冀能博君王偶而之一粲，因此這群賦家存在著一種內部的緊張與壓力，不得不尋求變通，於是乃有司馬相如等人嘗試改變賦體的形制內容，鋪張揚厲的包裝，眞正目的在最後的建言，也就是將賦合奏議章疏冶爲一爐。〔註113〕

這種詮釋相當具有啓發性，不過這只說明了武帝之世的轉變，我們不妨進行歷時性的檢視。賦家的前身乃縱橫游說的辭人游士，以動人的文學修辭包裝政治主張，朝秦暮楚地游走於諸侯門庭，劉勰、章學誠、章太炎、錢穆先生皆指出這一點〔註114〕。漢初，游士未泯其

〔註111〕 詳見李曰剛先生《辭賦流變史》第三章，臺北：文津出版社，民國83年。
〔註112〕 簡宗梧先生《漢賦源流與價值之商榷》頁126，臺北：文史哲出版社，民國69年。
〔註113〕 詳見謝大寧先生《從災異到玄學》第二章第二節〈漢賦興起的歷史意義〉，國立台灣師範大學國文研究所博士論文，民國78年。
〔註114〕 劉勰《文心雕龍‧時序》：「故知暐燁之奇意，出乎縱橫之詭俗。」

跡，賦乃因之興起，始盛於景帝時梁孝王的梁園賓客。《漢書》記載
了梁園文學侍從之盛：

> 復游梁，梁客皆善屬辭賦，乘尤高。(〈枚乘傳〉)

> 會景帝不好辭賦，是時梁孝王來朝，從游說之士齊人鄒陽、
> 淮陰枚乘、吳嚴忌夫子之徒，相如見而說之，因病免，客
> 游梁，得與諸侯游士居，數歲，乃著子虛之賦。(〈司馬相如
> 傳〉)

枚乘、司馬相如、鄒陽、嚴忌都曾是梁孝王的座上賓客，《西京雜記》
卷三詳述了梁孝王集諸游士客，使各爲賦的細節，雖然這些賦篇酬作
色彩頗濃，然仿《小雅》詞句，亦有可觀，純以遊戲文字貶抑之，未
必公允。

　　隨著中央的收攬權力，游士活動空間變小，唯有向中央靠攏，而
徵召天下文士的武帝究竟如何對待這群賦家呢？

> 其尤親幸者，東方朔、枚皋、嚴助、吾丘壽王、司馬相如：
> 相如常稱疾避事，朔、皋不根持論，上頗俳優畜之，唯助
> 與壽王見任用，而助最先進。(《漢書·嚴助傳》)

辭賦作家並非只能擔任言語侍從，在帝王聽政餘暇娛悅耳目外，嚴
助、吾丘壽王進而被賦予重任；司馬相如也屢被徵詢意見，只是他常
稱疾避事，故未有積極作爲。至於被「俳優畜之」的東方朔、枚皋，
乃是其自身言行詼諧、風格誕誕，善於操縱臣下的武帝否定他們的政
治能力，可是這樣的際遇，對於這些賦家其實是屈辱不平的，枚皋「自
悔類倡」，東方朔更是對才能無法發揮充滿不遇的挫折感：

章學誠《文史通義·》詩教下：「賦家者流，縱橫之派別，而兼諸子
之餘風。」
章太炎《國故論衡·辨詩篇》：「縱橫家者，賦之本也。古者誦詩三
百，足以專對，七國之際，行人胥附，折衝於尊俎間，其說恢張譎
宇，紬繹無窮，解散賦體，易人心志。魯蒘稱魯連、鄒陽之徒，援
譬引類，以解締結，誠文辨之雋也。……武帝之後，宗室削弱，藩
臣無邦交之禮，縱橫既紬，然後退爲賦家。」
錢穆《國史大綱》第三編第八章：「辭賦、縱橫，本屬一家。」

> 武帝既招英俊，程其器能，用之如不及。時方外事胡越，
> 內興制度。國家多事，自公孫弘以下至司馬遷皆奉使方外，
> 或爲郡國守相至公卿，而朔嘗至太中大夫，後常爲郎，與
> 枚皋、郭舍人俱在左右，詼啁而已。久之，朔上書陳農戰
> 彊國之計，因自訟獨不得大官，欲求試用。其言專商鞅、
> 韓非之語也，指意放蕩，頗復詼諧，辭數萬言，終不見用。
> （《漢書·東方朔傳》）

生於國家用人之際，卻不得逞其器能，東方朔內心的尷尬、感慨不難
體會，因此他上書欲求試用。可是在挫折跟不遇的感受之外，東方朔
的氣度是超越這個層次的，他具有一個知識分子的政治關懷，對於時
代環境改變對游士形成的命定悲劇，〈答客難〉等作品清楚表述其深
刻的體悟感觸；而且他並非徒然枯坐怨嘆，而是嘗試各種方式盡一個
知識分子改善時局的努力，包含以其詼諧機智適時對武帝提出諫言。

　　因此，筆者認爲賦的尚文欲麗與諷諭精神，與其說是「游士階層
掙扎圖存的努力」，不如說是有知識分子自覺的賦家，結合其文學想
像的創作天賦，表現其承擔「道」的另一種形式，因爲游士階層逐漸
沒落，武帝之後的賦家很難再以「游士」概括之，尤其東漢，賦家如
傅毅、班固、崔駰、張衡以至蔡邕，幾乎看不出「游士」色彩。當然，
並非每個具有文學才氣，能創作辭賦的文人，都有知識分子的自覺與
期許，因此會有如王褒這類再度引起倡優爭議的賦家：

> 上令褒與張子僑等並待詔，數從褒等放獵，所幸賓館，輒
> 爲歌頌，第其高下，以差賜帛，議者多以爲淫靡不急，上
> 曰：『不有博奕者乎，爲之猶賢乎矣！』辭賦大者與古詩
> 同義，小者辯麗可喜。辟如女工有綺縠，音樂有鄭衛，今
> 世俗猶皆以此虞說耳目，辭賦比之，尚有仁義諷諭，鳥獸
> 草木多聞之觀，賢於倡優博奕遠矣。」（《漢書·王褒傳》）

這裡揭示「辭賦」這種文體的藝術性質，「女工有綺縠，音樂有鄭衛，
今世俗猶皆以此虞說（娛悅）耳目」談的正是美感作用，只是當時的
文學觀念未能肯定美感的獨立價值，而必須藉「仁義諷諭，鳥獸草木

多聞之觀」來肯定其意義，不過兩者應當是分開的，一是「辭賦」本
質上確實是「文學」（狹義的），娛悅耳目即文學的美感共鳴，即使在
「文學」觀念尚未獨立出來的時代，它已經以具體的存在證實了人類
文化中這個範疇。二是「辭賦」這種文體可以承載「仁義諷諭」的內
容，也就是可以「載道」，雖然辭賦的形式跟諷諭的內容這兩者的結
合可能不是必然或最合適的；如同「詞」本來是歌筵酒席的艷曲，善
於表現綺羅香澤之態，可是蘇軾卻以之抒寫懷抱志意，創作出超邁豪
健的詞作，並影響之後詞人的模擬創作或詞論觀念。漢賦的體制或適
於鋪排富麗宮廷、馳騁縹緲想像，但是司馬相如等人開始寄寓諷諫之
意，於是大家開始思考辭賦和諷諭的關連，像揚雄就很重視辭賦的諷
諫功能。

　　揚雄著名的幾篇大賦序言中體現強烈的諷諭意識。〈河東賦序〉
批評大規模的祭祀活動，「以爲臨淵羨魚，不如歸而結罔」，於是「上
〈河東賦〉以勸」。〈羽獵賦序〉舉出：「文王囿百里，民以爲尚小；
齊宣王囿四十里，民以爲大。欲民之與奪民也！」〈長楊賦序〉也對
「上將大誇胡人以多禽獸」，致使「農民不得收斂」，於是作賦以諷。

　　歷來多有譏評司馬遷、班固以賦入傳者，大篇幅地抄錄全賦對一
部史書似嫌多餘，然章學誠指出：

　　漢廷之賦，實非苟作，長篇錄入於全傳，足見其人之極思。
　　殆與賈疏、董策爲用不同，而同主於以文傳人。（《文史通義·
　　詩教下》）

因爲認同賦家融入仁義諷諫的用心，「相如雖多虛辭濫說，然要其歸
引之於節儉，此亦詩之風諫何異？揚雄以爲靡麗之賦，勸百而諷一，
猶騁鄭衛之聲，曲終而奏雅，不已戲乎！」〔註115〕所以太史公與班
固抄錄賦篇其實是有深意用心的。

―――――――――――――――

〔註115〕《漢書》卷二七〈司馬相如傳·贊〉。

第三章　漢代楚辭學之「情志關注」

　　漢代楚辭學的核心問題，乃是針對屈原這個人物的品述評價，包含對其生平、性格、行爲、思想等「人」的範疇以及作品、文才等「文」的範疇兩個部份；漢人以前者爲主，後者爲輔。究其原因，實與兩漢文獻觀有關，如前章第三節所論，先秦視六經文獻爲聖人垂教立訓，雖然作者多不可考，卻擬構了「聖人」此一概念來稱代文字意義的源頭，這代表一個以「人」爲中心的文獻觀；孟子「頌其詩、讀其書，不知其人可乎？是以論其世也；是尚友也。」〔註1〕證明尚友其人才是閱讀的重心。再扣合「詩言志」來看，其語出《尚書・堯典》：「詩言志，歌永言，聲依永，律合聲。八音克諧，無相奪倫，神人以和。」鄭玄注曰：「詩所以言人之志意也」，明顯預設詩人的位置，所以先秦時期對典籍的理解或詮釋，並不斤斤於名詞解釋或賞析其修辭文采、美感意境等，而講究「以意逆志」，掌握聖人的微言大義。

　　兩漢承繼了此種以「人」爲中心，而非以「文」爲中心的文獻觀，因此從「作者論」的觀點來看「屈原對漢代人的意義」，可能是不夠的〔註2〕；在漢儒心目中，與其說他是寫出〈離騷〉這部偉大文學作

〔註1〕　《孟子・萬章下》。

〔註2〕　在「文學批評」的學科領域中，「作者」這個概念引起一些曠日持久的爭論（詳參 Donald E. Pease 所撰〈Author〉。收錄於張京媛等譯《文學批評術語》香港，牛津大學出版社，1994。），也有「作者論」這

品的創作者，不如說他是忠君而不遇的賢士，〈離騷〉成爲證明其意
念情懷的文字表現〔註3〕。是以他們關注的重心明顯偏重在屈原這個
人身上，從而紀錄其生平、感慨其遭遇、評價其人格。而針對屈原遭
遇行止，漢儒提出意見的方式除了有傷悼同情等感受層次，還有抑揚
譽損、乃至理想模式的後設建議等結論性評價；「這一評價貫穿漢楚
辭學的始終，眾多學者參加了這一評價和討論，甚至出現了分歧和爭
論。」〔註4〕其中最著名者乃是司馬遷「志絜行廉，可與日月爭光」
和班固「露才揚己、貶絜狂狷」正反兩極化的爭議。後代學者的論述
也常膠著在對這兩個褒貶代表意見上進行「重述」與「重評價」，「重
述是對一事實的表象，以不同形態的語言（由文言文換成白話文）再
敘述一遍；而重評價往往對於所評價的對象缺乏詮釋或論證的基礎，
僅是出於個人簡化的價值意識形態的選擇，獨斷而速斷。」〔註5〕像
是一般文學史或文學批評史，多持「兩派」或「三期」的劃分習慣，
兩派乃「肯定屈原論者」及「否定屈原論者」的對摭，三期則是「肯
定－否定－再肯定」的辨證，認爲第一期淮南、司馬遷持肯定觀點，

個範疇專門歸類相關問題，可是在「文本」提升爲討論中心的今日，
跨越兩千年的時空去觀照漢代，「作者」此一概念的意義及其與「作
品」（或「文本」）的關係需要格外被強調。「作者—作品」這一組詞
的使用著重創作者對於作品的權威地位，也就是承認主體在創作過
程的自主性，並同意完成的作品有一自身的標準意義存在，而創作
者對這個意義有賦予、解釋的優越。後來「文本」一詞揭櫫「作者
已死」的詮釋路向，質疑作者作品自物質環境（經濟、政治、心理、
歷史等條件）分離的可能，進而反省完成的文字是否存在一標準意
義，將賦予意義的權力由作者移交給讀者、批評者；在這裡我不是
企圖回復作者的權威地位，因爲兩漢人士其實不是努力於貼近「楚
辭」中屈原的本意，所以讀者對「文本」的發揮權力，在某種程度
上反而接近「漢代楚辭學」的現象，可是準此而行，勢必忽略「屈
原」此一人物在「漢代楚辭學」中所佔據的偌大份量。

〔註3〕 不過屈原其文雖非漢儒文字陳述的討論中心，卻以另外一種形態發
揮影響力，這方面將於第五章析述。

〔註4〕 李大明《漢楚辭學史》頁5，成都：電子科技大學出版社，1994年。

〔註5〕 顏崑陽〈漢代「楚辭學」在中國文學批評史上的意義〉，收錄於《中
國詩學會議論文集第二輯》，彰化：彰化師大，民國83年，頁185。

第二期揚雄、班固反對而否定，第三期王逸復肯定屈原，駁斥班固之說。這種說法著重概略性的認識，雖然沒有嚴重錯誤，但是一來未能充分表現漢代楚辭學對於屈原人物品評的完整意見，淮南王、司馬遷、揚雄、班固、王逸以外批評家的意見常被忽略；二來對於各個意見背後的成因與意義也有所疏漏，為什麼他們會提出如此的評價？其評價內容除了對屈原的肯定或否定之外，是不是還揭露了哪些文學理論或思想上的意義呢？

　　因此本文不擬由正反評價切入去分析各家說法，而嘗試先觀察屈原此一人物之形象，再由批評型態的不同瞭解各楚辭學者持此意見的原因與意義。

第一節　屈原形象呈現

　　屈原此一人物家喻戶曉，其生平事跡如三閭大夫〔註6〕、張儀計騙懷王、流放江南、自沈汨羅等事亦不罕聞，故本文無庸贅複；況且筆者的論述重點，並不在於敘述或考證屈原歷史存在的真實樣貌，而在掌握漢儒對屈原的理解。換句話說，我關心的不是屈原被上官大夫讒言陷害的真相為何？而是司馬遷《史記・屈賈列傳》跟劉向《新序・節士第七》所說的為什麼不一樣？它的不同代表什麼意義？更重要的是，漢儒談論屈原的焦點話題是哪些？這些話題標示屈原什麼樣的形象與歷史地位？而屈原這樣的形象對於漢儒是否具有任何特殊意義呢？

〔註6〕　「三閭大夫」牽涉到「楚辭學史」兩個既有的考證與詮釋問題。一是屈原官職，《史記・屈賈列傳》說是「為懷王左徒」，《楚辭章句》中王逸說是「為三閭大夫」，引起學者的爭論與考證。其次是關於屈原為「昭、屈、景」王族三姓的特殊身份，在後代楚辭學上，形成理解其眷顧楚國、自沈殞身的關鍵因素，明代趙南星《離騷經訂注・跋》即云：「屈原以同姓之臣，坐視宗國之敗亡，不得出一言，雖沈江不亦可乎。」可是這兩點於兩漢之世皆非焦點論題，諸位楚辭學者、批評家無進一步闡釋。

　　實際上兩漢論及屈原的文獻可以分爲兩大類，一是直接針對屈原生平事跡作傳，包括司馬遷《史記·屈賈列傳》、劉向《新序·節士第七》以及收錄於《楚辭章句》中班固、王逸所作的兩篇屈原傳記。另外一類不是完整鋪排屈原經歷，只在行文之中部分表現其遭遇、人格，此類又可細分兩種，一是文章主題跟屈原其人其文相關，例如賈誼〈弔屈原賦〉、揚雄〈反離騷〉、梁竦〈悼騷〉等等；另一種文章主題雖與屈原無直接關連，但是作者引屈原爲例證，如《鹽鐵論·訟賢》、《潛夫論·明闇》等。

　　作爲討論屈原形象的文本，傳記與悼騷兩類沒有爭議，最後一種「例證」則需要進一步說明。例證即《文心雕龍》中所言「事類」：「事類者，蓋文章之外，據事以類義，援古以證今者也。」〔註7〕在行文寫作之中，藉由類似事件的舉證，可以增加文章說服力，發揮畫龍點睛的作用；「明理引乎成辭，爭議舉乎人事，乃聖賢之鴻謨，經籍之通矩也」〔註8〕。而這些作爲例證的古今人事，必須是讀者認同，有共識基礎的，才能具有說服力。所以當他們舉屈原爲例證時，陳述的遭遇、個性，顯露出的就不只是作者個人心中對屈原主觀的認識，而是在那個時代大家所同意的形象。因此即便是三言兩語，只捕捉片段、簡短的事件，卻對於掌握屈原在兩漢人士心目中的形象有重要參考意義。

　　在兩漢這些論及屈原的文章中，有幾件事是特別常被提到的，分別是「受譖」跟「流放」、「沈江」，以下就針對這幾件事加以討論。

一、受　譖

　　自漢代之後，楚辭讀者幾乎都有如下共識：屈原以忠直才智卻受同朝大臣嫉妒排擠，他們向國君讒言陷害，國君不辨曲直而誤聽讒言，遂疏遠屈原。然而這樣一段「受譖」的描述其實是模糊而且帶有

〔註7〕　《文心雕龍·事類》。
〔註8〕　《文心雕龍·事類》。

價值評斷的。是哪幾個大臣讒陷排擠他？什麼時候？起因為何？又真的是「讒言陷害」嗎？

據《史記·屈賈列傳》：

> 上官大夫與之同列，爭寵而心害其能，懷王使屈原造為憲令，屈平屬草稿未定。上官大夫見而欲奪之，屈平不與，因讒之曰：「王使屈平為令，眾莫不知，每一令出，平伐其功，以為『非我莫能為也』。」王怒而疏屈平。

司馬遷生花妙筆地重現這一場「造為憲令」的糾紛事件，事件遠因是屈原年少得志，「入則與王圖議國事，以出號令；出則接遇賓客，應對諸侯」[註9]，懷王極為賞識信任；於是另一個朝廷重臣——上官大夫，嫉妒不滿而意欲陷害；起草憲令之事適為兩人衝突的導火線，上官大夫藉此向懷王批評屈原驕傲不遜。懷王亦因之而態度大幅轉變，由原本的重用賞識轉而疏遠冷落。

東漢崔寔指出這件事乃是老少朝臣爭寵的權力鬥爭，其〈政論〉有言：

> 斯賈生之所以排於絳、灌，屈子之所以慮其幽憤者也。

如同屈原的遭忌，賈誼也是因為年少得志而受絳侯周勃、灌嬰等老臣排擠。崔寔對這種事有獨到的分析：

> 其頑士闇於時權，安習所見，不知樂成，況可慮始，苟云率由舊章而已。其達者或矜名妒能，恥策非己，舞筆奮辭，以破其義，寡不勝眾，遂見擯弄。

由於雙方立場不同，各有是非，從中其實看不出絕對的忠奸或賢愚，所以崔寔同時肯定「賈生之賢，絳、灌之忠」。

可是對於屈原的情境，正邪曲直的論斷則不再如此客觀，司馬遷說：「屈平正道直行，竭忠盡智以事其君，讒人間之，可謂窮矣。」已經賦與屈原忠直、上官大夫讒邪的價值評斷，將屈原與上官大夫分別判定成正邪兩極化的人物角色。王符《潛夫論·明暗》則是說：

[註9] 《史記·屈賈列傳》。

> 且凡驕臣之好隱賢也,既患其正義以繩己也,又恥居上位
> 而明不及下,尹其職而策不出於己。是以郤宛得眾而子常
> 殺之,屈原得君而椒、蘭構讒,耿壽建常平而嚴延妒其謀,
> 陳湯殺郅支而匡衡佼其功。

「讒臣」的角色在上官大夫之外,多了「椒、蘭」兩位人物;但同樣是給予一驕一賢的正負評價,重複前述的詮釋判斷。《楚辭章句》中王逸所作屈原傳,言「同列上官大夫、靳尚妒害其能,共讒毀之。」復加上靳尚一人,而且跟司馬遷、班固所作的傳不同的是,他們都還承認上官大夫等人乃「妒害其寵」,王逸卻用「妒害其能」,否定群臣爭寵的性質,成為賢愚的對比。較早的《鹽鐵論·非鞅第七》則把兩方比為「賢知」與「闒茸」:

> 淑好之人,戚施之所妒也;賢知之士,闒茸之所惡也。是
> 以上官大夫短屈原於頃襄,公伯寮愬子路於季孫。

這裡牽涉另一次的讒害,事件始末是「楚人既咎子蘭以勸懷王入秦而不反也。令尹子蘭聞之大怒,卒使上官大夫短屈原於頃襄王,頃襄王怒而遷之。」〔註10〕時為頃襄王之世,當中牽連複雜的國際關係與權力鬥爭,但是《鹽鐵論》的理解,乃是訴諸賢知淑好的人必然遭受小人的嫉妒厭惡,例如屈原與子路,來肯定「屈原忠直受讒」的價值判斷。

　　我們可以發現,對於屈原被同朝大臣讒言陷害,漢儒理解的角度,乃超越政治鬥爭的層次,而是視之為邪曲傷害賢直、小人欺負君子,隱涵道德意義與價值評斷的不公平經驗。這也是屈原在〈離騷〉等作品中反覆抗訴的:「世溷濁而嫉賢兮,好蔽美而稱惡」。所以從《史記》中單純爭寵的奪稿事件開始,屈原「方正而不見容」的形象愈來愈鮮明,受讒事件相對變得愈來愈模糊、複雜,具有誇張或修正的彈性,所以後來發展出其他不同的歷史情節。

　　劉向《新序·節士第七》中有一篇屈原傳記,內容大致與《史記·

〔註10〕《史記·屈賈列傳》。

屈賈列傳》同,但是對於屈原受譖見疏部份,劉向的說法是:

> 屈原爲楚東使於齊,以結強黨。秦國患之,使張儀之楚,
> 貨楚貴臣上官大夫靳尚之屬,上及令子蘭、司馬子椒;內
> 賂夫人鄭袖,共譖屈原,屈原遂放於外。

他將屈原受譖的原由歸於齊楚秦三國外交角力的政治鬥爭。戰國時期
各國爲鞏固或擴張自身權力,必須與它國結盟,而結盟對象的選擇往
往是一個國家興盛強大或被欺凌佔地的關鍵。齊楚秦同爲當時大國,
楚國內部朝臣素有「親齊」與「親秦」兩派不同聲音,屈原的確力主
親齊,秦惠王也曾命張儀賄賂楚臣以離間齊、楚關係,但據《史記・
屈賈列傳》所載乃是:「屈平既黜,其後秦欲伐齊,齊與楚從親,惠
王患之,乃令張儀去秦,厚幣委質事楚,曰:『秦甚憎齊,齊與楚從
親,楚誠能絕齊,秦願獻商、於之地六百里。』」此與《新序》所載
有兩點出入,一是張儀使計賄賂乃在屈原受黜之後,二是張儀所言乃
針對齊、楚、秦三國的外交關係,與屈原未有直接關連。可是劉向卻
提出不同的歷史描述,連繫了外交計策和屈原受譖兩件事。他沒有提
到上官大夫因造爲憲令而向懷王讒陷之事,而認爲是秦國張儀賄賂上
官大夫、靳尚、子蘭、司馬子椒、夫人鄭袖等,使他們聯合向懷王說
屈原的壞話,造成屈原被疏遠外放。這顯示的意義不只是時間點的誤
差,其實是提高屈原的重要性——能夠引起秦國的緊張,必須賄賂諸
人以除之而後快,表示屈原的政治才能、忠誠度、對政策的影響力已
經高到威脅秦國的強大兼併計劃,而不只是國內群臣的爭寵那麼單
純,如此一來,無意中揚舉屈原的才能,以及貶抑上官大夫、靳尚、
子蘭、司馬子椒、夫人鄭袖等人的品格。

　　總結漢代文獻屈原受譖之事的變化,可以看出其中屈原的形象在
一步步地成形擴張之中。從年少得志、引人嫉妒的單純爭寵,到秦國
賄賂離間的外交陰謀,進讒言的人從上官大夫演變到靳尚、子蘭、司
馬子椒、夫人鄭袖等原本涉入不同事件的相關人物都加入讒陷,君
王、時間也延長到跨越懷王與頃襄王,「受譖」已經不是一獨立事件,

而是跟隨於屈原的普遍際遇，逐步被雕塑成爲其形象。

二、流放、沈江

漢儒對屈原的重要印象，除了「受讒」之外，就是「流放－行吟澤畔－自沈」這一連串相關的情境。

由《史記‧屈賈列傳》：「屈平既嫉之，雖放流，睠顧楚國，繫心懷王。……頃襄王怒而遷之」，可以得知屈原曾二度流放，分別在懷王與頃襄王之世。第一次被放逐的時間跟原因史傳中沒有明說，第二次則在頃襄王即位不久，「遷屈原於江南」（王逸《楚辭章句》）。

放逐乃國君對臣子的責罰形式之一，照理來說應當是臣子犯了過錯，因此受到流放的懲罰，可是在屈原這一歷史經驗中，流放代表的意義與其說「懲處」，不如說是「黜廢」，也就是臣子「不遇」。而「不遇」這一概念，背後所蘊含的意義，除了未受賞識的不得志，還反省到更深刻而豐富的層面。《鹽鐵論‧相刺第二十》談到：

> 扁鵲不能治不受鍼藥之疾，賢聖不能正不食諫諍之君。故桀有關龍逢而亡夏，殷有三仁而商滅，不患無由余、夷吾之論，患無桓、穆之聽耳。是以孔子東西無所適遇，屈原放逐於楚國。故曰：「直道而事人，焉往而不三黜？枉道而事人，何必去父母之邦？」

在這段文字脈絡中，屈原與孔子同爲受斥的直道之士，亦即身負才能、堅持理想，亟欲一展抱負，卻蟄困於不當時命者，代表忠良而遭受黜逐的歷史經驗 [註 11]；當國君不能聽其諫言，縱使絕世賢良之臣，亦只能徒呼負負。而在時機之外，很重要的一點是，「道」的堅持其實是造成孔子東西無所適遇、屈原放逐於楚國的關鍵因素之一。換言之，《鹽鐵論》推測：假使孔子、屈原願意捨下心中的正道理想，何患無官可爲？是以「不遇」這個概念蘊含著賢良傲骨的知識分子風格，當事者乃有「有所不爲」的潔美品格，才招致此種困境，其遭遇

〔註11〕 兩者的「不遇」經驗其實意義是有所差別的，將於下文歷史人物脈絡中論及。

固然令人同情，其品德同時也是值得欽敬的。相對地說，所謂圓滿的
「遇」，其實不單是一種中性價值的契合而已，例如昏君邪臣的氣味
相投，就難以被認同；必須是符合理想色彩、正面價值的遇合，也就
是「賢聖相逢」——賢臣聖君的適時遇合，才能成就功業〔註12〕。

《鹽鐵論》接下來又說：

> 夫以伊尹之智、太公之賢，而不能開辭於桀、紂，非說者
> 非，聽者過也。是以荊和抱璞而泣血，曰：「安得良工而剖
> 之？」屈原行吟澤畔，曰：「安得皋陶而察之？」夫人君莫
> 不欲求賢以自輔，任能以治國，然牽於流說，惑於道諛；
> 是以賢聖蔽掩而讒佞用事，以此亡國破家，而賢士飢於巖
> 穴也。（〈相刺第二十〉）

藉屈原行吟澤畔進一步申論賢士的被動與侷促，認爲以伊尹的才智、
太公的賢能，卻不能勸說桀、紂使之向善，並不是伊尹、太公口才不
佳或才能有限，而是桀、紂昏愚，根本聽不入任何忠諫；所以夏、商
亡國的責任在國君不納諫，而非沒有賢臣輔佐。哪一個國君不希望國
家長治久安、寶鼎世代嗣承？因此也都希冀能得忠心賢良的群臣輔
佐，可是實際上選任人才時，卻往往偏愛那些言辭奉諛、投其所好者，
於是另外一群不願屈膝奉承，以爲憑自身才智可爲社稷擘劃良策者便
沒有施展抱負的機會。這幾乎是君權制度命定的缺失，因爲君權制度
將權力的來源集中在國君一人身上，作爲最高最終的絕對權威，但不
論他身分如何特殊，他依然是「人」，無法倖免於人性的脆弱：綺語
諛辭容易讓人心花怒放，逆耳忠言卻需後天的教育以及過人的修養才
能聽而從之，因此忠良見黜必然是一再重複上演的歷史悲劇。

是以，屈原以其理想崇高、熱情澎湃的生命而遭逢兩任君王的黜
廢，不只是個人的不幸，而且是此種體制結構下，命定的悲劇。他不
是歷史上第一個有此遭遇者，《九章·涉江》中屈原即自道：

〔註12〕 所謂的功業常常是將長治久安、仁德之政、雄圖霸業淆合爲同一個
　　　　目標，尤其在西漢之世。

忠不必用兮，賢不必以。伍子逢殃兮，比干菹醢。與前世
皆然兮，吾又何怨乎今之人！

伍子胥、比干皆殷鑑不遠，屈原當然也不會是最後一個。所以屈原的
「不遇」，從一個個人化的特殊經驗，提昇爲一種普遍經驗的象徵。
此一象徵的作用，可以如《鹽鐵論》這般客觀討論治道政則，思索成
就聖君賢臣的途徑，避免悲劇再三上演；也可能是後代有相同遭遇感
受者，在屈原「不遇」的歷史經驗中，尋找情感的共鳴或宣洩。

第二次流放江南時，屈原懷石自沈汨羅，結束自己的生命。其投
江自盡的意願在作品中已有蛛絲馬跡可尋：

已矣哉！國人莫我知兮，又何懷乎故都？既莫足與爲美政
兮，吾將從彭咸之所居。(〈離騷〉)

寧溘死以流亡兮，恐禍殃之有再。不畢辭而赴淵兮，惜壅
君之不識。(《九章・惜往日》)

舒憂娛哀兮，限之以大故。……知死不可讓，願勿愛兮，
明告君子，吾將以爲類兮。(《九章・懷沙》)

屈原表明自己因爲政治理想的挫折而萌死志，而且作品中屢屢提到效
仿彭咸的意念：「吾將從彭咸之所居」、「願依彭咸之遺則」；「彭咸」
〔註13〕 此一人物乃投水而死，種種線索透露屈原抱持沈江的決心。

因爲屈原自己在〈離騷〉、〈惜往日〉、〈懷沙〉等作品中，再三痛
陳昏君不明、世道難行，扣連著輕生之念，因此他的自殺跟現實的仕
途受挫有關是可以確定的。但是「未受重用、被放逐而自殺」這樣一

〔註13〕 王逸《楚辭章句》注〈離騷〉「願依彭咸之遺則」：「彭咸，殷賢大夫，
諫其君不聽，自投水而死。」這段話是否全爲史實，並沒有其他史
料可以證明，「殷代官吏，投水而死」是客觀陳述，可是「諫其君不
聽而投水」卻似爲一種推測。顏師古所云：「彭咸，殷之介士，不得
其志，投江而死。」即屬另一種推測，所以筆者以爲王逸之注涵蘊
個人主觀認知。明代汪瑗《離騷蒙引》有「彭咸辨」一篇，對歷來
關於彭咸的種種説法有詳細討論，包括王逸之説可能本於劉向〈九
歎〉「思彭咸之水游」；對彭咸就是壽八百的彭祖之説也有新的反駁
理由，以及推測彭咸跟〈天問〉中的「彭鏗」可能只是名號之更見
互出。

個客觀表象仍然可以容納多種詮釋，例如失望、逃避等等。可是從〈漁父〉〔註14〕一文開始，屈原之死被詮釋為主體積極性的選擇：

> 屈原既放，游於江潭，行吟澤畔，顏色憔悴，形容枯槁。漁父見而問之曰：「子非三閭大夫歟？何故至於斯？」屈原曰：「舉世混濁我獨清，舉世皆醉我獨醒，是以見放。」漁父曰：「聖人不凝滯於物，而能與世推移。世人皆濁，何不淈其泥而揚其波？眾人皆醉，何不餔其糟而歠其醨？何故深思高舉而自令放為？」屈原曰：「吾聞之，新沐者必彈冠，新浴者必振衣。安能以身之察察，受物之汶汶者乎？寧赴湘流，葬於江魚之腹中。安能以皓皓之白而蒙世俗之塵埃乎？」

〈漁父〉作於漢前，司馬遷、劉向的〈屈原傳〉都引用了，其中觀念適以代表漢代對屈原自殺心理的共識。在這篇對答文章〔註15〕中，「漁父」這個寓言性質的角色，對屈原是否必須做出如此決絕的選擇持保留、不贊同的態度；屈原則表明不能同流合污的志向。事實上，死亡不是屈原唯一而必然的選擇，他一則可以「不凝滯於物而能與世推

〔註14〕　〈漁父〉的作者問題素有爭議，王逸《楚辭章句》先說是「屈原之所作也」，復言「楚人思念屈原，因敘其辭以相傳焉。」莫衷一是。陸侃如、游國恩以為〈卜居〉、〈漁父〉兩篇皆以「屈原既放」行文，顯然是旁人記載。傅錫壬老師從用韻現象發現〈離騷〉、〈九歌〉、〈天問〉、〈九章〉、〈遠遊〉、〈九辯〉、〈招魂〉、〈大招〉為一類，而〈卜居〉、〈漁父〉又自成一類，可為另一證據（見《楚辭古韻考釋》）。加上「漁父」一辭不僅見於《楚辭》，亦見於《莊子》、《列子》，而「滄浪之水」那首歌謠在《孟子・離婁》記為孔子之世已有的「孺子歌」，因此這篇文字實不宜當作真實史料，而宜視為寓言性的創作文字。
　　其實在屈原〈離騷〉、〈九章〉中已經有明顯「主體選擇」的意向，這裡引用〈漁父〉而不用〈離騷〉、〈九章〉，乃是要劃分原作與批評的不同角色。
〔註15〕　對答式的文章有兩種情況：一是藉一問一答推進情節，問者只在引出作者心中真正欲表達的意見，例如宋玉〈高唐賦〉、枚乘〈七發〉等等；另一種則是兩者對辯交戰，雙方意見代表不同立場或價值觀，各有所長，難以妥協，〈漁父〉即此類。

移」，也就是身在紅塵而心靈超脫；二則可以遠離濁世，亦即隱居；三則可以改效他國，另尋明君。可是屈原以「舉世混濁我獨清，舉世皆醉我獨醒，安能以皓皓之白而蒙世俗之塵埃乎？」等話語，堅持高潔自許的理想。所以跟「受譖」、「流放」一樣，將「沈江」中性價值的行為理解為道德上的高潔使然。透過醒醉、清濁、正邪的對比，從小我一己的情緒與選擇，結合大環境的困境承擔——君之不明、國之將危的憂慮與無力；客觀環境乃是無能為力的沈重，主體卻又不願同流合污，在世道暗濁的逼迫之下，「沈江」成為一種道德性的選擇。所以揚雄〈太玄賦〉云：

> 屈子慕清，葬魚腹兮；伯姬曜名，焚厥身兮；孤竹二子，餓首山兮；斷跡屬妻，何足稱兮，辟斯數子，智若淵兮，我異於此，執太玄兮。

肯定屈原是因慕清而葬魚腹，並將屈原與伯姬、伯夷、叔齊相提並論，點出他們都是為個人理想而自主性地結束生命。梁竦則明指屈原沈江顯現其品德的芳潔：

> 圖往鏡來兮，闕北在篇，君名既泯沒兮，後辟亦然。屈平濯德兮，潔顯芳香；句踐罪種兮，越嗣不長；重耳忽推兮，六卿卒強。(〈悼騷賦〉)

王逸將此種詮釋發揮到極點，除了在傳記中說屈原「不忍以清白久居濁世，遂赴汨淵自沈而死」；還於《楚辭章句‧離騷序》云：

> 人臣之義，以忠正為高，以伏節為賢。故有危言以存國，殺身以成仁。是以伍子胥不恨於浮江，比干不悔於剖心。……婉娩以順上，逡巡以避害，雖保黃耇，忠壽百年，蓋志士之所恥，愚夫之所賤也。

認為屈原「退不顧其命」，乃是「伏節」的表現，此時「屈原自沈汨羅」已非單純自殺，而是愛國殉志的終極選擇。所以他將屈原藉「彭咸」透露死志的隱喻語言，與「諫君不聽」的憂慮關連在一起，表示屈原此舉不但是個人不願同流合污的選擇，而且是「忠君愛國」的絕世之行。

　　屈原沈江的意義，一者如上所述，作爲主體道德性的選擇：表現屈原個人對理想自始至終的堅持，以及對環境最深沈壯烈的抗議。二則是貞良受害的歷史悲劇。「受譖」、「流放」固然都是屈原忠直受害的情境，而死亡更是悲劇的最高強度。

> 側聞屈原兮，自沈汨羅。造託湘流兮，敬弔先生。遭世罔
> 極兮，乃殞厥身。(賈誼〈弔屈原賦〉)

> 夫屈原之沈淵，遭子椒之譖也；管子得行其道，鮑叔之力
> 也。今不睹鮑叔之力，而見汨羅之禍，雖欲以壽終，無其
> 能得乎？(《鹽鐵論》第二十二〈訟賢〉)

> 願赴湘、沅之波，從屈原之悲，沈江湖之流，弔子胥之哀。
> (《後漢書》卷十八〈寇榮傳〉)

賈誼以「逢時不祥」來解釋屈原的遭遇，「嗟苦先生，獨離此咎兮」，感嘆一個有理想抱負的知性靈魂在現實中遭受莫大的挫抑傷害，以至於喪失寶貴的生命。《鹽鐵論》對比管仲遇到知己鮑叔牙，得以有機會發揮才能；屈原卻碰到子椒這樣的小人，屢次讒害，終於導致沈江棄世的不幸，感嘆賢才不易保全。寇榮「屈原之悲」的「悲」字也同樣是表達屈原沈淵殞身的不幸、不平。

　　劉歆〈遂初賦〉亦言：

> 昔仲尼之淑聖兮，竟隘窮乎蔡陳；彼屈原之貞專兮，卒放
> 沈於湘淵。何方直之難容兮，柳下黜而三辱；蘧瑗抑而再
> 奔兮，豈材知之不足？揚蛾眉而見妒兮，故醜女之情也；
> 曲木惡直繩兮，亦小人之誠也。

「揚蛾眉而見妒兮，故醜女之情也；曲木惡直繩兮，亦小人之誠也」說出賢知淑好的人必然遭受小人的嫉妒厭惡，「忠直受譖」並不意外；「昔仲尼之淑聖兮，竟隘窮乎蔡陳」、「蘧瑗抑而再奔兮，豈材知之不足？」等歷史經驗也證明危言正色的直道之士往往受斥而不遇，才智賢良之士徒面對其無奈的侷限；「彼屈原之貞專兮，卒放沈於湘淵」更是這種普遍性歷史悲劇的血肉見證。

　　從上述的解析，可以發現存在一種「對比」性。一個有理想抱負

的知性靈魂在現實中遭受挫抑傷害，而相對性受到揄揚青睞的卻是才智能力較次等的人〔註16〕；賈誼〈弔屈原賦〉即運用一連串「鸞鳳、賢聖、方正、隨、夷、莫邪、周鼎、驥」和「鴟梟、闒茸、讒諛、跖、蹻、鉛刀、康瓠、罷牛蹇驢」兩組對比鮮明的措詞，賦予屈原和上官大夫、子蘭等人等一好一壞的角色形象。顏崑陽先生說：

> 漢代文人除了班固之外〔註17〕，大抵都確信屈原這一歷史經驗中，屈原典型地表現了人性的正面價值，而「心害其能」的上官大夫、令尹子蘭等人則典型地表現了人性的負面價值。漢朝文人的確是依循這種君子與小人、善良與邪惡平面性二分的人性觀念，去理解屈原受謗於上官大夫的政治權力鬥爭。〔註18〕

這原本可能是一場價值中立的權力鬥爭，因為不管先秦或兩漢，以政治為業的士人都必須爭取國君的認同。可是，漢代學者卻超越這個層次，而認為雙方在人性上形成「公─私」，在才能上形成「賢─愚」，甚至在道德上形成「忠─奸」的對比；屈原與懷王、頃襄王則是「賢臣─昏君」的無奈交會。屈原在其中代表有理想自覺知識份子，忠心與才能成為懷璧其罪，直道而行卻放逐江南，不忍世間正邪、黑白錯置而從彭咸自沈；因此屈原的「不遇」，乃是對人性才德價值的極大傷害，是背理傷德的政治事件。〔註19〕總言之，漢儒認識屈原的方式，

〔註16〕 這裡才智的高下實際上是一種主觀認定，而且是出自當事者（不遇那位）個人投入感情色彩的認知，雖然未必違反事實，就可觀條件評斷，雙方或許顯示相對性的優劣，不過這種「球員兼裁判」的自身評斷方式，其代表的意義終究不同。

〔註17〕 筆者以為，班固其實也未脫此種善惡二分的觀念，他在〈離騷贊序〉中說：「屈原痛君不明，信用群小，國將危亡，忠誠之情，懷不能已，故作〈離騷〉。」顯示認同屈原的忠誠，並在〈離騷贊序〉與〈離騷序〉中兩度稱其他朝臣為「群小」，可見也是善惡對分的理解方式。差別在於他不再是認為好人一切都完美，對屈原的部份行為與選擇持保留甚至反對的態度。

〔註18〕 顏崑陽〈論漢代文人「悲士不遇」的心靈模式〉，《漢代文學與思想學術研討會論文集》頁229，臺北：文史哲，民國80年。

〔註19〕 參見顏崑陽〈論漢代文人「悲士不遇」的心靈模式〉，頁214至230。

即是藉由「受譖」、「流放」事件的強調，與上官大夫等人的對比，以及透過〈離騷〉、〈九章〉的證明，組合一個完整統一的形象，突顯出屈原「秉德修能，逢時不祥」的形象特質。

第二節　反照自身情志

在整個漢代文獻中看起來，屈原比較是以一個歷史政治人物，而不像是一個文學家來存在的，這並不是否定漢儒對於屈原作品的重視，那麼是什麼意思呢？比較「伯夷、叔齊」跟「李白、杜甫」這樣兩組人物，我們可以很清楚區分他們是兩類不同的角色性質、人物形象；「李白、杜甫」以其傑出的文學成就：〈將進酒〉、〈長干行〉、〈北征〉、〈秋興〉、「三吏三別」等等作品留下詩仙、詩聖的名號，後人的印象聚焦於其耀眼的文才光芒上；而「伯夷、叔齊」卻是以其行徑：「義不食周粟，采薇而食之，遂餓死於首陽山」〔註20〕塑造出「高義絜行」的形象，也就是其生平或際遇代表某種範式的歷史經驗，後代一提到這個人物，腦海中最先湧現的便是特定的印象。至於「屈原」，在他漫長複雜的生命歷程，以及眾多的作品中，漢儒孤立出他「受譖」、「流放」、「自沈汨羅」的遭遇，並結合〈離騷〉、〈九章〉這類表白悲怨的文章，使之成爲「忠而被謗，信而見疑」特定歷史經驗的象徵人物。而不是由使齊、江南見聞、家庭等其他事跡，配合〈九歌〉、〈天問〉等著作來呈顯不同的特質，或是專就屈原作品的朗麗奇詭而標示其歷史地位。

爲什麼漢儒會特別強調屈原的「不遇」？這樣的象徵對漢儒有什麼意義呢？徐復觀先生指出：

> 當時的知識分子，以屈原的「信而見疑，忠而被謗，能無怨乎！」的「怨」象徵著他們自身的「怨」。〔註21〕

〔註20〕《史記》卷六一，〈伯夷列傳〉。
〔註21〕徐復觀〈兩漢知識分子對專制政治的壓力感〉，《兩漢思想史卷一》頁284，臺北：臺灣學生書局，民國82年（七版三刷）

的確，漢代知識份子普遍將屈原作爲「不遇」象徵，藉以表達自身相似經驗的共鳴。第二章已經分析過漢代的政治環境，大一統威權的形成，對知識份子構成窘困與壓迫的心理壓力，於是屈原理想情志落拓的憤鬱蹇迫引起漢儒深刻的震撼。在賈誼〈弔屈原賦〉、嚴忌〈哀時命〉、董仲舒〈士不遇賦〉、東方朔〈答客難〉，以及司馬遷〈悲士不遇賦〉、《史記‧屈賈列傳》等文章中，或隱或顯地都意欲藉由屈原的「不遇」經驗，抒發自己不得志的感慨。因此他們談及「信而見疑，忠而被謗」的委屈，或是「小人當道，賢士幽藏」的不平時，經常是將自身情緒投射其中，以慷慨激昂、氣憤難平、委屈自憐或冤屈抗訴的姿態，直接地感受屈原這些相似的經驗，而形諸爲創作語言時，幾乎是混淆著屈原與自身，摹寫對方猶如吐露心聲。可是這樣一種主觀而感性的角度，幾乎是以主體熱切的生命力投擲下去，絕不只是時代環境造成的集體意識而已，必然個人有真切的親身經驗，才會醞釀出如此深刻的感受。因此本節擬敘述兩漢作爲批評主體的知識份子，有哪些個人經驗影響他們對屈原的認知？而這些個人遭遇所造成上述情緒共鳴的現象，又具有什麼意義呢？

甲、批評家分析

一、賈　誼

　　司馬遷著《史記》，將賈誼與屈原合傳，足見其必有共通之處。賈誼年少即以博學聞名，文帝召爲博士。據《史記‧屈賈列傳》：

> 是時賈生年二十餘，最爲少。每詔令議下，諸老先生不能言，賈生盡爲之對，人人各如其意所欲出。諸生於是乃以爲能，不及也。孝文帝說之，超遷，一歲中至太中大夫。

跟屈原青年時期受懷王賞識一樣，賈誼年少得志，年紀輕輕就升任高官，被賦予重責大任，表現出色；卻也引來其他大臣的不滿：

> 絳、灌、東陽侯、馮敬之屬盡害之，乃短賈生曰：「雒陽之人，年少初學，專欲擅權，紛亂諸事。」於是天子後亦疏

之，不用其議。

因此，他跟屈原的遭遇，的確有相當的雷同：

> 賈誼在實現自己政治理想的過程中，受到文帝的賞識，權
> 力膨脹過於快速，一年之中，超遷至大中大夫。不久，「天
> 子議以賈誼任公卿之位」。因此，頗召周勃、灌嬰、馮敬等
> 老臣的嫉妒，聯手向文帝詆毀賈誼，說他「年少初學，專
> 欲擅權，紛亂諸事」，於是「天子後亦疏之」。這一權力鬥
> 爭的政治經驗類近於屈原受讒於上官大夫的模式。〔註22〕

可是據《史記》、《漢書》所描述，絳侯周勃與灌嬰並非昏庸奸臣，
似乎不該是〈弔屈原賦〉所影射的「鴟梟、闒茸」那麼卑劣；況且，
班固《漢書·賈誼傳·贊》認爲「追觀孝文玄默躬行以移風俗，誼之
所陳略施行矣。及欲改定制度，以漢爲土德，色上黃，數用五，及欲
試屬國，施五餌三表以係單于，其術固以疏矣。」也就是賈誼所陳之
計、所上之策，有其可行及不可行者；因此絳、灌所慮未必是惡意讒
害。客觀的說，在君權制度下，臣下的權力與理想實踐的機會掌握在
國君手上，以政治爲業的士人本來就必須爭取國君的認同，就「改正
朔，易服色………悉更秦之法」〔註23〕的重大政策本身，賈誼跟周勃
等人只是立場不同。從絳侯短賈誼、文帝疏之至〈弔屈原賦〉的寫成，
三事的聯繫可能不像太史公所描述這麼密切。李大明先生於劉向一段
話找出賈誼不遇的另一線索〔註24〕：

> 太中大夫賈誼亦數諫止游獵。是時誼與鄧通俱侍中同位，
> 誼又惡通爲人，數廷譏之，由是疏遠，遷爲長沙太傅。既
> 之官，內不自得。及渡湘水，投弔書曰：「闒茸尊顯，佞諛
> 得意。」以哀屈原離讒邪之咎，亦因自傷爲鄧通等所訴也。

鄧通名列《漢書·佞幸傳》，「無他技能，不能有所薦達，獨自謹身以

〔註22〕顏崑陽〈論漢代文人「悲士不遇」的心靈模式〉，《漢代文學與思想
學術研討會論文集》頁229。
〔註23〕《史記·屈賈列傳》。
〔註24〕李大明《漢楚辭學史》頁28。

媚上而已」,「吮癰」典故即出自此人,文帝極為寵幸,官至上大夫,且受賜銅山,可自鑄錢。據劉向之言,賈誼深惡此人,屢屢當廷譏刺,奈文帝幸愛鄧通,反疏遠賈誼。故《困學紀聞》卷一七記宋景文之言曰:「賈生思周鬼神,不能救鄧通之譖。」

觀賈誼《新書》,陳說治理,識要義奧,其才華不容置疑,劉向推崇:「賈誼言三代與秦治亂之意,其論甚美,通達國體,雖古之伊、管未能遠過也。使時見用,功化必盛。為庸臣所害,甚可悼痛。」〔註25〕的確,〈過秦論〉、〈治安策〉等文充分顯示一個優秀知識份子的認真,他從往古歷史思齊杜弊,對現實環境深刻反省,並構思擘劃理想藍圖,唐代皮日休也說:「余嘗讀賈誼《新書》,見其經濟之學大矣哉!真命世王佐之才也。」他的賢良是備受肯定的。奈何才高遭忌,改正朔之計被老臣反對,譴責佞臣鄧通反遭文帝疏遠。是以劉熙載《藝概・賦概》曰:「讀屈、賈辭,不問而知其為志士仁人之作。太史公之合傳,陶淵明之合贊,非徒以其遇,殆以其心。」因此他對屈原「忠良受黜」的經驗不得不感同身受!〈惜誓〉「或推迻而苟容兮,或直言之諤諤;傷誠是之不察兮,并紉茅絲以為索。方世俗之幽昏兮,眩黑白之美惡。」之語可謂心聲寫照。

雖然賈誼肯定屈原的枉屈,可是就君子受困現實所能採取的主體應對之道,他提出質疑:

歷九州而相其君兮,何必懷此都也?

以為屈原身處可周遊諸國的時代,何必委屈於一個不懂欣賞他的國君呢?「當戰國時,屈平不用於荊,則有齊、趙、秦、魏矣,何不捨荊而相他國乎?」〔註26〕這是漢初侷限於一統政權下的知識份子,對比戰國情勢所涵容的主體自由,而發出的感嘆。

〔註25〕《漢書・賈誼傳・贊》引。

〔註26〕唐・皮日休《皮子文藪》卷二〈悼賈序〉:「生自以不得志,哀屈平之放逐,及渡沅、湘,沈文以弔之;故其辭曰:『歷九州而相其君兮,何必懷此都也?』噫!余釋生之意矣!」而說出本文所引這段話。

二、東方朔

東方朔年輕時適逢武帝初即位，廣招天下人才，東方朔自上書曰：

> 年十三學書，三冬文史足用；十五學擊劍；十六學《詩》、
> 《書》，誦二十二萬言；十九學孫吳兵法，戰陣之具，征鼓
> 之教，亦誦二十二萬言。臣朔固已誦四十四萬言，又常服
> 子路之言。臣朔年二十二，長九尺三寸，目若懸珠，齒若
> 編貝，勇若孟賁，捷若慶忌，廉若鮑叔，信若尾生；若此，
> 可以為天子大臣矣！〔註27〕

這篇稍嫌自滿的上書表達東方朔對自己才能的信心以及積極求作為
表現的旺盛企圖心，可是他後來得武帝愛幸皆是以一些機智滑稽的言
行，與枚皋、倡優郭舍人等侍君左右。「見視如倡」對枚皋而言只是
悔歎，而且枚皋「不通經術、好嫚戲」〔註28〕，尚且使匈奴；而東方
朔誦四十四萬言，對農時天變、政道強國有其見解，亦直言切諫武帝
弋獵等事，可是如《漢書》本傳所言：

> 武帝既招英俊，程其器能，用之如不及。時方外事胡越，
> 內興制度，國家多事，自公孫弘以下至司馬遷皆奉使方外，
> 或為郡國守相至公卿，而朔嘗至太中大夫，後嘗為郎，與
> 枚皋、郭舍人俱在左右，詼諧而已。久之，朔上書陳農戰
> 彊國之計，因自訟獨不得大官，欲求試用。其言專商鞅、
> 韓非之語也，指意放蕩，頗復詼諧，辭數萬言，終不見用。

武帝只取其詼諧善辯之長，未肯賦予重任，儘管「他以滑稽的姿態，
運用詭譎的表達技巧，向漢武帝作了不少的勸諫，自有他很莊嚴的成
就。」〔註29〕可是對東方朔而言卻是才能未得發揮的困頓不遇，所以
他在〈答客難〉跟〈非有先生論〉中深切抒發不遇之感。

但即使同為「不遇」之感，東方朔所體會的卻是異於屈原而有自
身獨特性的。〈答客難〉中描述對戰國時代的嚮往，「彼一時也，此一

〔註27〕《漢書·東方朔傳》。
〔註28〕《漢書》卷五一〈賈鄒枚路傳〉。
〔註29〕顏崑陽〈漢代「楚辭學」在中國文學批評史上的意義〉。頁212。

時也」，戰國相爭，「得士者彊，失士者亡」；漢代一統之後，雖然四
海賓服，可是人才反而無從發揮，「賢不肖何以異哉？」君對臣的威
嚴統治，也讓知識份子有窒困的壓迫感：

> 昔者關龍逢深諫於桀，而王子比干直言於紂，此二臣者，
> 皆極慮盡忠，閔王澤不下流，而萬民騷動；故直言其失，
> 切諫其邪者，將以爲君之榮，除主之禍也。今則不然，反
> 以爲誹謗君之行，無人臣之禮，果紛然傷於身，蒙不辜之
> 名，戮及先人，爲天下笑。（〈非有先生論〉）

而且東方朔身處西漢初年，誠如第二章所言，保留戰國縱橫游士的霸
氣，他對「遇」的概念值得注意：

> 苟能修身，何患不榮？太公體行仁義，七十有二，乃設用
> 於文、武，得信厥說。封於齊，七百歲而不絕。此士所以
> 日夜孳孳，敏行而不敢怠也。（〈答客難〉）

他以爲「修身」、「體行仁義」的目的在於「榮」、「封嗣不絕」，價值
標準在於立功揚名。固然他也主仁義諫諍、舉賢才、薄賦斂等改善社
會的政策，可是他認爲臣下這些努力應當獲取在「名祿」上的相對回
饋，所以「褒有德，祿賢能」也是國君不可疏忽者。

三、董仲舒

董仲舒於景帝時爲《春秋》博士，爲人廉直，向武帝上〈賢良對
策〉，建議罷黜百家，獨尊儒術；後來武帝果納其言，獨尊儒術，以
經取士，對中國學術影響深遠。可是董仲舒實際上並未備受武帝賞識
重用，據《漢書・董仲舒傳》所載，董仲舒先後遭主父偃、呂步舒、
公孫弘有意或無意的陷害，曾廢爲中大夫，下吏當死；「凡相兩國，
輒事驕王」；後來以病免，去位歸居。因此其宦途稱不上順遂，「王佐
之才」〔註30〕並未得以充分發揮。

董仲舒作有〈士不遇賦〉，曰：

〔註30〕 劉向稱「董仲舒有王佐之才，雖伊尹亡以加，管晏之屬，伯者之佐，
　　　　殆不及也。」見《漢書・董仲舒傳・贊》。

　　屈意從人，非吾徒矣。正身俟時，將就木矣。悠悠偕時，
　　豈能覺矣。心之憂歟，不期祿矣。皇皇匪寧，祇增辱矣。……
　　不丁三代之盛隆兮，而丁三季之末俗，以辯詐而期通兮，
　　貞士耿介而自束。……嗟天下之偕違兮，悵無與之偕返：
　　孰若返身於素業兮，莫隨世而輸轉；雖矯情而獲百利兮，
　　復不如正心而歸一善。

董仲舒經學家的身份，以及廉直的個性，使他對名祿的重視不似東方
朔，而較為強調正道直行，不願同流合污；他反覆申訴世俗的矯情穢
濁，強調自己對道、善、理想的堅持，因此其〈士不遇賦〉在「生不
逢時」的感慨上，跟〈離騷〉是非常相似的，他以「吾儕、君子」的
用語來表達自己跟屈原等人是志同道合的，是以「指其白以為黑」既
是屈原對其世的控訴，也是董仲舒對其世的指陳。

四、司馬遷

　　司馬遷家學淵源，世代為史官，其父司馬談已有論著之志，然未
及完成；司馬遷克紹箕裘，以繼承周公制禮樂、孔子作《春秋》之意
自許，其志氣之昂揚可見一斑。他飽學博聞，行遊天下，繼承太史令
之職，掌石室金匱之書，為完成《史記》而作一切準備；亦曾奉使巴
蜀以南，頗受武帝賞識。不料，遭李陵之禍，事情起因是武帝天漢二
年發兵匈奴，李陵被六倍的敵人包圍，部下管敢因受辱而降敵，說出
李陵已無後援，單于於是緊追猛攻，戰友韓延年也戰死，李陵覺得「無
面目見天子」，便投降了。消息傳回，武帝震怒，滿朝文武無人敢為
李陵說話，司馬遷卻覺得李陵是「事親孝，與士信，臨財廉，取予義，
分別有讓，恭儉下人，常思奮不顧身以徇國家之急」（〈報任少卿書〉）
的奇士，雖然平素沒有交情，還是挺身為他說話，不料因之下獄，奈
司馬遷家窮，無錢贖罪，只好身繫囹圄。隔年聞李陵為匈奴練兵，武
帝怒不可遏，將李陵眷屬盡誅，並且將司馬遷處以腐刑。

　　受腐刑為其一生奇恥大辱〔註31〕，他說：「禍莫慘於欲利，悲莫

─────────────────────────

〔註31〕司馬遷在〈報任少卿書〉談到腐刑乃十辱之末：「太上不辱先，其次

痛於傷心，行莫醜於辱先，而詬莫大於宮刑。……僕以口語遇遭此禍，重爲鄉黨戮笑，汙辱先人，亦何面目復上父母之丘墓乎？雖累百世，詬彌甚耳。是以腸一日而九回，居則忽忽若有所亡，出則不知何如往。每念斯恥，汗未嘗不發背霑衣也。」在這樣的悲憤恥辱中，「所以隱忍苟活，函糞土之中而不辭者，恨私心有所不盡，鄙歿世而文采不表於後也。」因爲不甘才華埋沒，司馬遷忍被刑之恥而繼續完成《史記》。

司馬遷的「不遇」，比起其他人來，是充滿冤屈與恥辱的，支持他繼續下去者乃是「歿世無聞，古人惟恥」的想法。「依史遷之意，似謂士君子非待於『聞』，則其價值無所立」〔註32〕。他在〈悲士不遇賦〉所感慨者亦是：

> 恒克己而復禮，懼志行之無聞。諒才韙而世戾，將逮死而長勤。雖有形而不彰，徒有能而不陳。

因爲司馬遷的價值觀，是才能得所發揮，志行得揚天下，因此他對屈原「信而見疑，忠而被謗」的遭遇，除了同情之外，「又怪屈原以彼其材，游諸侯，何國不容，而自令若是。」其實在戰國情勢中，類似屈原的「不遇」，一方面可以選擇投奔他國，另外也能隱逸遠遁；例如儒家主張「邦有道，不廢；邦無道，免於刑戮。」〔註33〕道家也說「天下有道，聖人成焉；天下無道，聖人生焉。方今之時，僅免刑焉。福輕乎羽，莫之知載；禍重乎地，莫之知避！」〔註34〕然而我們若仔細觀察可以發現，「邦無道則隱」的價值選擇在司馬遷的思想中是罕見的，他嘆息屈原才而未用，未能把握戰國諸侯並爭、卿士多所發揮的時機，建立積極的功名事業，反而讓自己淪落到投江自沈的境地。

不辱身，其次不辱理色，其次不辱辭令，其次詘體受辱，其次易服受辱，其次關木索被箠楚受辱，其次易毛髮嬰金鐵受辱，其次毀肌膚斷肢體受辱，最下腐刑，極矣。」

〔註32〕 胡正之〈從班固悲士論兩漢知識份子性格之轉變〉，頁191，收錄於輔大《兩漢文學學術研討會論文集》，臺北：華嚴出版社，民國84年。

〔註33〕 《論語‧公冶長》。

〔註34〕 《莊子‧人間世》。

因此對屈原的感慨，比起賈誼說是「遭世罔極」，司馬遷不但不認為「生不逢『時』」，反而可惜屈原逢時卻未加利用，他內心的惜才之意表露無遺。

　　對於司馬遷如此強烈希冀垂名青史的念頭，並不只是個人好於馳才逞智所致，而是跟西漢整體士風有密切關連，第二章第二節分析過，當時仍保留游士縱橫的霸氣，士人對自身的歷史定位抱有特殊的期許，不管制度上的百年大計、外交上的開疆拓土或學術上的一家之言，多數人都是積極求作為的。司馬遷「懼志行之無聞」所表現英雄主義式立業揚名的期許，或是「究天人之際，通古今之變，成一家之言」這種充滿雄心壯志的時代使命感，正是此種典型。

五、劉　向

　　劉向是皇室楚元王後裔，原名更生，明經能文，忠直有行；與蕭望之、周堪、金敞四人同輔元帝。可是當時外戚許、史，宦官弘恭、石顯得勢弄權，譖愬四人，導致四人下獄免官。後來劉向以地震災異為由，上書請皇帝賞善罰惡，弘恭、石顯卻奏請考奸詐：「劾更生前為九卿，坐與望之、堪謀排車騎將軍高、許氏侍中者，毀離親戚，欲退去之，而獨專權；為臣不忠，幸不伏誅，復蒙恩徵用，不悔前過，而教令人言變事，誣罔不道。」（《漢書》卷三六）致使劉向免為庶人，蕭望之更因此在獄中自殺。元帝才悼悔誤害忠臣，而重新擢拔周堪等人，雙方又開始鬥爭。其間劉向幾度上書直諫，憂國憤切之情溢於言表：

> 今賢不肖渾殽，白黑不分，邪正雜揉，忠讒並進。章交公車，人滿北軍，朝臣舛午，膠戾乖剌，更相讒愬，轉相是非。傳授增加，文書糾紛，前後錯繆，毀譽渾亂；所以營惑耳目，感移心意，不可勝載。分曹為黨，往往群朋，將同心以陷正臣。正臣進者，治之表也；正臣陷者，亂之機也。乘治亂之機，未知孰任，而災異數見，此臣所以寒心者也。〔註35〕

〔註35〕　《漢書》卷三六〈楚元王傳〉。

雖然周堪、劉向等人忠心耿耿，可是個性方正，不敵恭、顯等人城府機深，下場非卒即廢。劉向即貶廢十餘年，直到成帝即位，才重獲進用。但是當時新的外戚勢力崛起，大將軍王鳳倚太后之勢，專權攬事，一門封侯。劉向不憚前次教訓，又屢屢直諫，曾對友陳湯曰：「上以我先帝舊臣，每進見常加優禮，吾而不言，孰當言者？」而成帝雖然知道劉向忠精，對外戚貴盛也有同感，卻沒有魄力改變情勢；幾度欲升向爲九卿，亦因王氏居位者反對而作罷。

劉向雖爲宗室貴族，卻無驕威，亦不愛酬際；專意積思於社稷關懷，每每藉經、史、災異、星宿勸諫君王，而且其關注層面延及薄葬、荒淫等等，所以他對外戚宦官的指責，不可以一般權力鬥爭等閒視之，而是發揮知識份子的擔當與責任感。

劉向除了在《新序‧節士第七》中有篇屈原傳，另編有《楚辭》，作有〈九歎〉、〈疾讒〉，對屈原其人或者是對「楚辭」的研究都有重要貢獻。他對楚辭的愛好或是對屈原經驗的共鳴，不僅是曾受元帝廢黜十餘年的不遇，而且他跟屈原同樣具有宗室身份，與政權有「國、家」雙重關係，別有一種責無旁貸的特殊關懷，這也讓他比其他漢代不遇的楚辭批評家對於屈原的遭遇跟思想有更深刻的感受。

六、馮　衍

馮衍聰慧有才，「年九歲能頌詩，至二十而博通群書」；年少時適逢王莽在位，「諸公多薦舉之者，衍辭不肯仕」〔註36〕。後來群雄爭霸，馮衍初在廉丹麾下獻策，他以「人懷漢德，甚於詩人思召公」勸廉丹反王莽，可是廉丹不聽；在廉丹與赤眉戰死後，馮衍亡命河東。更始二年，尙書鮑永安集北方，馮衍以計說永，鮑永素來就欣賞馮衍才氣，兩人及上黨太守田邑等合力擁護更始旗號，與劉秀勢力對抗，田邑聞更始敗，加上親人受俘，最早降劉秀，因爲更始尙在的謠言不斷，馮衍還修書斥責田邑爲臣不當有二心；後來鮑永、馮衍確定更始

〔註36〕《後漢書》卷二十八上，〈桓譚馮衍列傳〉。下一句引文出處同。

已歿，不願以原來扶持更始的兵眾向新皇帝邀功，鮑永說：「臣事更始，不能令全，誠慚以其眾幸富貴，故悉罷之。」〔註37〕就解散軍隊勢力，以平民身分屯田河內；俟東漢底定天下，光武用鮑永而獨黜馮衍，馮衍陸續上書言志，結果不是受讒便是惹皇帝不悅，因此仕途始終坎坷。

　　建武末年，馮衍寫了〈顯志賦〉抒發自己的志向與感懷，「正身直行，恬然肆志。顧嘗好俶儻之策，時莫能聽用其謀。喟然長嘆，自傷不遭！久棲遲於小官，不得舒其所懷。」〔註38〕文中多模仿屈原〈離騷〉：

> 悲時俗之險惡兮，哀好惡之無常。棄衡石而意量兮，隨風波而飛揚。紛綸流於權利兮，親雷同而妒異。獨耿介而慕古兮，豈時人之所喜？……行勁直以離尤兮，羌前人之所有；內自省而不慚兮，遂定志而弗改。
>
> 歲忽忽而日邁兮，壽冉冉其不與；恥功業之無成兮，赴原野而窮處。昔伊尹之干湯兮，七十說而乃信；皋陶釣於雷澤兮，賴虞舜而後親；無二子之遭遇兮，抱忠貞而未達。
>
> 纂前修之夸節兮，曜往昔之光勳；披綺季之麗服兮，揚屈原之靈芬。高吾冠之岌岌兮，長吾佩之洋洋；飲六醴之清液兮，食五芝之茂英。

摹習屈原對自身潔好品德的堅持，以及時間流逝的壓力感，馮衍自認既有才能，志節亦無虧：生逢改朝換代之際，在王莽之世有先見之明不肯出仕，後亦勸廉丹反莽；對更始忠心耿耿，不願獻眾求寵；於光武動能討賊、靜能直諫，可謂良臣，奈何終不見用。賦中有句話值得注意：「哀好惡之無常」，這或許是馮衍深有所感的體會，君臣之間的相處並非規則有常，我鞠躬盡瘁，他卻棄如敝屣；或是我日日誠敬如一，他卻朝賞夕罰，讓人無所適從。

〔註37〕　《後漢書》卷二十九，〈申屠鮑永郅惲列傳〉。
〔註38〕　〈顯志賦序〉。

　　當馮衍愈是積極表現，主動求取機會，就愈被疏廢，范曄有段話恰可爲其註腳：「夫仁義不足以相懷，則智者以有餘爲疑，而朴者以不足取信矣。」〔註39〕這段話是針對吳漢的評論，吳漢爲人質厚，不善言辭，可是謹慎認眞，深得光武信任，常居上公之位。相較之下，馮衍聰慧能幹，反而只能擔任小官。這不是光武愚智不分，正是明其一智一愚，而有用黜之別，關鍵在「仁義不足以相懷」。在理想情境下，「既往不咎」是被期待的，可是「恕義情難」！要放下成見，接納一個曾經效忠仇敵者已是不易，要接納其諫言更是困難。

七、寇　榮

　　寇榮爲寇恂曾孫，頗有才學，年少知名，桓帝時爲侍中。據《後漢書》記載，寇榮性矜絜自貴，於人少所與，以此見害於權寵。而從兄子尙帝妹益陽長公主，帝又聘其從孫女於後宮，左右益惡之。延熹中，遂陷以罪辟，與宗族免歸故郡。史承望風旨，持之浸急，榮恐不免，奔闕自訟。未至，刺史張敬追劾榮以擅去邊，有詔捕之。榮逃竄數年，會赦令，不得除，積窮困，乃自亡命中上書。

　　這篇上書言詞憤切，情感非常強烈，試觀其文：

> 臣兄弟獨以無辜爲專權之臣所見批抵，青蠅之人所共搆會。以臣婚姻王室，謂臣將撫其背，奪其位，退其身，受其埶。於是遂作飛章以被於臣，欲使墜萬仞之院，踐必死之地，令陛下忽慈母之仁，發投杼之怒。尚書背繩墨、案空劾，不復質确其過，實於嚴棘之下，便奏正臣罪。司隸校尉馮羨佞邪承旨，廢於王命驅逐臣等，不得旋踵。……今殘酷容媚之吏，無折中處平之心，不顧無辜之害，而興虛誣之誹，欲使嚴朝必加濫罰。是以不敢觸突天威，而自竄山林，以俟陛下發神聖之聽，啓獨睹之明，拒讒慝之謗，絕邪巧之言，救可濟之人，援沒溺之命。……精誠足以感於陛下，而哲王未肯悟。如臣犯元惡大憝，足以陳於原野，

〔註39〕《後漢書》卷十八〈吳蓋陳臧列傳〉。

備刀鋸，陛下當班布臣之所坐，以解眾論之疑。臣思入國
門，坐於肺石之上，使三槐九棘平臣之罪。而闔闔九重，
陷阱步設，舉趾觸罘罳，動行絓羅網，無緣至萬乘之前，
永無見信之期矣。……臣聞勇者不逃死，智者不重困，固
不爲明朝惜垂盡之命，願赴湘、沅之波，從屈原之悲；沈
江湖之流，弔子胥之哀。臣功臣苗緒，生長王國，懼獨含
恨以葬江魚之腹，無以自別於世，不勝狐死首丘之情，營
魂識路之懷。犯冒王怒，觸突帝禁，伏於兩觀，陳訴毒痛；
然後登金鑊、入沸湯，糜爛於熾爨之下，九死而未悔。悲
夫！久生亦復何聊！蓋忠臣殺身以解君怒，孝子殞命以寧
親怨，故大舜不避塗廩浚井之難，申生不辭姬氏讒邪之謗。
臣敢忘斯議，不自斃以解明朝之忿哉！〔註40〕

這篇文章當中，不僅「願赴湘、沅之波，從屈原之悲」一句明白點出
屈原「悲」「沈江」及作者自身的契應效法之意，另外有許多句子也
都脫胎自《楚辭》，如「哲王未肯悟」「闔闔九重」「營魂識路之懷」
「九死而未悔」，因此寇榮的確是藉屈原的歷史經驗，藉著屈原在《楚
辭》中抗訴的冤屈，傳達自己深沈迫切的委屈。

　　寇榮跟前述幾位同樣都是懷才而遭人讒害，而且他的遭遇有過
之而無不及，不只是不受皇帝重用，未能發揮才能與理想；而且慘
遭追殺，在山中逃亡度日，幾度申冤，欲表明自己的無辜，卻遭致
更嚴重的災禍。因此寇榮對屈原經驗所強調者，主要是哲王不悟。
可是同爲「哲王不悟」的情境，屈原乃訴諸與懷王個人化的情誼：「曰
黃昏以爲期兮，羌中道而改路。初既與余成言兮，後悔遁而有他；
余既不難夫離別兮，傷靈修之數化。」（〈離騷〉）對懷王的不信任發
出嗔怨，因此他的忠心是出自個人主動的感性意念；寇榮則以倫理
道德的要求做理性研判，所以他說：「蓋忠臣殺身以解君怒，孝子殞
命以寧親怨，故大舜不避塗廩浚井之難，申生不辭姬氏讒邪之謗。
臣敢忘斯議，不自斃以解明朝之忿哉！」臣對君的效忠已由主體選

─────────────

〔註40〕　《後漢書》卷十六〈鄧寇列傳〉。

擇變爲普遍性倫理要求，這是戰國時代與兩漢不同制度下的差異，
寇榮因爲置身專制政權下的帝王威勢，不像屈原時代君臣仍有相對
互動的平等性。

即使同在漢代，寇榮所反映專制政權的壓迫感，也不只是東方朔
那種「時異事異」心靈的壓力而已，而是帝網險惡的切身感受。寇榮
屢屢提及律法審判：「登金鑊、入沸湯，靡爛於熾爨之下」，知識份子
在此體制下，幾乎不可能再以意氣風發的姿態撐持道的理念，而不免
訴諸道德主體的自處內省，這在下節中將繼續討論。

八、趙　壹

趙壹，體貌魁梧，身長九尺，美鬚豪眉，望之甚偉。而恃才倨
傲，爲鄉黨所擯，乃作〈解擯〉。後屢抵罪，幾至死，友人救得免。
〔註41〕

趙壹也是懷才而遭罪，其〈刺世疾邪賦〉中也模擬了屈原的不遇
感受：「佞謅反俗，立致咎殃」、「邪夫顯進，直士幽藏」、「雖欲竭誠
而盡忠，路絕險而靡緣；九重既不可啓，又群吠之猖猖」。可是趙壹
藉屈原形象所抒發的自身感受，跟寇榮相似，都是對當世專制威勢壓
迫的感觸。〈窮鳥賦〉的序中提到：「余畏禁，不敢班班顯言，竊爲〈窮
鳥賦〉一篇」，顯示專制體制對知識份子言論自由的摧抑。〈窮鳥賦〉
一文寓寫東漢知識份子的困境：

> 有一窮鳥，戢翼原野。羅網加上，機阱在下；前見蒼隼，
> 後見驅者；繳彈張右，羿子彀左；飛丸激矢，交集於我。
> 思飛不得，欲鳴不可；舉頭畏觸，搖足恐墮；內獨怖急，
> 乍冰乍火。

藉「窮鳥」受到羅網、陷阱、獵人的補殺，比喻知識份子置身多重壓
力下的無所遁逃，內心是「乍冰乍火」的強烈驚懼。在〈刺世疾邪賦〉
也對當時的政治環境作了較清楚的指陳：

> 德政不能救世溷亂，賞罰豈足懲時清濁？春秋時禍敗之

〔註41〕《後漢書》卷八十下〈文苑列傳〉。

始，戰國愈復增其荼毒；秦、漢無以相踰越，乃更加其怨
酷，寧計生民之命，唯利己而自足。于茲迄今，情僞萬方，
佞諂日熾，剛克消亡；舐痔結駟，正色徒行。嫗㜷名埶，
撫拍豪強；偓寒反俗，立致咎殃。捷慴逐物，日富月昌；
渾然同感，孰溫孰涼，邪夫顯進，直士幽藏。……被褐懷
金玉，蘭蕙化爲芻。賢者雖獨悟，所困在群愚。

他對戰國並無嚮往之情，認爲春秋開始就已生禍敗，每下愈況，到東
漢佞諂日熾，剛克消亡；因此縱有賢者，困於群愚中亦無可奈何，跟
屈原「眾人皆濁我獨清，眾人皆醉我獨醒」有幾分類似。

乙、批評型態意義

　　總結上述分析，賈誼、東方朔、董仲舒、司馬遷、劉向、馮衍、
寇榮、趙壹等兩漢知識份子，都和屈原有相似經驗，如賈誼年少得志
而受譖，劉向因宗室身份而殷憂家國；其他人亦有切身的不遇感受，
或才高志大難以施展，或無辜而遭黜獲罪。因此對於屈原的經驗有特
殊的情感、深刻的共鳴，進而形諸文字，在述及屈原或描敘自身時，
投射感性、個人化的情緒，表達出同樣適用於發言主體與客體屈原的
情感。可是其中又有些微的差別，賈誼、東方朔、董仲舒、司馬遷、
劉向這幾位西漢知識份子，感受到的是志不得申的束縛，他們有雄偉
的理想企圖展現，所以他們對屈原的感懷較偏向才而未用；東漢的馮
衍、寇榮、趙壹則是自身曾明確受到迫害，在屈原經驗裡對君王的遙
不可及、善變有深痛感慨。這是兩漢不同的時代氛圍所致，西漢游士
風氣仍存，臣對君傾向「義」的對待，你予我適當位階以施展抱負，
我也殫精竭慮扶佐漢室；東漢官僚政府穩定，個人負擔的政治責任較
小，加上崇尚氣節，臣對君的「忠」成爲道德要求。因此兩漢知識份
子不遇的情志有別，不過他們都在屈原經驗中對君臣的難以遇合產生
共鳴。這種現象單獨視之是個別案例，可是累積起來就具有不同的意
義。

　　第一層意義在於奠定「楚辭學」的詮釋典範，這種詮釋典範可

分幾點細說。一是發言主體有不遇感受；兩漢楚辭學者，藉由屈原「不遇」的形象抒發自身的不遇，給屈原形象一種特殊的作用，「自漢以來，感其事而作爲文辭者，亦何非拓落人耶？」〔註42〕二是以「不遇」爲認識屈原其人其文的重心，漢代之後的楚辭學者，也多停駐於屈原受譖、沈江之事的考證討論，以〈離騷〉、〈九章〉爲屈原代表作；直到近代神話學興起，才開啓新的詮釋進路。三是認同文人因不遇而創作，並以屈原爲「不遇文人」鼻祖，清代尤侗曰：「及其獻書不遇，多放浪於山巔水涯，羈旅寥廓。至於分符作宰，復得荒殘僻遠之區，而不獲抒其懷抱，此與三閭澤畔、太傅長沙蹤跡相似；宜其憂愁幽思，同於〈涉江〉、〈惜誦〉之作。」〔註43〕兩漢不遇知識份子對屈原的共鳴，成就屈原不遇文人的形象，一直延伸影響後代讀者，幾乎是認識屈原便有此先入爲主的印象，掩蓋了屈原的其他面相。

第二層意義則是確立中國文學批評的一種重要型態，顏崑陽先生稱之爲「情志批評」：

> 在這種批評活動中，並無「作者本意」的問題。批評的目的，固在揭明作者情志，但揭明作者情志的目的，卻是「反照自身」，以揭明自己的情志。這顯然是一種「互爲主體」而訴諸「通感」的創作性詮釋。其動機一則出於「憫傷屈原」，一則出於「自傷」。這完全是一種感性的動機。最終展現的樣態，非以抽象概念的知性語言表達之，而以具體意象的感性語言表達之。因此，它自始至終，都是一項「互爲主體」，而感性相通的詮釋活動。〔註44〕

這是「楚辭學」所貢獻的一種重要文學批評方式，不須縝密的分析，或嚴謹的思辯，他所表現。顏崑陽先生對於這種批評型態，已有精闢的解析，故本文不再重述。

〔註42〕 清・喬億《劍谿說詩》卷下。
〔註43〕 清・尤侗《西堂全集・西堂雜組》三集卷三〈唐魏子詩序〉。
〔註44〕 顏崑陽〈漢代「楚辭學」在中國文學批評史上的意義〉。頁208。

第三節　道德才性品鑒

　　上述這種「情志映照」，借憫傷屈原以反照自身情志的批評模式，的確在漢代楚辭學上扮演舉足輕重的角色，是漢代「楚辭學」所貢獻的一種重要文學批評型態；可是並不足以詮釋所有兩漢楚辭學者理解屈原的進路，例如揚雄、班固、王逸，他們並不是由自身經驗主觀感性地融入屈原的遭遇之中，那麼，他們又是如何品鑒屈原的呢？

　　這幾位在漢代楚辭學上都是非常重要的人物，他們對屈原的評價，恰巧各樹一格，揚雄模糊費解，班固批判否定，王逸推崇備至，三人看來頗為極端。《漢書·揚雄傳》記載揚雄對屈原的評價：

> 又怪屈原文過相如，至不容，作〈離騷〉自投江而死，悲其文，讀之未嘗不流涕也。以為君子得時則大行，不得時則龍蛇，遇不遇命也，何必湛身哉！乃作書，往往摭〈離騷〉文而反之，自岷山投諸江流以弔屈原，名曰〈反離騷〉，又旁〈離騷〉作重一篇，名曰〈廣騷〉；又旁〈惜誦〉以下至〈懷沙〉一卷，名曰〈畔牢愁〉。

這段話有褒有貶，歷來詮釋不同，漢代楚辭學分期的爭議也集中在揚雄身上，有人主張揚雄與班固同為否定屈原者，亦有人主張揚雄本意實為肯定屈原，如晁補之曰：「非反其純潔不改此度也，反其不足以死而死也。則是〈離騷〉之意，待〈反離騷〉而益明。何者？原惟不為箕子而從比干，故君子悼諸。」〔註45〕至今尚無定論。

　　班固則對屈原明白持負面評價，他以為：

> 今若屈原，露才揚己，競乎危國群小之間，以離讒賊。然責數懷王，怨惡椒、蘭，愁神苦思，強非其人，怨懟不容，沈江而死，亦貶絜狂狷景行之士。〔註46〕

對於班固「露才揚己」之譏，王逸駁斥為「虧其高明，損其清潔」，並極力推崇屈原為賢良忠貞之臣：

> 今若屈原，膺忠貞之質，體清潔之性。直若砥矢，言若丹

〔註45〕　宋·晁補之《濟北晁先生雞肋集》卷三六〈變離騷序〉。
〔註46〕　班固〈離騷序〉，見《楚辭章句》。

青：進不隱其謀，退不顧其命，此誠絕世之行，俊彥之英
也。〔註47〕

對此兩極評價，後人多從評價本身注意其對立面：

王逸對班固貶抑屈原的評論極為反感，所以《楚辭章句·
序》就是針對班固的〈離騷序〉而發，批駁很有力量，是
漢代關於屈原〈離騷〉的論爭中一篇具有代表性的文章。
〔註48〕

就對一個相同對象的價值判斷而言，班固的否定質疑與王逸的肯定推
崇的確是背道而馳，可是這兩方意見果真沒有交集嗎？假如我們邁越
表象的價值判斷，嘗試從「評價角度」重新認識這幾方意見，將可以
發現他們其實具有某種一致性，就是有別於前一種認識屈原的方式—
—直觀性「情志映照」角度，而採取另一進路：以「道德品鑒」的觀
點來客觀論斷屈原言行。

甲、批評家分析

一、揚　雄

揚雄仿〈離騷〉之語作〈反離騷〉，由題名推知應與賈誼〈弔屈
原賦〉、班彪〈悼離騷〉之屬意有所別。文中曰：「知眾妃之嫉妒兮，
何必颺纍之蛾眉？」似怪屈原不知韜光養晦，未能防患未然，與後來
班固所言「露才揚己，競乎危國群小之間」，有異曲同工之妙；揚雄
固然也認為椒、蘭等人是佞臣，與屈原為「驪騄－驊騮」的對比，同
情屈原的受讒，「悲其文，讀之未嘗不流涕也」，但是他不以為屈原「忠
而被謗」是全然的無辜，「芳酷烈而莫聞兮，固不如襲而幽之離房」
〔註49〕，既然君王不懂欣賞，無知人之明，就不當綽約競容。

最重要的一點是，揚雄以為「君子得時則大行，不得時則龍蛇，

〔註47〕 王逸〈離騷序〉，見《楚辭章句》。
〔註48〕 黃保真等著《中國文學理論史——先秦兩漢魏晉南北朝時期》頁
159，臺北：洪葉文化，民國82年。
〔註49〕 揚雄〈反離騷〉。

遇不遇命也，何必湛身哉！」〔註 50〕所以他在〈反離騷〉最後說：

> 夫聖哲之遭兮，固時命之所有；雖增欷以於邑兮，吾恐靈修之不纍改。昔仲尼之去魯兮，斐斐遲遲而周邁，終回復於舊都兮，何必湘淵與濤瀨？溷漁父之餔歠兮，絜沐浴之振衣；棄由、聃之所珍兮，蹠彭咸之所遺！

他從「時命」的觀點質疑屈原湛身的行爲，這是關鍵所在，因爲對「時命」經驗的反省不惟揚雄一人，嚴忌〈哀時命〉曰：「哀時命之不及古人兮，夫何予生之不遘時？」東方朔〈七諫〉亦云：「哀時命之不合兮，傷楚國之多憂。」劉向〈九歎〉則曰：「哀余生之不當兮，獨蒙毒而逢尤。」他們也都關注於時命的感受上，但與揚雄所論卻極爲不同，一者是融入主體感受，抒發時命不當的愍傷；一者是客觀抽離，推向形上的哲學思考。比較東方朔與揚雄這兩段話：

> 彼一時也，此一時也，豈可同哉？夫蘇秦、張儀之時，周室大壞，諸侯不朝，力爭強權，相禽以兵，並爲十二國，未有雌雄；得士者強，失士者亡。……今則不然，聖帝流德，天下震慴，諸侯賓服；連四海之外以爲帶，安於覆盂，動猶運之掌，賢不肖何以異哉？（東方朔〈答客難〉）

> 往者周罔解結，群鹿爭逸，離爲十二，合爲六七，四分五剖，並爲戰國。士無常君，國亡定臣；得士者富，失士者貧。矯翼厲翮，恣意所存；故士或自盛以橐，或鑿坏以遁。是故騶衍以頡亢而取世資，孟軻雖連蹇猶爲萬乘師。……故當其有事也，非蕭、曹、子房、平、勃、樊、霍則不能安；當其亡事也，章句之徒，相與坐而守之，亦亡所患。故世亂則聖哲馳騖而不足，世治則庸夫高枕而有餘。（揚雄〈解嘲〉）

這兩段話極爲相似，都對戰國與漢代政治處境做出強烈對比，認爲混亂的時局反而有利於士人發揮，透顯外表穩定，實則專制的政權對主體的限制。雖然不滿的感受相仿，可是他們面對的態度卻截然不同，

〔註 50〕《漢書・揚雄傳》。

東方朔是強烈的嚮往之情：

> 若夫燕之用樂毅，秦之任李斯，酈食其之下齊，說行如流，
> 曲從如環；所欲必得，功若丘山，海內定，國家安，是遇
> 其時也。子又何怪之邪？（〈答客難〉）

東方朔仍以積極樂觀的態度堅信：「苟能修身，何患不榮？」揚雄則以超越態度處之：

> 高明之家，鬼瞰其室；攫挐者亡，默默者存；位極者宗危，
> 自守者身全。是故知玄知默，守道之極；爰清爰靜，游神
> 之廷；惟寂惟寞，守德之宅。（〈解嘲〉）

不再等待時命的轉換，而思慮道德性的對應自處之道。

那麼，揚雄此種守玄靜默的態度，以及「遇不遇命也，何必湛身哉！」不贊同屈原最後選擇的觀點，與賈誼〈弔屈原賦〉曰：

> 鳳漂漂其高逝兮，固自引而遠去。襲九淵之神龍兮，沕深
> 潛以自珍；偭蟂獺以隱處兮，夫豈從蝦與蛭螾？所貴聖人
> 之神德兮，遠濁世而自藏。使騏驥可得係而羈兮，豈云異
> 夫犬羊！般紛紛其離此尤兮，亦夫子之故也。歷九州而相
> 其君兮，何必懷此都也？

兩者又有何異呢？何以賈誼仍屬情志映照的批評型態？筆者必須強調，所謂「情志映照」與「道德品鑒」兩類批評型態，是從「評價角度」而不是從表象的價值判斷來區分的。賈誼或司馬遷儘管各自提出「遠濁世而自藏」、「游諸侯，何國不容？」的價值選擇，但是他們在論及屈原遭遇時，都還是將自身相似的經驗與感受融入其中，而不是抽離出這種不遇情境，對屈原的言行作細部分析，逐一品斷。

所以自揚雄開始，對屈原的品評，有了新的方式，不再是置身其中，互為主體，反照自身情志的批評型態，他開始用一種旁觀的角度去認識屈原。《法言・吾子》中有一段話：

> 或問：「屈原智乎？」曰：「如玉如瑩，爰變丹青。如其智！
> 如其智！」

這段話語句簡略、意義晦澀，後來注家對於「如玉如瑩，爰變丹青」

這句話的詮釋也相當分歧，李軌注云：「夫智者達天命、審行廢，如玉如瑩，磨而不磷；今屈原放逐，感激爰變，雖有文采，丹青之倫爾。」認爲揚雄的意思是屈原乃丹青之倫，其智未達瑩玉。吳仁傑的意見卻相反：

> 子雲以爲三閭不肯喔咿嚅唲，從俗富貴媮安，殺身以全其潔，如玉而瑩，其可變易而爲丹青也哉？故玉可碎，瑩不可奪。，子雲之予原，亦孔子予管仲之意歟？〔註51〕

將屈原之死詮釋成「玉可碎，瑩不可奪」，雖然這個解釋極爲精采，可是比較孔子評管仲「如其仁！如其仁！」之語，恐怕俞樾之說，「蓋如管仲者，論其事功可也，不必論其仁也；若屈原者，論其志節可也，不必論其智也。」〔註52〕的解釋較爲貼近揚雄對屈原的一貫評價。

　　揚雄《法言》一書中，以大量篇幅來品評人物，他對先秦孔、孟、老、莊、申、韓諸子，乃至漢初淮南、太史公、司馬相如等人各有評斷，這在兩漢眾多思想性著作中，是極爲罕見的。至於他品評的標準，在理論上有「三品」之說，將人分三品，即聖人、賢人、眾人，「眾人好己從，賢人好己正，聖人好己師」〔註53〕；可是實際的品評中，揚雄提到的概念是「忠、志、樂」等等，例如：

> 或問：「李斯盡忠，胡亥極刑，忠乎？」曰：「斯以留客，至於相。用狂人之言，從浮大海；立趙高之邪說，廢沙丘之正；阿意督責，焉用忠！」（《法言・重黎》）
>
> 秦將白起不仁，奚用爲也！長平之戰，四十萬人死，蚩尤之亂不過于此也。（《法言・淵騫》）
>
> 紆朱懷金之樂，不如顏氏子之樂；顏氏子之樂也內，紆朱懷金之樂也外。（《法言・學行》）

而「屈原智乎？」也是這種品鑒的語境，充分顯示揚雄理性、客觀、

〔註51〕　宋・吳仁傑《兩漢刊誤補遺》卷八。
〔註52〕　俞樾《諸子評議》卷三四。
〔註53〕　《法言・修身》。

冷靜的認識角度，他是處於一個評判的發言位置，執持忠孝仁智此類道德標準，逐一檢視歷史人物的言行是否合其標準，然後做出某種評語。這跟上一節所分析的認識方式全然不同，在這個脈絡中，批評家跟對象主客分明，一為發言主體，一為書寫對象，無混淆之虞。至於〈反離騷〉，雖然語言形式跟《法言》有異，可是內容所反映出來的卻透顯出類似的批評型態，若比較〈反離騷〉與〈解嘲〉，可以看出書寫客體與書寫自身所表現的情感差異，況且〈解嘲〉又比東方朔〈答客難〉多了客觀應對的超越態度，因此〈反離騷〉一文確實不宜與賈誼〈弔屈原賦〉、董仲舒〈士不遇賦〉、司馬遷〈悲士不遇賦〉諸文等同視之。

二、班　固

　　班固曾著《離騷經章句》，若從漢代「章句之學」推測，應當是一種詞語、意旨的解釋訓詁，也就是異於前述感性賦篇的形式，可是此書已亡佚，究竟真相如何，我們不得而知。今日可見的文獻為收錄於《楚辭章句》的二單篇：〈離騷序〉與〈離騷贊序〉。〈離騷贊序〉為屈原簡傳，內容原則上未出《史記・屈賈列傳》範圍；〈離騷序〉則有多項重要價值，一則提供淮南王《離騷傳》較多訊息；二則對屈原其人及其文有不同的評價。

　　關於屈原其人的評價內容，前文已引。相較於淮南、司馬遷稱譽屈原「推此志，雖與日月爭光可也。」〔註54〕班固不僅認為「斯論似過其真」，而且說是「露才揚己」、「亦貶絜狂狷景行之士」、「非明智之器」〔註55〕。

　　他對屈原這些嚴苛的評語，引來後代擁護屈原者的極度不滿，認為「做了不適當的貶抑」〔註56〕，甚至斥之為讒臣同黨：

〔註54〕《史記・屈賈列傳》。
〔註55〕〈離騷序〉。
〔註56〕「班固既不像司馬遷那樣對屈原的品德文章予以崇高的讚譽，也不像揚雄那樣對屈原及其〈離騷〉深為欽佩，僅僅對他的自沈和作品

> 屈原以同姓之臣，坐視宗國之敗亡，不得出一言，雖沈江
> 不亦可乎。且非獨以此也，天下之勢，已將一于秦，虎狼
> 統人群，此魯連所以蹈海也。屈子之沈江，其即魯連之志
> 乎？而班固輩以爲露才揚己，非明哲之器，此懷王之諧臣，
> 而靳尚之知己也。(明‧趙南星《離騷經訂注‧跋》)

徐復觀先生也說「兩漢中最不能瞭解〈離騷〉的便是班固」。班固眞的是這麼不欣賞屈原、不欣賞〈離騷〉嗎？

可是我們看《漢書‧古今人表》，班固將秦以前的歷史人物分爲九等，屈原竟是列於第二等——「上中仁人」，與伊尹、孟子、季札等人同列，高過仲尼諸弟子以及百里奚、范蠡、樂毅、廉頗等功績著稱者，這麼尊崇的位階，應當是相當肯定屈原。而且對於屈原的文章，班固也說「其文弘博麗雅，爲辭賦宗」，「可爲妙才者也」〔註57〕。那麼，班固對於屈原的認知與判斷，究竟是讚許還是貶抑呢？爲什麼會產生如此矛盾的現象？其褒貶標準爲何呢？這是相當值得探索的課題。

據胡正之老師的研究，班固對屈原「抱忠懷才，而不得其命，痛之已甚，故作反責之詞也。而評以『露才揚己』，責之『明哲保身』，其所寓者，在古今忠臣貞士才命際遇之蹇厄也。」〔註58〕此一推論指出班固所關注者，實爲一忠直遭禍的普遍性命題，這是相當精闢的見解。換言之，班固在認識屈原、詮釋屈原之時，雖然他也認同屈原的忠貞賢良：

> 屈原痛君不明，信用群小，國之將亡，忠誠之情，懷不能已。

但他不再是投射入自身的情緒，以同情共感者的身分焦注於主客間的感性會通，而是跳出他跟屈原二人的情志，旁觀歷史上忠愛直節卻遭禍殞身的不幸境遇。《漢書‧馮奉世傳贊》：

中的浪漫手法略有微詞，而是對屈原做了不適當的貶抑。」黃保眞
　等著《中國文學理論史——先秦兩漢魏晉南北朝時期》頁153至154。
〔註57〕　〈離騷序〉。
〔註58〕　同註32。

> 哀哉！讒邪交亂，貞良被害，自古而然。故伯奇放流，孟
> 子宮刑，申生雉經，屈原赴湘；〈小弁〉之詩作，〈離騷〉
> 之辭興。

我們比較如下文字：

> 忠不必用兮，賢不必以。伍子逢殃兮，比干菹醢。與前世
> 皆然兮，吾又何怨乎今之人！（《九章·涉江》）

> 若伍員與屈原兮，固亦無所復顧。亦不能同彼數子兮，將
> 遠游而終慕。於吾儕之云遠兮，疑荒塗而難踐。（董仲舒〈士
> 不遇賦〉）

雖然知道忠賢不必然受用，屈原仍難掩強烈「怨」的情緒；董仲舒也
是將自身與前人的歷史經驗作對比，他們都融入屈原懷抱崇高理想、
澎湃熱情卻遭君王黜廢的情境，彷彿置身其中。於是更映顯出班固對
於屈原，乃至伯奇、申生等人的際遇，只是站在旁觀的立場評論，沒
有將自我認同為書寫對象。

而站在一個客觀的角度，班固以為：

> 君子道窮，命矣。故潛龍不見是而無悶，〈關雎〉哀周道而
> 不傷；蘧瑗持可懷之智，寧武保如愚之性，咸以全命避害，
> 不受世患。故《大雅》曰：「既明且哲，以保其身。」斯為
> 貴矣。（〈離騷序〉）

這種「明哲保身」的主張跟賈誼等人「遠濁世而自藏」的觀點有何不
同呢？賈誼之說乃「道隱」，主「歸真反樸」；而班固為「儒隱」，「有
道則仕，無道則隱」，我們仔細注意這段話，它包含相當多的典故，
除了〈關雎〉、《大雅·烝民》之外，其他還有《易經·乾》：「初九曰，
潛龍勿用，何謂也？子曰：『龍德而隱者有。不易乎世，不成乎名，
遁世無悶，不見是而無悶。』」蘧瑗與寧武二句則是語出儒家經典《論
語》：

> 子曰：「君子哉蘧伯玉！邦有道，則仕；邦無道，則可卷而
> 懷之。」（《論語·衛靈公》）

> 子曰：「寧武子，邦有道，則知；邦無道，則愚。其知可及

也，其愚不可及也。」(《論語·公冶長》)

班固確爲非常純粹的儒家思想者，在他〈古今人表〉中，老子列第四等，莊子則淪至六等。因此當他去思考君子自處的問題時，他認爲「道窮」是客觀環境所命定，不是主體一己之力所能扭轉乾坤的，主體能做的就是選擇去留，如果不能改變環境，至少「愼修所志，守爾天符」〔註59〕，可以不讓自己的生命、品德在惡劣的環境中受到傷害。懷王不明，信用群小，也就是「邦無道」，那麼屈原應當「無道則隱」，「斯爲貴矣」，意味隱退保愚才是上策。所以班固評論屈原「非明智之器」。

班固說過：「位世則廢道，違俗則危殆，此古人所以難受爵位者也。」〔註60〕既然屈原未能選擇隱退，在仕進的君臣架構中，「違俗」自然會招致危禍，而屈原的「違俗」非常明顯，他在〈離騷〉中屢說「謇吾法夫前脩兮，非世俗之所服」、「雖不周於今之人」，偏偏「亦余心之所善兮，雖九死其猶未悔」。身處「危國群小」，屈原未能保寧武之愚，「紛吾既有此內美兮，又重之以脩能」〔註61〕，豈非「露才揚己」？於是乎雖得懷王信任，終導致同列大夫「妒害其『寵』」，因此班固以爲屈原應當爲自己的遭讒負責〔註62〕。

屈原於〈離騷〉中「責數懷王，怨惡椒、蘭」所表現出來的「怨」，班固認爲對君上出語責怪、表現不滿，未達「忠臣令誹在己，譽在上」〔註63〕之道，做到絕對的服從與任怨，於臣道有虧。至於「怨惡椒、蘭」一句可能的理解，一是對同僚未能恩義相待，也就是蘊藏「以德報怨」的價值觀，可是由班固淳儒身分〔註64〕以及「群小」之稱，這

〔註59〕　〈答賓戲〉。
〔註60〕　《漢書卷八六·何武王嘉師丹傳贊》。
〔註61〕　〈離騷〉。
〔註62〕　「露才揚己，競乎危國群小之閒，以離讒賊。」指的應當是《史記》中所言「造爲憲令」奪稿之事。
〔註63〕　《戰國策·東周策》。
〔註64〕　由於孔子謂「以德報怨，何以報德？」因此推測儒者不支持「以德報怨」價值觀，除非在「忠」或「孝」的特殊倫理架構下。

種詮釋難以成立；另一解釋則是屈原起初置己於困境，明知小人善妒，未能抽身於前，招災惹禍，卻又怨惡於後，「強非其人」，其委屈抗訴似為不智。這種理解較能符合前文「露才揚己」的命題。最後「怨懟不容，沈江而死」，對於屈原自殺的抉擇，班固觀點與劉勰「依彭咸之遺則，從子胥以自適，狷狹之志也」〔註65〕是一致的。

　　總而言之，「君子道窮，命矣……斯為貴矣。」班固秉持「君子無道則隱」的觀念，對屈原未能全身避害暗藏遺憾之意，而「今若屈原，露才揚己……亦貶絜狂狷景行之士。」乃是持一「君臣之道」的標準檢視屈原言行。這明明白白是一道德品評的立場與品鑒行為。而前面提到的《漢書・古今人表》，更是班固品斷屈原的真實證明。可是何以批評其「貶絜狂狷」，卻又置於「中上仁人」呢？

　　這正是「道德品鑒」的客觀色彩，「評語」與「等第」是關連而不同的兩個概念；班固依據東漢儒家道德來品鑒，因此他照見屈原行為、精神上的道德不圓滿，以種種「可憂慮」而發出嚴苛的評語，然而其忠誠之情依舊「可欣賞」，這裡的欣賞並非另執一標準來斷其等第，仍是依「道德」為準則。牟宗三先生曾於《才性與玄理》分析「才質之性」，他說：

> 「品鑒」立場上是「可欣賞的」，從「道德」立場上則是「可憂慮的」，可欣賞與可憂慮，構成生命領域之全幅意義。〔註66〕

所以即便上智如孔子，班固〈古今人表〉中亦尊崇為「上上聖人」，當年周遊列國時，依然遭楚狂接輿吟唱「鳳兮鳳兮」而「憂慮」之。屈原先天之性潔好不容置疑，其忠誠之情、諷諫之意〔註67〕也證實其道德上的善，因此班固予以上中等第；至若仕隱抉擇、露才揚己的可憂慮、不完滿，班固亦未嘗保留地批評之，故班固之品評看似矛盾而

〔註65〕　《文心雕龍・辨騷》。
〔註66〕　參見牟宗三先生《才性與玄理》第二章〈「人物志」之系統的解析〉。
〔註67〕　〈離騷贊序〉：「屈原在野，又作〈九章〉賦以諷諫，辛不見納。」

有其依據與轉折，絕非徒自出於一己好惡。

三、王　逸

　　東漢中期，王逸在劉向所編輯《楚辭》一書的基礎上，為之作章句訓解。「章句」此一語言形式，重視作品分解性的解釋，包含生難詞彙註解，以句為單位論其要旨；而不似「擬騷」或「不遇賦」，乃籠括對屈原其人其文的整體觀感。更重要的一點是，在以辭賦為語言形式的「情志映照」批評模式中，無所謂「作者本意」的問題，作者與屈原互為主體，自己的情志就是對方的情志；可是「章句」不同，王逸批評班固、賈逵的《離騷經章句》「義多乖異」，顯示在他的觀念中，存在一個屈原本意，而他認為班固、賈逵的理解與屈原本意是不合的。又說自己「雖未能究其微妙，然大指之趣，略可見矣」，也揭示其理解為另一實體，較為接近屈原本意，但在概念上並不等同。是以，在班固、王逸的批評型態中，他們以「自身」為發言位置，拉開主體與對象的距離，客觀去評述對方，並未結合自身與對方的相似點〔註68〕以進行主客錯位，而是居於一個超然於客體之外的位置發言、論述。

　　比對王逸和班固的詮釋，對於同樣的人物、事件，他們的理解有何異同？王逸反覆推崇屈原的品德，「膺忠貞之質，體清潔之性」，也是從一天生材質之性而論，且以「忠貞」、「清潔」此種道德善惡為準則。其次是後天的道德踐履，屈原年少時期曾受懷王重用，「入則與王圖議國事，以出號令（決定嫌疑）；出則接遇賓客（監察群下），應

〔註68〕其實班固與王逸所擔任的職務與屈原相似，三人皆博學有才，故奉派校理群書、草擬政令之類的文書工作。班固前期宦途清順，「朝廷有大議，使難問公卿，辯論於前，賞賜恩寵甚渥。」後來終觸帝網，竟下獄死。王逸出生於南郡宜城，即先楚故都，與屈原、宋玉同鄉；而以其積極用世之心（由勸使樊英就聘推測），和對自身才華的自信，料想他對「侍中」一職，未必無「不遇」之感。因此若以為班固、王逸之採客觀立場，乃是對屈原此一人物的歷史經驗無共鳴之感，恐怕是難以成立的。

對諸侯」〔註 69〕，對於這些表現，班固認爲他「露才揚己」，競乎群小，王逸的形容則是「謀行職修」，以爲此乃盡臣本分。兩人對受譖之事看法有異，關鍵在於班固言上官大夫「妒害其『寵』」，而王逸曰「妒害其『能』」，順此而下的評斷便抑揚有別。

屈原見疏而作〈離騷〉，其中對懷王不無怨責之意，誠如劉子玄所言：「懷、襄不道，其惡存於楚賦。」〔註 70〕班固基於「外揚君之美」的道理批評此舉「貶絜」，顏之推補充說是「顯暴君過」〔註 71〕。王逸卻以「內匡君之過」的角度讚揚其諫諍美德，「且詩人怨主刺上」：

> 曰：「嗚呼小子！未知臧否，匪面命之，言提其耳。」風諫
> 之語，於斯爲切。然仲尼論之，以爲大雅，引此比彼。屈
> 原之詞，優游婉順，寧以其君不智之故，欲提攜其耳乎。

王逸引孔子之言爲依據，以證明耳提面命的風諫是有正當性的，而屈原的不惜揭露其君不智，乃是「愛其君，眷眷而不忘臣子之義」〔註 72〕，是基於耳提面命的相同目的。這裡牽涉到「君臣之道」中的「諫爭」問題，爲臣當諫爭自先秦以來即是共識：

> 能據法而不阿，上以匡主之過，下以振民之病者，忠臣之
> 所行也。(《管子・君臣下》)

> 非其行則陳其言，善諫不聽則遠其身者，臣之於君也。(《韓
> 非子・難一》)

可是隨著大一統帝國的政權穩固，「諫爭」觀念逐漸變形：「忠臣不顯諫」〔註 73〕「春秋，君不名惡，臣不名善；善皆歸於君，惡皆歸於臣。」〔註 74〕絕對的「君尊臣卑」造成歸君德、揚善隱惡才是「忠」的倫理

〔註 69〕 原句出自《史記・屈賈列傳》，王逸《楚辭章句》卷一《離騷章句》
首作有「屈原傳」，也有這段記載，但是用語不同，括弧內即爲王逸
版本的用詞。

〔註 70〕 洪興祖《楚辭補注》引劉子玄注班固〈離騷序〉。

〔註 71〕 同上，顏之推注班固〈離騷序〉。

〔註 72〕 同上，洪興祖注王逸〈離騷序〉。

〔註 73〕 董仲舒《春秋繁露・竹林》。

〔註 74〕 董仲舒《春秋繁露・王道通三》。

內涵，於是忠臣諫爭與揚君善便形成難以平衡的困境。班固和王逸即各持一端以論屈原是非對錯。

至於沈江殞身，班固嘆息屈原未能全命避害，不受世患；此中的主體是一有自主性的獨立個體，固然仍置身倫理社會，卻不必然受限於特定倫理關係。王逸卻限定於政治倫理的架構下，為屈原之死作出「伏節」的詮釋，這又是另一「忠」的倫理內涵，《史記索隱》引服虔注云：「古者始仕，必先書其名於策，委死之質於君，然後為臣，勢必死節於其君也。」將主體的操控權交出，以君命代表唯一的價值，「為人臣者，其法取象於地，故伏節死難不惜其命」〔註75〕。王逸確是執持「伏節」此一道德標準去視屈原言行，可是他只強調「退不顧其命」，並未解釋屈原之死何以是「伏節」？由其所比擬之伍子胥、比干觀之，他們二人乃是死於君命，也就是「君要臣死，臣不敢不死」，但屈原卻不是奉君命而亡；或說伏節是守節死義、無有貳心叛質，屈原也無此顧慮。其「不忍清白久居濁世」與「伏節」似無必然性，此乃王逸理論之失，不過無礙其架構。

王逸品評屈原的標準，可以總結為下面這段話：

> 人臣之義，以忠正為高，以伏節為賢。故有危言以存國，殺身以成仁。是以伍子胥不恨於浮江，比干不悔於剖心；然後忠立而行成榮顯而名著。若夫懷道以迷國，詳愚而不言；顛則不能扶，危則不能安。婉娩以順上，逡巡以避害，雖保黃耇，忠壽百年，蓋志士之所恥，愚夫之所賤也。

將德行規範在政治倫理「君臣之道」之下，而君臣倫理簡單化約即「忠」這一概念，表現為具體行為，乃進能諫諍有為，退能伏節死難，於是乎屈原完全符合此一道德標準。

因此，班固著《離騷經章句》，王逸著《楚辭章句》，二者實為形態相似的批評模式：評斷屈原俱是依據「道德標準」，而且這個道德

〔註75〕董仲舒《春秋繁露‧天地之行》。

標準是奠基於儒家經典〔註76〕以及專制體制下的君臣倫理要求。其結論的差異乃是同一方法論下，不同操作方式導致的詮釋分別，在結構脈絡上有基本的一致性，而本文稱這種批評模式爲「道德品鑒」。

乙、批評型態意義

第一種批評型態將自身融入屈原的歷史經驗中，審視屈原的遭遇與精神，同時也把自身生命存在、自身心靈當成一個對象來審視，以痛苦的自我去體驗對方的痛苦。而第二種「道德品鑒」的批評型態，已經超越「不遇」體驗，將自身與屈原經驗拉開距離，持一道德價值標準去衡量屈原，因此他們是做一種理性客觀的評論。

這種評論批評型態的意義不同於前者，固然它在漢代楚辭學與文學批評中的影響力不及「不遇文人」互爲主體的共鳴感興；可是他提供一種細部分析的認識方式，在這種批評型態裡，屈原的言行可以切片割離來單獨分析討論，不像前一種攫取籠統的屈原形象來感受，所以班固、王逸可以針對「怨刺其上、忿懟自沈」的單一事件詳作辯論。除了屈原生平行爲可以斷片品評之外，更重要的是，他們對屈原的「人」跟「文」開始分別看待，獨立評價。我們在本章之始說過，先秦至漢的文獻觀，是以「人」爲中心，文章附屬於作者，其自身的價值未獲正名，例如「情志映照」的批評型態，即將歷史的屈原與〈離騷〉互爲印證，給予的評價是一體的。

而我們檢視揚雄和班固對屈原的批評，可發現其評論乃是區分「才」跟「性」兩個方面，李建中先生指出：

> 揚雄讀〈離騷〉，「悲其文，讀之未嘗不流涕也」，可是又指責屈原「何必湛身哉？」並作〈反離騷〉，逐一批評屈原「德性」上的「毛病」，如「自舉蛾眉」、「不能隱德」、「不慕由、聃高蹤」等等。一方面爲其文才所感動，一方面又歷數其

〔註76〕即使同樣是以儒家經典爲中心，在經傳的詮釋中會衍化出不同的觀念，所以班固、王逸所堅持的道德準則，是不能輕易跟先秦的孔、孟思想劃等號的。

　　德性之「疵」。班固對屈原的「性」亦持否定態度，所謂「狂
　　狷之士」，「非明智之器」，但並不否認屈原之「才」：「可爲
　　妙才者也」。〔註77〕

王逸雖不若揚雄、班固給予屈原才跟性不同評價，但他屢言「屈原之
詞」如何如何，又言後世賦家「則其儀表，竊其華藻」，已然將其文
辭自屈原忠誠的情志中獨立出來。

　　「才性論」是魏晉玄學重要問題之一，雖然才性離異的觀點在
漢魏之交才被公開主張，鍾會《四本論》即記載當代「離、合、同、
異」四種主張。但是在揚雄、班固對屈原的一抑一揚間，已將才、
性分而論之。不過他們並不是明白地自覺到「才」應當獨立，而是
在認識屈原，閱讀其作品中，實際被文采感動，卻又無法認同其行
爲，是以「才」得自「德」、「性」中獨立出自身的意義、標準與價
値，乃是由於有作家與文學作品的實際示範，是一個由文學批評經
驗出發，進而慢慢發展成形的概念。六朝的文學自覺即是奠基於此
類文學觀念的進展。

　　其次是「道德品鑒」本身內涵所蘊含的意義，它由屈原歷史經驗
促成「君臣之道」的思考。所謂「君臣之道」其實泛指政治倫理，甚
至是關乎政治的種種哲學與技術問題；是知識階層特有的關注焦點。
與屈原相關的命題主要是「忠」的內涵與「仕隱進退」，也就是君臣
互動與知識份子自處的問題。前者所牽涉如諫諍、伏節等概念，漢代
觀念約如前文所述；而對於仕進之道，自昭、宣經學鼎盛之後，知識
份子一片儒者氣象，尤其東漢崇節行修，抱持的態度，乃不期於功名，
以修身爲要：

　　夫君子非不欲仕也，恥夸毗以求舉；非不欲室也，惡登牆
　　而摟處。叫呼衒鬻，縣旌自表，非隨和之寶也；暴智燿世，
　　因以干祿，非仲尼之道也。游不論黨，苟以徇己，汗血競

時，利合而友，子笑我之沈滯，吾亦病子屑屑而不已也。
先人有則而我弗虧，行有枉徑而我弗隨，臧否在子，唯世
所議。（崔駰〈達旨〉）

君子不患位之不尊，而患德之不崇；不恥祿之不夥，而恥
智之不博。是故藝可學而行可力也，天爵高懸，得之在命。
（張衡〈應閒〉）

他們認為自身德性若崇絜，主官君上自當虛位以待，若汲汲爭取就等
而下之了；比較武帝即位初，「四方士多上書言得失，自衒鬻者以千
數」〔註78〕這種勇於自薦的風格是相當不同的。因為關注焦點由外在
事功轉向內在修德，因此對於君臣遇合的問題，東漢儒生首先考慮自
己學識德性是否足堪出仕，對方是否有足夠誠意，仕隱間的名節問題
等等，因此「徵辟不就」者屢見不鮮；入仕之後，也常有認為環境污
濁復又隱遁而去，即使受到不合理的待遇也傾向反省自我的德性是否
無虧，包括是否合乎忠義、諫諍、廉潔等等。

　　所以我們可以看出，「道德品鑒」的價值思考，可以用「凜於名
分」來形容。兩漢知識份子，認同社會秩序的意義、價值，故在階層
與人際倫常中思辨「規範」的內容與實踐〔註79〕；他們標舉出「聖人」
的模範〔註80〕，可是這個「聖人」卻又不具普遍意義，因為兩漢所論
之性乃氣質之性，由氣之清濁而有賢愚、善惡之性，貴賤、貧富之命，

〔註78〕 漢書卷六五，東方朔傳。
〔註79〕 非常可惜的，當時的知識份子還未能自覺反省到規範本身的合理
　　　　性。因此他們無法跳脫此種價值思考，也就無法質疑君臣之道本身
　　　　的缺失弊端，只能作體制內的改革，提出任賢用才的具體構思，降
　　　　低昏君或暴君的弊害；更遑論開出其他價值標準。
〔註80〕 董仲舒依陰陽氣性分人為聖人、中民、斗筲；揚雄亦分三品：聖人、
　　　　賢人、眾人；在班固的理論中，上者三品為「聖」、為「仁」、為「智」。
　　　　可是他們所標舉的「聖人」，都是一種理想意義，並不適於實際人物
　　　　品鑒。董仲舒的分品乃是附和於天人學說，所言「聖人」幾乎是「聖
　　　　君」；而據揚雄《太玄》，聖人乃「仰天則常，窮神掘變，極物窮情」
　　　　合同天人之際的最高境界；班固的〈古今人表〉，聖人之品自孔子之
　　　　後便從缺，所以都是一般人不可能達到的境界。

因此它是天生而來的，也就是天賦的品質，是有階級性的，「不足以建立眞正的普遍人性之尊嚴」〔註81〕。不像先秦孔孟「道德心性」理論架構中，人性本善，行仁履義，人人可爲聖。此乃這種批評型態在哲學意義上的缺失。它也不同於魏晉「才性品鑒」，魏晉名士已由善惡道德的價值觀解脫出來，另尋一套審美標準，所以「其極爲論英雄，而不在論聖賢」〔註82〕，開出美學的另一風光。

　　因此，「道德品鑒」關注的「忠」、「節」、「仕隱」等問題固然是道德層面，卻不具普遍意義，而是屬於知識階層的，屬於專制政權結構下的道德主體的政治行爲；其間人性的善惡、道德的是非，都是置於此種主體面對權威的對應、自處情境。而前一種情志映照的批評型態，實際上也是在這種結構中；雖然兩者對於屈原，有發言位置的「主觀－客觀」，意念表達的「感性－理性」之別，但是他們都屬於知識份子的「楚辭學」，都在詮釋知識份子面對政治權威的感受與思考。

〔註81〕這是牟宗三先生批評魏晉玄學的話，同時也適用漢代學術。
〔註82〕順才性一路論英雄，只取可欣賞一面品鑒之，缺點則是照察不出生命之非理性，故只見英雄之可欣賞，而不知英雄之禍害。

第四章　漢代楚辭學的「經世致用」

　　兩漢是經學的時代，儒生以知識份子的情懷，體會經典中王道仁政的崇絜理想，他們透過傳注箋疏、訓詁章句的方式，分析闡釋五經中聖人的微言大義，期許以歷史智慧來改善現實缺失，是以朝臣於奏議中援經立論、因災異獻策，冀望明主能成就王德聖政、良俗教化。因此「經學」之於兩漢，不只是單純的學術，而且是思考的價值原則。

　　這種「通經致用」的理念，實則代表兩漢經學氛圍下，知識分子的理想風格。所以它並不侷限於經學之中，而是普遍地表現在各種知識份子的思維領域：古籍的解讀彙輯、國事的書策奏議、義理的陳說著述、情志的抒發揮灑等等。例如兩漢諸多思想性著作：陸賈《新語》、賈誼《新書》、劉安《淮南鴻烈》、桓寬《鹽鐵論》、劉向《說苑》、《新序》、揚雄《法言》、桓譚《新論》、王充《論衡》、王符《潛夫論》、仲長統《昌言》等等〔註1〕，雖然內容精義有別，可是都以關注時政、治道為要，並引經、史佐證，發揮知識份子以學術經世致用、改革社會的理想與作為。甚至司馬遷《史記》以及班固《漢書》，都存有紹承《春秋》之志；司馬遷欲以其書「究天人

〔註 1〕 董仲舒《春秋繁露》視為《春秋》學之闡釋，隸屬經學體系，故未列入。

之際，通古今之變，成一家之言」，《漢書》則由王充譽爲「將襲舊六爲七」〔註2〕，使六藝再添一經。

「楚辭學」在這種思考模式中，是具有特殊意義的。它在知識分子的思維領域中，跟經學都是作爲詮釋、批評的對象，因此很容易受到經學詮釋方式的制約，在《楚辭》的詮釋、評價、仿擬中，將經學的注疏形式、經世理念乃至陰陽之說移植過來，顯現出「以經解騷」的現象。可是它畢竟不是正統經學，存有自身的獨特性，因此經學中的部份命題在「楚辭學」上作出不同面向的發揮，產生經學與文學的游移。本章前兩節擬就此種現象之呈現與相關問題進行討論。

至於祖述騷體的辭賦，雖然文類的性質不同，不像陸賈《新語》至仲長統《昌言》等以散文寫成的思想性著作，其語言形式原就便於清楚地表達義理概念，容易體現「通經致用」的價值原則。但是兩漢知識份子依然於辭賦創作、理論上發揮了致用的理想，第三節將分析其如何表現。

第一節　曉合經義

甲、《楚辭》與經學

漢代「楚辭學」之所以體現出「以經解騷」的表象，被經學詮釋方式深刻影響，除了兩漢經學的盛行之外，「楚辭」受漢朝王室喜好，進而形成晉身之道，實有其關連性。徐復觀先生說：

> 〈離騷〉在漢代文學中所以能發生鉅大地影響，一方面固
> 然是因爲出身豐沛的政治集團，特別喜歡「楚聲」，而不斷
> 地加以提倡。〔註3〕

〔註2〕　《論衡・宣漢》：「使漢有弘文之人，經傳漢事，則《尚書》、《春秋》也；儒者宗之，學者習之，將襲舊六爲七。」

〔註3〕　徐復觀《兩漢思想史》卷一，頁284，台灣學生書局，民國82年，七版三刷。

據《漢書‧禮樂志》記載：「高祖樂楚聲，故房中樂楚聲也」；武帝之世，嚴助、朱買臣更因善於「楚辭」而獲拔擢〔註4〕。所以《楚辭》在漢代跟經學一樣，也具有「利祿之徑」的誘因，吸引眾多儒生的參與解讀。所以即使武帝「罷黜百家」之後，經學之外的多數先秦古籍多被束之高閣〔註5〕，《楚辭》卻能一枝獨秀，形成研究的風氣。

「楚辭」研究的風氣可由幾個方面證明，一是對屈原其人的記錄與討論，這在前一章已討論過；其次是《楚辭》其書的編輯，「楚辭」由零散傳播的屈原作品，開始被蒐集整理，加上宋玉等人的賦篇，輯合成書，淮南王劉安〔註6〕跟劉向〔註7〕、王逸曾先後增輯其冊，形成今日所見《楚辭章句》十七卷。其三是在「楚辭」文獻的蒐集、整理基礎上，投入訓解、批評的工作。這些研究成果可知者包括淮南王《離騷傳》，司馬遷、劉向、揚雄對《天問》的解說〔註8〕，九江被公的「誦讀」〔註9〕，班固、賈逵《離騷經章句》，以及王逸

〔註4〕　《史記‧酷吏列傳》：「買臣以楚辭與助俱幸。」《漢書‧朱買臣傳》亦曰：「會邑子嚴助貴顯，薦買臣，召見，說《春秋》，言楚辭，帝甚悅之。」

〔註5〕　在兩漢，諸子百家比起經學，原則上受冷落的，但是東漢情形比西漢好一些，自西漢末劉向整理書籍之後，東漢《老子》、《國語》各有幾家註解，經學家也會在注經中引用儒家思想以外的文獻，例如馬融注經則有引用《老子》的情形。

〔註6〕　據湯炳正先生〈《楚辭》成書之探索〉考定，劉安及其賓客在漢初以來流傳之屈、宋代表作〈離騷〉、〈九辯〉合集的基礎上，增輯了他們收集到而且斷定爲屈原作品的〈九歌〉、〈天問〉、〈九章〉、〈遠遊〉、〈卜居〉、〈漁父〉諸篇，合爲一編；而且在卷末附以編纂者擬作之〈招隱士〉。詳見其《屈賦新探》。

〔註7〕　劉向編訂《楚辭》一書，確立其名，內容共十六卷，包括屈原〈離騷〉、〈九歌〉、〈天問〉、〈九章〉、〈遠遊〉、〈卜居〉、〈漁父〉及宋玉〈九辯〉、〈招魂〉、〈大招〉、賈誼〈惜誓〉、淮南小山〈招隱士〉、東方朔〈七諫〉。

〔註8〕　根據王逸《楚辭章句‧天問序》：「自太史公口論道之，多所不逮；至於劉向、揚雄，援引傳記以解說之，亦不能詳悉。」可見，司馬遷、劉向、揚雄都曾對《天問》一篇進行解說。

〔註9〕　《漢書‧王褒傳》：「宣帝時修武帝故事，講論六藝群書，博盡奇異

《楚辭章句》，如此豐碩的注疏記錄，加上賈誼〈弔屈原賦〉、嚴忌〈哀時命〉、王褒〈九懷〉、劉向〈九歎〉、揚雄〈反離騷〉、班彪〈悼離騷〉、梁竦〈悼騷〉、應奉〈感騷〉、王逸〈九思〉等對「楚辭」以非解說形式的另類批評；綜觀起來，言漢代學者研究楚辭風氣甚盛實不為過。

進而，「楚辭」被比擬為經，關於〈離騷〉稱「經」的時間，說法有六〔註10〕，確切的時間點不可考，但是諸說之中，最晚不超過王逸著《楚辭章句》而尊稱「離騷」為經，故〈離騷〉稱「經」確始於兩漢之世。由〈離騷〉有「經」之名，以及被採用「章句」這種解經義例來注疏訓解，足證其沾染的經學色彩非常濃厚，以下我們就實際觀察兩漢楚辭學者如何運用經學概念來詮釋楚辭。

乙、早期散論

《漢書・淮南衡山濟北王傳》載：「時武帝方好藝文，以安屬為諸父；辯博善為文辭甚尊重之。每為報書及賜，常召司馬相如等視草乃遣。初，安入朝，獻所作《內篇》，新出，上愛祕之。使為《離騷傳》，旦受詔，日食時上。」此《離騷傳》已亡佚，今日殘存的史料是據班固所載相通：

之好，爭能為楚辭，九江被公召見誦讀。」因為「楚辭」乃「書楚語、作楚聲、紀楚地、名楚物」（宋・黃伯思〈新校楚辭序〉），因此「誦讀」推測是以「楚方言」為之，可視為以語言管道幫助對「楚辭」對進一步瞭解與賞析。

〔註10〕 一、屈原自題，清余蕭客《文選紀聞》及王闓運《楚辭釋》主之，認為屈原託於《詩》義，故自題為經。二、六國末楚人題之，與《楚辭》各序皆自屈原死後流傳，不盡出王逸：蔣天樞《楚辭校釋》主之。三、漢初劉安前，錢澄之《屈詁》、陳子展《楚辭直解》主之，認為淮南王作《離騷經章句》，故之前已稱「經」。四、劉安作《離騷傳》所題，王泗原《楚辭校釋》主之。五、東漢前期，李大明《漢楚辭學史》主之，因可見史料司馬遷、劉向、揚雄、班固、等人皆未言「經」，王充《論衡》開始有稱「離騷經」或直稱「離騷」。六、王逸《楚辭章句》題之，清人梁章鉅《文選旁證》及姜亮夫《屈原賦校注》主之。

　　淮南王安敘《離騷傳》,以《國風》好色而不淫,《小雅》怨
　　悱而不亂,若〈離騷〉者,可謂兼之。蟬蛻濁穢之中,浮游
　　塵埃之外;皭然泥而不滓,推此志,雖與日月爭光可也。

淮南王將〈離騷〉與《國風》、《小雅》相提並論,認爲〈離騷〉具有
兩者的正面特質,這是相當高的評價。而「國風好色而不淫,小雅怨
悱而不亂」的特質,並不是劉安個人的看法,乃是承襲先秦以來的詩
教觀念。「國風好色而不淫」脫胎自《論語・八佾》:「子曰:『關雎樂
而不淫,哀而不傷』」。〈詩大序〉進一步闡釋:

　　是以〈關雎〉樂得淑女以配君子,愛在進賢,不淫其色,
　　哀窈窕,思賢才,而無傷善之心焉。

「小雅怨悱而不亂」則源於《左傳・襄公二十九年》所載:

　　季札見歌《小雅》曰:「美哉!思而不貳,怨而不言,其周
　　德之衰乎?猶有先王之遺民焉!」

《國風》、《小雅》諸篇章,文辭生動優美,內容多描寫男女情愛、國
家失政,是《詩經》中相對於「大雅、頌」而言,較不「正」的部份;
可是從春秋賦詩斷章開始,「詩三百篇的解釋一直朝著道德化和觀念
化的方向移行,而較少考慮到詩的情意性質」〔註11〕,因此,即便如
〈關雎〉描繪多情男子夢寐求女「求之不得,輾轉反側」的焦灼情態,
孔子以爲無治淫之意,毛詩更進一步解爲「后妃之德」;〈小雅・正月〉
表述虐政橫行、民怨沸騰,雖有憂憤怨悱之情,經學家也認爲詩人無
叛亂侮上之心。在此模式詮釋下,他們相信《國風》、《小雅》的作者
在創作之初即懷有良善的教化目的,而後代讀者也應循此體會《詩》
之篇章。

　　至於〈離騷〉,文中既有香草美人、乘雲求女,復以怨君信讒、
責世幽昧;因此兼有《國風》好色、《小雅》怨悱的現象。順著《詩》
之不淫不亂的詮釋邏輯,屈原創作《楚辭》意乃勸諫君王,因此淮南

〔註11〕　施淑女先生〈漢代社會與漢代詩學〉,《中外文學》第十卷第十期,
　　　　　民國 71 年 3 月,頁 72。

王稱許：「蟬蛻濁穢之中，浮游塵埃之外；皭然泥而不滓」，其情志崇高，可堪比擬日月。

司馬遷在《史記·屈賈列傳》中，部份引用了淮南王劉安的話，融入自己的敘述中，表示他贊同此看法。他評論屈原作品〔註12〕說：

> 《國風》好色而不淫，《小雅》怨悱而不亂，若〈離騷〉者，
> 可爲兼之矣。上稱帝嚳，下道齊桓，中述湯武，以刺世事；
> 明道德之廣崇，治亂之條貫，靡不畢見。其文約，其辭微，
> 其志絜，其行廉；其稱文小而其指極大，舉類邇而見義遠。

在司馬遷的詮釋裡，〈離騷〉不僅兼具《國風》、《小雅》的特質；而且「上稱帝嚳，下道齊桓，中述湯武」，引述往史，「以刺世事」。引述往史、援古證今固然是經籍通矩，可是《楚辭》當中果眞「上稱帝嚳，下道齊桓，中述湯武」嗎？屈原提及這幾個人物自是無庸置疑，因爲屈原作品繁引古事，尤其〈天問〉一篇，幾乎句句有典故。這裡要問的是，它是屈原作品的重心所在嗎？他們稱引的意義相同嗎？首先，這幾個人物在屈原筆下出現的次數並不算多，最常出現的古代人物是「彭咸、鯀、伍子胥」等同樣有不遇之痛的人，因此客觀來說，楚辭「言志」色彩遠勝「刺世」。其次，屈原談到古代的帝王通常是上天入地直接對話的玄想色彩，例如帝嚳即高辛，是黃帝之曾孫，他出現的語境是〈離騷〉：「鳳凰既受詒兮，恐高辛之先我」〈天問〉：「簡狄在臺，嚳何宜？玄鳥致詒，女何喜？」俱言帝嚳之妻簡狄吞玄鳥之卵而生契的傳說，因此《楚辭》中所謂的「上稱帝嚳」並不是證諸往

〔註12〕 司馬遷這段話不只是針對〈離騷〉單篇而論，而是以〈離騷〉爲代表，泛指屈原整體作品。〈離騷〉中並未論及齊桓可爲證明，「其文約，其辭微」也是整體性的稱譽，不特指單篇。章學誠《文史通義》曰：「史遷以下，至取騷以名其全書」。當時「楚辭」名實未定，故以〈離騷〉代表屈原整體作品，其意義肯定了〈離騷〉的重要性，顯示漢代楚辭學者認爲〈離騷〉在屈原諸作中最優秀、最具代表性，這種觀念一直延續，王逸《楚辭章句》中，〈漁父〉以上標明屈原所作者皆題爲「離騷」，〈九辯〉以下至〈九思〉則題「楚辭」；《文心雕龍》有「辨騷」一篇，《文選》標有「騷」體，皆統稱屈原諸作；後代詩論也多以「風、騷」代稱《詩》、《楚》。

史的角度。司馬遷所言「上稱帝嚳，下道齊桓，中述湯武，以刺世事；明道德之廣崇，治亂之條貫，靡不畢見」，實際上代表了經學的角度：「夫《春秋》，上明三王之道，下辨人事之紀……采善貶惡，推三代之德」〔註13〕；「以刺世事」的「刺」字則是漢代解《詩》的常用術語，明道治亂更是經學經世致用的原則；是以司馬遷這段文字實則蘊含經學「采善貶惡」、「美刺諷諭」的精神。

其下的評論「其文約，其辭微，其志絜，其行廉；其稱文小而其指極大，舉類邇而見義遠。」也是取自經學，《易傳‧繫辭下》：「其稱名也小，其取類也大；其旨遠，其辭文；其言曲而中，其事肆而隱。」太史公取之而略作變化；「其文約，其辭微」表明屈原作品有其曖昧難明、詭譎深微之處；「其志絜，其行廉」則又回到屈原其人的評價，因爲在司馬遷之時，「人」跟「文」尚未獨立評價，因此兩者時常混而論之。「其稱文小而其指極大。舉類邇而見義遠」則強調〈離騷〉在字面意義下潛藏更深一層的寓托，此句已潛藏「比興」喻指的觀念，不過《史記》未具體言明，直待王逸《楚辭章句》才進而深詳闡論。

關於屈原作賦以「美刺諷諭」的表現，司馬遷另一段話更爲確切：

> 屈平既嫉之，雖放流，睠顧楚國，繫心懷王，不忘欲反，冀幸君之一悟，俗之一改也。其存君興國而欲反覆之，一篇之中三致志焉。

認爲屈原流放而心繫家國，作品中反覆致意〔註14〕，目的在勸諫，希冀君悟俗改。因此他說：「作辭以諷諫，連類以爭議，〈離騷〉有之。」（〈太史公自序〉）我們可以很清楚的看出，司馬遷認爲辭賦與《詩經》一樣，以勸諫諷喻爲目的，《史記》中有言：

> 周道缺，詩人本之衽席，〈關雎〉作，仁義陵遲，〈鹿鳴〉刺焉。（〈十二諸侯年表序〉）

〔註13〕《史記‧太史公自序》。

〔註14〕或論司馬遷「一篇之中三致志」指的是〈九章‧抽思〉，此篇有「少歌曰」「倡曰」「亂曰」三次樂章音節收束。

> 《春秋》推見至隱，《易》本隱之以顯，《大雅》言王公大
> 人而德逮黎庶，《小雅》譏小己之得失，其流及上，所以言
> 雖外殊，其合德一也。相如雖多虛詞濫說，然其要歸，引
> 之節儉，此與詩之風諫何異？（〈司馬相如列傳贊〉）

> 〈子虛〉之事，〈上林〉賦說，靡麗多誇，然其指風諫，歸
> 於無爲。（〈太史公自序〉）

由《史記》中廣爲援引六經之說〔註15〕，可知司馬遷浸潤經學深而且
久，他對六經個別的看法此不贅述，但是最基本的概念是認爲經學價
值在於明政補缺，是以他批評李斯：「斯知六藝之歸，不務明政以補
主上之缺」；這種以教化功能爲目的之經學價值準則，正是司馬遷對
屈原〈離騷〉等作品的詮釋依據，也就是「以經解騷」的批評方式。

　　之後的學者也陸續將《楚辭》比附經學，如劉向〈九歎・愍命〉
言：

> 興〈離騷〉之微文兮，冀靈修之壹悟。還余車於南郢兮，
> 復往軌於初古。道脩遠其難遷兮，傷余心之不能已。背三
> 五之典型兮，絕〈洪範〉之辟紀。

「背三五之典型兮，絕〈洪範〉之辟紀」乃傷慨君王不能遵三皇五帝
之遺則、經典所載之聖教以爲施政方針。在劉向的觀念裡，「治國之
要，盡在經矣」〔註16〕，上自富國安民，下至治身接物，皆以六經爲
本；文章之本自然也在曉合經義。他稱譽《晏子春秋》的理由即是「其
書六篇，皆忠諫其君；文章可觀，義理可法，皆合六經之義」。所以
劉向的文學批評觀念明顯奠基於經學基礎，雖然其所編《楚辭》今已
亡佚，可是推測「諷諫其君、曉合經義」的看法應不左違。

　　其次，劉向對屈原創作過程的詮釋，也體現「以經解騷」的另一
特質，就是「詩言志」。自《尚書・堯典》提出「詩言志，歌永言」，
成爲「言志」說最早的理論依據，《禮記・樂記》：「凡音之起，由人

〔註15〕　參見《司馬遷之人格與風格》頁 54 至 69。
〔註16〕　《列女傳》卷一，引春秋魯子敬之語。

心生也；人心之動，物使之然也；感於物而動，故形於聲。」以及〈詩大序〉：「在心爲志，發言爲詩；情動於中而形於言。」進一步確定文學作品的創生乃本於心。劉向承繼先輩的理論基礎，認爲屈原乃眞情激憤，外發爲辭：

> 獨憤積而哀娛兮，翔江洲而安歌？……願假簧以舒憂兮，
> 志紆鬱其難釋。嘆〈離騷〉以揚意兮，猶未殫於〈九章〉。
> （〈九歎・憂苦〉）

其實《史記・屈賈列傳》：「屈平之作離騷，蓋自怨生矣。」已略有「言志」觀念存在，可是劉向此說才比較詳細地詮釋出屈原之所以「垂文揚彩」，是因爲「腸憤悁而含怒兮，志遷蹇而左傾」，所以「舒情陳詩」。

　　另外如揚雄，雖然不認同屈原個人的最終選擇，可是他對屈原作品的愛好是極爲明顯的：「悲其文，讀之未嘗不流涕也」。他推崇《楚辭》的方式之一是將其與《詩經》並舉，據《文心雕龍・辨騷》：「揚雄諷味，亦言體同詩雅」，這跟淮南王「國風好色而不淫，小雅怨悱而不亂，若離騷者，可爲兼之矣」的主張相同，都將《楚辭》的評斷標準，依附於經學，尤其是《詩經》之中。〔註17〕

　　揚雄多次將屈原、宋玉、賈誼、司馬相如等辭賦作家進行比較、評論，提出「詩人之賦麗以則，辭人之賦麗以淫」的看法，其中「詩人之賦」指屈原，「辭人之賦」指景差、唐勒以下至於漢代諸賦家，

〔註17〕　另外，揚雄曾法各體類之文章而別作一篇：「其意欲求文章成名於後世，以爲經莫大於《易》，故作《太玄》；傳莫大於《論語》，作《法言》；史篇莫善於《倉頡》，作《訓纂》；箴莫善於《虞箴》，作《州箴》；賦莫深於〈離騷〉，反而廣之；辭莫麗於相如，作四賦；皆斟酌其本，相與放依而馳騁云。」（《漢書・揚雄傳》）或有概論性質的「文學批評史」認爲揚雄此說將〈離騷〉與《易》、《論語》並舉，表現出對〈離騷〉的尊崇，也有比擬經學之意。不過筆者以爲「《易》、《論語》、《倉頡》、《虞箴》、〈離騷〉、相如賦」這些作品的集合，似難抽離出〈離騷〉與《易》、《論語》，辯稱其關連性，而忽略其他作品，故僅聊備一說。

因此他的確認爲屈原具有《詩經》精神，辭麗藻美，且保有矩度法則，未流於佚冶。揚雄又說：

> 或問：屈原、相如之賦孰愈？曰：原也過以浮，如也過以虛。過浮者蹈雲天，過虛者華無根。然原上援稽古，下引鳥獸，其著意，長卿亮不可及也。〔註18〕

「上援稽古」跟司馬遷「上稱帝嚳，下道齊桓，中述湯武，以刺世事」的意思相當，「下引鳥獸」則據孔子「《詩》可以多識於鳥獸草木之名」〔註19〕之說，是以揚雄認爲屈原作品中具有某些《詩》之優點是司馬相如所不及的。

班固儒家思想的標誌是非常鮮明的，他對屈原其人其文的品評，俱是準此而論。對屈原的人品行爲，前章已經分析過，班固乃依「有道則仕，無道則隱」、「揚君善，隱君惡」此類由儒家經典推衍出來的道德標準，而責屈原「露才揚己，怨懟沈江」；對於屈原的辭賦創作，班固也是依據「經學」爲批評其內容當否的標準。於是他說：

> 多稱崑崙冥婚宓妃虛無之語，皆非法度之政，經義所載。

在班固的觀念中，屈原充滿想像的詭麗文辭，例如〈離騷〉中「哀高丘之無女」而求宓妃、有娀的情節，或是乘雲龍登崑崙、遊懸圃的內容，乃譎誕虛無之語，逸越了「法度」與「經義」的範圍〔註20〕。但是在班固曉合經義的標準下，屈原所作並非全然不合，《漢書・藝文志》曰：「大儒孫卿及楚臣屈原離讒憂國，皆作賦以風，咸有惻隱古詩之義。其後宋玉、唐勒，漢興枚乘、司馬相如，下及揚子雲，競爲

〔註18〕 《文選・謝靈運傳論》李善注引《法言》，末句原文「長卿」之前多出「子雲」二字衍文。

〔註19〕 原文爲「子曰：『小子何莫學夫詩，！詩可以興，可以觀，可以群，可以怨。邇之事父，遠之事君。多識於鳥獸草木之名。』」（《論語・陽貨》）

〔註20〕 《文心雕龍・辨騷》承班固之言，在評論《楚辭》跟經典的四同四異中，「至於託雲龍，說迂怪，豐隆求宓妃，鴆鳥媒娀女，詭異之辭也。」即與班固「多稱崑崙冥婚宓妃虛無之語，皆非法度之政，經義所載。」意同。

侈麗閎衍之詞，沒其風諭之義。」顯示屈原作品的風諫意味，比起漢賦諸作，仍是受班固肯定的。

班固曾作《離騷經章句》多卷〔註21〕，他在序中批評了淮南王的《離騷傳》：

> 又說『五子以失家巷』謂伍子胥也；及至羿、澆、少康、
> 貳姚、有娀、佚女，皆各以所識，有所增損；然猶未得其
> 正，故博采經書傳記本文以爲之解。〔註22〕

淮南王對屈原作品中的神話是開放的態度，廣納各類書籍以爲解釋補充的依據，可是到了班固，他認爲淮南之說「未得其『正』，故博采經書傳記本文以爲之解」；姑不論《離騷傳》的解釋是否有其錯誤疏漏，他詮釋的基礎乃雜揉各家思想，而班固的訂正，不管傳記或本文，事實上只以經學爲唯一標準範圍。所以他是拿儒家的「經義」與政治的「法度」爲標準來衡量文學作品。

丙、《楚辭章句》

東漢王逸《楚辭章句》是漢代楚辭學諸多注本中，目前唯一碩果僅存者，在楚辭學上的地位相當重要。他自言其詮釋方法：

> 今臣復以所識所知，稽之舊章、合之經傳，作十六卷章句。
> 雖未能究其微妙，然大指之趣，略可見矣。

「稽之舊章、合之經傳」即是藉由經典來印證其要旨，明顯是以經學的批評方法來箋注《楚辭》。因爲它全面性地爲每一篇、每一句進行辭語解釋、意旨闡明，所以示現了一套完整的詮釋系統，將前人「以經解騷」的詮釋成規集其大成，進一步「歸納出屈騷的『比興暗碼系統』，然後運用於內文中『喻意』的詮釋」〔註23〕，其要點具體可分

〔註21〕 王逸《楚辭章句》中記載：「班固、賈逵復以所見改易前疑，各作《離騷經章句》，其餘十五卷。」此十五卷究指殘本或全本？兩人所作各十五卷，或合之十五卷？王逸皆未詳說，後原書又亡佚，故不詳班固原著卷數。

〔註22〕 班固〈離騷序〉。

〔註23〕 顏崑陽先生〈漢代楚辭學在中國文學批評史上的意義〉頁224。

幾個層面討論。

一、曉合經義

王逸註解訓詁的義例之一，即是將《楚辭》內容與六經比對，證明其合乎「經義」，《楚辭章句・離騷序》明白地說：

夫〈離騷〉之文，依託五經以立義焉。「帝高陽之苗裔」，則「厥初生民，時惟姜嫄」也；「紉秋蘭以爲佩」，則「將翱將翔，佩玉瓊琚」也；「夕攬洲之宿莽」，則「潛龍勿用」也；「駟玉虯而乘鷖」，則「時乘六龍以御天」也；「就重華而陳詞」，則《尚書》「咎繇之謨謨」也；「登崑崙而涉流沙」，則〈禹貢〉之敷土也。

王逸主張屈原創作乃託經立意，因此「稽之舊章、合之經傳」地爲其找出相合之處；這種「經－騷」比對、印證的方法，比起第三章分析的「情志映照」那種互爲主體的通感方式，它屬於較爲客觀固定的解析技巧，可是在執行上有兩種型態，一是意義或思想共同點的認定，如序文所舉「託五經以立義」的例子，可是這種抽象的意義認定，乃由王逸個人主觀認知來判準，所以得到的結論只代表在王逸個人的解讀觀點中，屈原之辭跟經學兩者產生聯繫，屈原本意則另當別論。其實際註解的例子如：

1. 〈九歌・湘夫人〉：「嫋嫋兮秋風，洞庭波兮木葉下。」原是狀風起葉落的時節風景，可是王逸卻認爲「秋風疾則草木搖，湘水波而樹葉落矣；以言君政急則眾民愁而賢者傷矣。」明顯是以《論語・顏淵》：「君子之德，風；小人之德，草；草上之風必偃。」爲依據。

2. 〈九章・涉江〉：「登崑崙兮食玉英」，正是班固所批評「多稱崑崙冥婚宓妃虛無之語，皆非法度之政，經義所載」的情節，可是在王逸的註釋中，「登崑崙」猶言「坐明堂、受爵位」，以比喻的文學技巧爲之在經學的政教觀念裡對號入座。

意義關連之外，曉合經義另一個比較具體的原則是「詞彙」溯源。

對於屈原所使用的詞彙，找出六藝中的先例，例如：

1. 〈離騷〉：「余故知謇謇之爲患兮」，王逸註釋則提到《易》曰：「王臣謇謇，匪躬之故。」

2. 〈九章・懷沙〉：「明告君子，吾將以爲類兮」，王逸引證《詩》曰：「永錫爾類」。

3. 〈九章・惜誦〉：「待明君其知之」，王逸注引《書》曰：「知人則哲」。

上述這些原文跟經典引證，透過王逸的註解，兩者語境意義相關，確實發揮旁徵博引補助說明的理解功效；可是有些情況純粹只是使用詞彙的雷同，例如：〈九歌・湘君〉：「薜荔柏兮蕙綢」，王逸引《詩》：「綢繆束楚」。除了解釋「綢」字爲「縛束也」，對全句意旨的理解並沒有更多的幫助，如此的情形則語言學的價值多過文學批評。

二、比　興

「比興」是漢代詩經學家爲了詮釋「詩言志」的「志」，發展出來關於文學技巧的概念；相對於「賦」之直舖其事，「比、興」都是在文辭之外比附、興起另一層意思。此處僅簡單帶過，下一節將再詳論。

王逸運用了「《詩》之六義」中的「比、興」來解說《楚辭》，他在〈離騷〉序文中說：

> 〈離騷〉之文，依《詩》取興，引類譬喻，故善鳥香草以配忠貞，惡禽臭物以比讒佞；靈脩美人以媲於君，宓妃佚女以譬賢臣；虬龍鸞鳳以託君子，飄風雲霓以爲小人。其辭溫而雅，其義皎而朗。

「依《詩》取興，引類譬喻」包含了「興、比」二者的獨立意涵，可是王逸在《章句》內文逐句箋注時，並未像《毛傳》註明「興也」〔註24〕，而傾向籠統地概括比興，不去嚴格劃分這兩個性質夾纏的

〔註24〕毛詩「賦、比」都未特別註明，獨標「興」義，《詩經》三百零五篇中，註明「興也」的共一百十六篇（據朱自清先生《詩言志辨》統

概念，合視爲「興寄、託喻」的觀念，由比喻手法到創作情境，詮釋作者的思想懷抱，所以他說「善鳥香草以配忠貞，惡禽臭物以比讒佞；靈脩美人以媲於君，宓妃佚女以譬賢臣；虯龍鸞鳳以託君子，飄風雲霓以爲小人。」就是結合他對屈原生平事跡的認知，結合漢代對屈原那種「忠－邪」對立的理解，進而運用流行的「比興」概念，將屈原文辭中抽象模糊的「香草、美人」具體化爲賢臣、國君等人物情節。其例如下：

1. 〈離騷〉：「扈江離與辟芷兮，紉秋蘭以爲佩」，王逸注：「江離、芷、蘭，香草也。佩，飾也，所以象德；故行清潔者佩芳，德仁明者佩玉，能解結者佩觿，能決疑者佩玦，故孔子無所不佩也。言己修身清潔，乃取江離、辟芷以爲衣被；紉索秋蘭，以爲佩飾；博采眾善，以自約束也。」王逸說明其指「香草」爲良好德行並非信口雌黃，而是有典故依據：「行清潔者佩芳」，準此而認定屈原文中歌詠所及種類繁複的香草，都是共同指涉美德，而不同的香草則爲不同的德目，屈原「博采眾善」，以諸種善德砥礪修行。

2. 〈九歌·湘君〉：「沅有芷兮醴有蘭」，王逸注：「言沅水之中有盛茂之芷，澧水之內有芬芳之蘭，異於眾草；以『興』湘夫人美好亦異於眾人也。」此句承前而將香草詮釋爲美好善德之意，不過王逸強調其中「興」的表現。

3. 〈離騷〉：「惟草木之零落兮，恐美人之遲暮」，王逸注：「美人謂懷王也；人君服飾美好，故言美人也。」一般理解「美人」爲容貌美麗的女子，可是王逸卻將美人理解爲服飾美好的（男）人，因此這句「美人遲暮」的比喻意旨後代提出異議〔註25〕。

計），通例是注於首章次句下，不過有少數例外。

〔註25〕歷代對〈離騷〉這句「美人」比法的詮釋意見可歸納爲三種：一是美人以喻懷王，王逸、魯筆持此說；魯筆的理由是：美人比君，此

三、美刺諷諫

　　除了內容、詞彙曉合經義，運用「比興」解釋抽象文辭中曖昧的作者情志，王逸的「以經解騷」還有一個特徵是「美刺諷諫」的用意。「美刺」也是漢代詩學的中心概念，相信詩人作詩的目的在針對時政美善刺惡，藉作品諷諫國君。這種文學致用的思想在兩漢是深植人心的，前面司馬遷等人已提出屈原欲以創作「存君興國」的目的，王逸在此基礎上進一步發揮。

　　於是王逸詮釋屈原的創作背景：

> 屈原執履忠貞而被讒邪，憂心煩亂，不知所愬，乃作〈離
> 騷經〉。離，別也。騷，愁也。經，徑也。言己放逐離別，
> 中心愁思，猶依道徑，以風諫君也。故上述唐、虞、三后
> 之制，下序桀、紂、羿、澆之敗，冀君覺悟，反於正道而
> 還己也。

屈原遭憂而作〈離騷〉，這是創作的原因，目的則是「以風諫君」、「冀君覺悟」，這種「諷諫」的觀點貫串整部《楚辭章句》，以下僅舉數例：

1. 〈離騷〉：「乘騏驥以馳騁兮」，王逸注曰：「言乘駿馬一日可致千里，以言任賢智則可成於治也。」由乘駿馬引伸到治道中重要的「任賢」原則，其實是王逸用「以意逆志」的態度，去推測身為臣子關切政治的認真。

三百篇遺法，即漢樂府〈君馬黃〉亦以美人目君，佳人目相。〈離騷〉今以美人為君，後文以賢女為相，又何疑？蓋美人猶好人之謂，為人所珍愛，本可公同借用。始於贊婦人，時而借喻賢君，但在婦人則指美色，在賢君則指美德。因其句法雋永近詩情，故風騷並用之。戴震：草木零落，美人遲暮，皆過時之慨，即《論語》所云：「四十五十而無聞，斯亦不足畏」是也。二是美人乃屈原自喻，黃文煥、李陳玉、錢澄之、游國恩持此說：原因有「臣之於君，猶女之於夫，故坤曰地道也、臣道也、妻道也。」三是美人喻盛壯之年，戴震、紀昀持此說；由於在這句話之前有「汨余若將不及兮，恐年歲之不吾與。……日月忽其不淹兮，春與秋其代序。」之後又接著「不撫壯而棄穢兮，何不改乎此度？」因為前後文都是對時間的感慨，所以他們判斷此句也是抒發關於時間之感。

2. 〈九章‧哀郢〉：「出國門而軫懷兮，甲之晁吾以行」，王逸注曰：「紀時日清明者，『刺』君不聰明也。」〈哀郢〉記敘屈原二度被放的行走過程，在文初提到出發的時間，王逸認爲屈原之所以將時間記得如此清楚，是因爲委屈不公，藉著清晰的時間對比國君的不明，乃諷刺之意。

3. 〈天問〉：「伏匿穴處爰何云？荆勳作師夫何長？」王逸注：「時屈原又諫，言我先爲不直，恐不可久長也。」直接將屈原疑問形式的語句解爲諫言。

四、陰陽讖緯

陰陽五行、讖緯災異在兩漢是極爲流行的思想，經學家時常以之解經，遍及各經各家〔註26〕，今文齊學尤盛。另班固執筆的《白虎通》代表官方的經學詮釋，其中即有〈五行篇〉專論五行學說，可見這種觀念在漢代經學裡是非常正當而普遍的。此一詮釋風氣也影響到王逸箋釋楚辭。

1. 〈九歌‧湘君〉：「采芳洲兮杜若，將以遺兮下女」，王逸注曰：「女，陰也，以喻臣。」

2. 〈九章‧哀郢〉：「民離散而相失兮，方仲春而東遷」，王逸注曰：「仲春，二月也；刑德會合，嫁娶之時。」「刑德」是漢代經學家常結合陰陽之說而談論的，跟「陰陽」爲對稱類比的兩組概念，如董仲舒《春秋繁露》跟〈天人三策〉即由「貴陽賤陰」力主「任德不任刑」。將「仲春」註解爲「嫁娶之時」則可歸入前面第一點曉合經義，因爲此乃兩漢《詩經》學家在十五國風中的討論問題〔註27〕。

〔註26〕 李漢三先生《先秦兩漢之陰陽五行學說》整理了五經之今古文各家引用陰陽五行學說以解經之例，臺北：鐘鼎，民國56年。

〔註27〕 由於《國風》諸多情詩，說詩者常以「刺時亂，嫁娶失時，淫風大行」等說法來詮釋，究竟嫁娶該在何時，也就成爲《詩》《禮》博士們討論的重要課題。

3. 〈大招〉:「青春受謝,白日昭只。」王逸注曰:「青,東方春
   位,其色青也。昭,明也。言歲始春,青帝用事,盛陰已去,
   少陽受之,則日色黃白,昭然光明。」將季節、顏色、方位
   與陰陽綜而論之,正是「五行說」的模式,其後「魂乎無西」
   之句,王逸注言「西方金行」又是一例。

　　總的來說,王逸在前人「以經解騷」的詮釋成規下,進一步建立
完整的系統,將〈離騷〉等屈原作品透過「香草美人」的比興符碼,
詮釋爲一個忠正賢良、思君念國者心聲的表達,並念念企盼君王聽諫
改悟,扣合其對屈原其人道德品鑒的評價。所以對於屈原的創作,王
逸讚嘆:「所謂金相玉質,百世無匹,名垂罔極,永不刊滅者矣!」

第二節　詩學觀念

　　「楚辭」在兩漢具有經學與文學之游移性,它被比附爲經,也受
經學詮釋方式制約,可是比起性質接近的《詩經》,後者因爲是道道
地地的經學,蒙上「聖人作意」的神格化色彩,情意性質完全被美刺
諷諫觀念淹沒;《楚辭》相對而言,在某種程度上被視爲與「辭賦」
同類,有「辯麗可喜」或是「神心惚恍」〔註28〕的美感成分。因此先
秦至後漢的某些詩學觀念反而在「楚辭學」中激發出更精彩深邃的思
辨。

甲、詩言志

　　六朝之前重要的詩學觀念,可以用「詩言志」來貫串。「詩言志」
的觀念自《尚書・堯典》即已出現,可是此一觀念的內涵,卻經歷複
雜的變遷:以何種形式言志?所言爲誰之志?什麼樣的志呢?朱自清
先生《詩言志辨》提出「獻詩陳志」、「賦詩言志」、「教詩明志」、「作
詩言志」四種以詩言志的型態;其中「作詩言志」是屬於創作層面,

〔註28〕揚雄《法言・問神》。

與批評乃間接關係，此點下文再論。「獻詩陳志」可以《國語‧周語》這段話代表：

> 爲川者決之使導，爲民者宣之使言。故天子聽政，使公卿至於列士獻詩，瞽獻曲……而後王斟酌焉，是以事行而不悖。

因此獻詩的目的在補察民意、裨益時政。「賦詩言志」則是春秋時代士大夫的外交辭令，《左傳‧襄公二十八年》盧蒲葵說：「賦詩斷章，余取所求焉。」以及《國語‧魯語下》師亥說「詩所以合意」，表明可以脫離原詩的語境，即景生情，截取片段語句表達自己的意思。這裡非常重要的一點是：讀者（詮釋者）擁有隨心所欲的權力去重新解讀詩句，賦予新的意義；「賦詩言志」言的不是「作詩者」之志，而是「說詩者」之志。不過此時士大夫乃是自覺棄捨全詩原意，以應用爲目的。跟後來漢儒相信「比興」所喻爲詩人本意有所不同。至於「教詩明志」指的主要是孔、孟的詩學主張：

> 小子何莫學夫詩，！詩可以興，可以觀，可以群，可以怨。邇之事父，遠之事君。多識於鳥獸草木之名。（《論語‧陽貨》）
>
> 詩三百，一言以蔽之，曰「思無邪」！（《論語‧爲政》）
>
> 興於詩，立於禮，成於樂。（《論語‧泰伯》）
>
> 故說詩者不以文害辭，不以辭害志。以意逆志，是爲得之。（《孟子‧萬章上》）
>
> 誦其詩，讀其書，不知其人，可乎？是以論其世也；是尚友也。（《孟子‧萬章下》）

這裡包含了「興觀群怨」、「思無邪」、「以意逆志」、「知人論世」等在後代影響非常深遠的文學理論。「興觀群怨」談的是詩的作用；「思無邪」則是形容詩的性質，「以意逆志」跟「知人論世」屬於解詩的方法。其中「思無邪」是因應《國風》中的「淫詩」而論，跟《楚辭》的關係較遠，其他「興觀群怨」（尤其「詩可以怨」）、「以意逆志」、「知人論世」理論的適用對象都不限定於《詩經》，而可以指涉廣義的詩

歌，甚至各類文學作品，所以也被楚辭學者使用在《楚辭》的詮釋上，此點稍後再論。

　　關於孟子「以意逆志」的詮釋，趙岐注曰：「人情不遠，以己之意逆詩人之志，是爲得其意矣。」朱熹注也說：「當以己意迎取作者之志，乃可得之。」雖然趙岐另外一段話「殆欲使人深求其意以解其文」〔註29〕，有將「意」指向作者所屬的歧見，但是後世多公認「以意逆志」意指以自己的理解、意念去體會作家創作的情志；不過其前提是「不以文害辭，不以辭害志」，也就是不能抓住片言隻語望文生義，必須領會全篇的精神。比較「以意逆志」跟前面「賦詩言志」，兩者都強調讀者的位置，可是「賦詩言志」是「用詩」，「以意逆志」是「說詩」；在作者、作品、讀者三個實體的關係上，前者清楚劃分作者與讀者不同的志意，只是借用作品爲共同處；後者則是將作者、作品合一，以讀者自身的努力去貼近它的實相。朱自清先生說：

　　孟子雖然還不免用斷章的方法去說詩，但所重卻在全篇的說解，卻在就詩說詩，看他論〈北山〉、〈小弁〉、〈凱風〉諸篇可見（〈告子下〉）。他用的便是「以意逆志」的方法。……後世誤將「知人論世」與「誦詩讀書」牽合，將「以意逆志」看作「以詩合意」，於是乎穿鑿附會，以詩證史。《詩序》就是如此寫成的。但春秋賦詩只就當前環境而「以詩合意」；《詩序》卻將「以詩合意」的結果就當作「知人論世」，以爲作詩的「人」「世」果然如此，作詩的「志」果然如此。〔註30〕

「以詩合意」就是「賦詩言志」的一種型態，漢代經學家將之與「以意逆志」混淆，將「己意」、「己意所逆及之志」、「作者之志」在概念上劃上等號，加上實際操作時某些歷史背景的植入，所形成的錯誤就

〔註29〕趙岐《孟子題辭》：「孟子長於譬喻，辭不迫切而意以獨至。其言曰：『說詩者不以文害辭，不以辭害志。以意逆志，爲得之矣。』斯言殆欲使人深求其意以解其文，不但施於說詩也。」

〔註30〕朱自清《詩言志辨》頁24，臺北：五洲出版社，民國71年。

更明顯。

　　總而言之,「獻詩陳志」、「賦詩言志」、「教詩明志」三者在「志」的主體以及面對「詩」的態度跟處理方式上雖有不同,但是其「志」的性質卻有一致性,就是他們的思想懷抱是跟政教分不開的,甚至可簡化為「諷頌」,亦即對當時國君、政治、社會現象的批評或讚譽,而「諷」比「頌」多。因此早期的文學批評乃是知識份子基於對環境的關注而化為改善行動的方式之一。

　　漢代在此傳統下,延伸出更典型化的批評體系,就是詩教系統。漢儒說詩主要是為每一篇詩揭明一個志意,通常是結合歷史事件或人物,傳達褒貶臧否的目的。所以施淑女先生形容說:「兩漢詩學中,以『美刺』為中心的詩教觀念一直作為支配意識存在著」。「美刺」之稱原是《春秋》術語,對於《詩序》據獻詩諷頌的史跡,卻採用「《春秋》家」的名稱,朱自清先生由孟子所言:「《詩》亡然後《春秋》作」點出一個詮釋脈絡。孔子作《春秋》,寓諷頌之義於史,立褒貶義例,以垂教於天下後世,所以「亂臣賊子懼」〔註31〕。故序詩者參照此典範而用「美刺」之名,乃是效法孔子作《春秋》之旨。

　　以上一直談論政教懷抱,可是不容忽略的是:承載這些志意的「作品」本身,在文辭上是不是提供足夠的語意訊息來告知讀者呢?答案幾乎是否定的,《詩經》三百零五篇,從字面上能確定歷史事件或是「美刺」之意者恐怕不多,尤其《國風》、《小雅》;因此漢代經學家必須藉助其他的理論或技巧來輔助「辭」跟「志」的聯繫,以增加說服力。「賦、比、興」正具有此功能,尤其「比者,比方於物也;興者,託事於物也」,表明文字上看得到的客觀材料之外,還存在著不一定看得到的主觀情志。本文第二章第三節也討論過:《詩》六義中的「比興」在漢儒詩教系統中,其意義不在普遍性的文學修辭,而是透過「比興」來託喻、興寄主觀的情志,而漢代對「情」或「志」的

<hr />

〔註31〕　朱自清《詩言志辨》頁74。

看法，都是放在「陰陽、善惡、刑德、天人、情性」的體系中，將個人的情緒感受、思想懷抱跟道德、政教目的聯合在一起，所以「賦、比、興這三類可能指稱情感表現手法的詩歌創作『技巧』就具有了政治寄託、道德寓意的性質，而詩歌也就具有反映政治實相、倫理結構的象徵與暗碼的作用」。〔註32〕

關於「比興」之託喻情志，據顏崑陽先生研究：

> 「興之託喻」，其「所喻者」乃是「作者個人主觀的情志」。
> 這和修辭上的「隱喻」顯然不同，在「隱喻」中，不管是
> 喻體（所喻者）、喻依（作喻者），相對於作者個人主觀的
> 情志而言，二者都是客觀對象的經驗材料，只是作者把它
> 們聯想在一起。而在「託喻」中，則「作喻者」由於出現
> 在言內，是客觀對象性的經驗材料，但「所喻者」隱在言
> 外，確是作者個人的主觀情志。這種「主觀情志」並不是
> 作品自身語言結構內所形成的「意」，而是一種「社會行為」
> 的「意向」，也就是「何因要作這首詩」的「原因動機」以
> 及「作這首詩意圖達到什麼目的」的「目的動機」〔註33〕。
> 這種「作者本意或用意」，必須要放在作者「社會行為」的
> 事實經驗脈絡中，才可能被理解。〔註34〕

此種看法十分正確，因為「比興」真正欲探求的是作者的情志意向，所以必須放回實際經驗中理解，尋找其歷史背景，發掘作者美善刺惡的用意；《詩序》跟鄭玄《詩譜》即循此而作。可是《詩經》中絕大

〔註32〕 蔡英俊《比興物色與情景交融》頁119，臺北：大安，民國79年。
〔註33〕 原作者註如下：「原因動機」（because motive），是指一個行為者由於過去的經驗，因而導致他之所以產生現在此一行為的動機。例如他之所以搶錢，是因為他過去成長環境的某些不良經驗。「目的動機」（in-order-to motive），是指一個行為者由於某種指向未來的目的，而導致他產生現在此一行為的動機，例如他之所以搶錢，是為了還賭債。參見舒茲：《舒茲論文集》第一冊（臺北：久大、桂冠聯合出版，盧嵐蘭譯，民國81年）頁91～94。
〔註34〕 顏崑陽先生〈論詩歌文化中的「託喻」觀念——以《文心雕龍・比興篇》為討論起點〉，頁9。《第三屆魏晉南北朝文學與思想學術研討會》會議論文。

部份的作者隱遁未知，因此當詩經學家非常具體地詮釋《鄭風‧有女同車》為「鄭人刺忽之不昏於齊。太子忽嘗有功於齊，齊侯請妻之，齊女賢而不取，卒以無大國之助，至於見逐。故國人刺之。」讀者卻難以直接在「有女同車，顏如舜華；將翱將翔，佩玉瓊琚。彼美孟姜，洵美且都。」的詞句中，肯定此詩跟太子忽婚事的必然性。諸如此類的例子非常多，這就是前文朱自清先生所批評的：「《詩序》卻將『以詩合意』的結果就當作『知人論世』」，因此毛鄭《詩》說自宋代起即受到嚴厲之批判。

當這一系列的詩學觀念運用到《楚辭》的詮釋批評上，各個概念的詮釋效用不同，重要性重新排列組合，而且所導致的詮釋風貌也各具風華。

楚辭學中，「知人論世」與「以意逆志」的方法最能得到具體的發揮。因為〈離騷〉、〈天問〉、〈九章〉、〈九歌〉等作品，漢代學者確信其為屈原所作，於是扣合屈原受譖、流放、沈江等等生平事蹟去理解作品中的主觀情志，例如《九章‧涉江》：「哀吾生之無樂兮，幽獨處乎山中。」這個語句含括的詞彙意義並不足以確定「生之無樂」的必然原因，那可以獨立為主體生命的存在困境，即使放回實際行為經驗，也可能是多重挫折的累積；至於「幽獨處乎山中」，乃是一個情景的描述，跟南朝謝靈運的遊覽詩或唐朝柳宗元的山水散文相似，體現情與景的交融，其中作者的主觀情志是字面上看不到的；可是透過「知人論世」與「以意逆志」的方法，王逸注曰：「遭遇讒佞，失官爵也；遠離親戚，而斥逐也。」因為掌握了屈原受讒流放的因素，所以王逸藉由「誦其詩，讀其書，知其人，論其世」的原則，以己意逆取推測屈原寫作的主觀情志，認定「生之無樂」是因為「遭遇讒佞，失官爵」，而「幽獨處乎山中」則是屈原被斥逐江南，遠離親戚的感慨。同樣將詩人志意扣合行為經驗來掌握詩中曖昧難明的託喻之旨，《詩經》作者不詳，詩篇作成年代也難以確定，縱使漢代詩經學家的詮釋是符合歷史真相的，也無證據可說服讀者；可是《楚辭》不同，

「屈原」是個明確的歷史人物，史傳文獻提供具體的事蹟資料，漢代楚辭學者順此解讀作品，揣摩其政治關懷與個人情感，得到的詮釋結果普遍被認同，不像《詩序》備受爭議，「作者」的隱顯正是其中關鍵。而「知人論世」「以意逆志」的方法亦因此有具體的發揮。

不過必須說明的是，「漢代楚辭學」這種以「知人論世」「以意逆志」方法對屈原諸篇作品進行詮釋所普獲認同的情形，可能必須排除《九歌》。王逸《九歌章句》序中言：「昔楚國南郢之邑，沅、湘之間，其俗信鬼而好祠。其祠必作歌樂鼓舞以樂諸神。屈原放逐，竄伏其域，懷憂苦毒，愁思沸鬱；出見俗人祭祀之禮、歌舞之樂，其詞鄙陋，因爲作《九歌》之曲。」因爲《九歌》沾染濃烈的巫風色彩，漢代諸儒集中於屈原不遇的詮釋模式顯得格格不入，所以它不像〈離騷〉、〈天問〉、〈懷沙〉等篇有多人作注訓解，除了王逸《楚辭章句》因爲是完整收錄屈原作品，不得不爲之訓解，他同意《九歌》音樂出自沅湘祭祀巫俗，可是認爲文字部份是屈原所作，表達的還是「己之冤結」，所以沿襲「知人論世」的批評方法。《九歌·山鬼》：「怨公子兮悵忘歸，君思我兮不得閒。」王逸註解爲「公子謂公子椒也，言己所以怨公子椒者，以其知己忠信而不肯達，故我悵然失志而忘歸也。」第二句則注：「言懷王時思念我，顧不肯以閒暇之日召己謀議也。」根本就是爲保持其詮釋之系統性，而作出偏離詞義的牽強解說。王逸當是自覺其詮釋模式在《九歌》此篇的侷限，所以他以「故其文意不同，章句雜錯，而廣異義焉」〔註35〕來自圓其說。

「詩言志」的觀念中，「賦詩言志」跟「作詩言志」在「楚辭學」裡是較重要的。「賦詩言志」假使抽離春秋時代士大夫外交的歷史場景，作爲一種普遍意義的文學批評形式，它代表的是斷章取義、表現己志；如是，兩漢的「擬騷」借用模擬屈原詞句，表述自己不遇的情志感慨，便具有「賦詩言志」的精神。「擬騷」主要指東方朔〈七諫〉、

〔註35〕《楚辭章句·九歌》序。

嚴忌〈哀時命〉、王褒〈九懷〉、劉向〈九歎〉、王逸〈九思〉等體制、文辭上模擬屈原〈離騷〉、〈九章〉，後來被收錄於《楚辭》集內，並歸類於「楚辭」這一文體的這些特殊作品，因為它承襲仿擬的痕跡鮮明，因此「創作」的「創造性」受到質疑，在文學史上的評價也一直被鄙置於「仿擬」的附屬地位〔註36〕，幾無自身的文學價值；不過，如果不從創作的角度來看待這些擬騷，而從文學理論、文學批評的範疇來重新面對，其實「擬騷」可以視為以「仿擬」的形式傳達對原作的意見。誠如本文第三章所分析的，漢代楚辭學中諸多作品的重要意義在於藉屈原經驗抒發自己不遇的感懷，所以作者自身真實強烈的情志懷抱是文章的精華；而上述這些明顯沿襲屈騷體制、詞句的作品，豈非斷取原作詞句來表述己志的翻版〔註37〕。

「擬騷」只是「賦詩言志」傳統的變相發揮，「作詩言志」才是「楚辭學」真正的重點。雖然《詩經》中已有少數篇章表現出「言志」意識〔註38〕，例如《小雅·節南山》：「家父作誦，以究王恟。」可是

〔註36〕「仿擬」在中國文學史、文學批評史上是個很值得討論的問題，如李白曾大量以舊樂府題作詩，北宋「江西詩派」以「奪胎換骨」明白主張規模杜詩，而明代前後七子也是標舉復古、擬古：其中牽涉了繁密的文學理論觀念與傳統。因處歧出本文主題，此處無法多論，唯一要強調的是：並不是「仿擬」就必然價值低損，李白或黃庭堅的作品皆受到高度讚揚，因為他們在模擬襲舊之外，又開出新的美感風格，相對地，「擬騷」不是作者自覺性地在理論上思考學習前人優秀作品的意義，也沒有另立美感風格，因此其受貶抑有其獨立原因，不能歸之為仿擬就是不好的因果關係。

〔註37〕我們當然不能否認春秋的「賦詩言志」跟漢代「擬騷」仍有很大不同，尤其在作者原意跟賦詩或擬騷者志意的距離上，因為賦詩的士大夫們是自覺放棄原意，借用大家都熟知的詩句來表達己意，兩方意見不僅分開，而且可以歧異；可是「擬騷」的情況是擬作者認為自己的情志意向跟原作者的是相同的。可是如果以筆者處於第三方的發言立場來觀察，「擬騷」作者之意跟屈原之意依然是分開的兩個客體，於是在結構上跟「賦詩言志」確有相似共相。

〔註38〕以大、小《雅》為主，廟堂燕樂的《頌》，跟民間歌謠性質的《國風》「言志」意識少見，多是說詩者附加上去的。意思並不是說《國風》作品就不存在作者的感情志意，而是無明顯寫作此詩以表達某種志

「真正開始歌詠自己的還是得推騷人」〔註39〕，像是屈原《九章·悲回風》：「介眇志之所惑兮，竊賦詩之所明。」已表現出賦詩明志的企圖。而且「志」的內涵在《楚辭》中產生某些轉換：「以一己的窮通出處為主，因而『抒中情』的地方佔了重要的位置。這是一個大轉變，『詩言志』的意義不得不再加引伸了；〈詩大序〉所以必須換言『吟詠情性』，大概就是因為看到了這種情形。」為什麼「窮通之志」就足以將單純的「言志」擴充到「吟詠情性」呢？因為原來的「志」是「上以風化下，下以風刺上」這種本於政治教化的社會群體共同的情志，是社會公眾的志意〔註40〕；可是屈原的作品，以〈離騷〉為例，從自言家世、個人稟賦之美到陳詞女嬃、重華，以及求女、靈占，乃至不願同流合污的死志，其中反覆說「吾」如何如何，明明白白是描寫個人的情感、懷抱，因此表露的是作者個人化的內在情思。一是公眾志意，一則是個人情思，兩者於此是對峙的，可是卻又是相關的，因為屈原個人的情感、經驗恰與政治相關，顏崑陽先生說得很好：

> 假如說，《風》、《雅》代表著未融入抒情自我而只反應社會普遍情志的「言志」文學，而魏晉之後個人抒情作品代表著只表現自我情志的「緣情」文學；那麼，就文學類型而言，〈離騷〉便是兼具二者。〔註41〕

屈原賦「是將『詩言志』跟『吟詠情性』調和了的語言」〔註42〕，因此漢代詮釋性的「楚辭學」在文學觀念的演進上扮演了「言志」與「緣情」的過渡性，這也正是本文所說的「經學與文學的游移」，「經學」

意或目的之自覺。

〔註39〕 朱自清《詩言志辨》頁30。不過朱自清先生似乎認為在「詩言志」的四種型態裡，「作詩言志」是最晚出現的，荀賦、屈騷才開始表現，《詩經》中的言志，包括《小雅·節南山》之例，被他放在「獻詩陳志」中討論。筆者以為，「獻詩」不含作意，而是指採集之類的轉述行為。

〔註40〕 詳參蔡英俊《比興、物色與情景交融》頁24。

〔註41〕 顏崑陽〈論漢代文人「悲士不遇」的心靈模式〉，《漢代文學與思想學術研討會論文集》頁233，臺北：文史哲，民國80年。

〔註42〕 朱自清《詩言志辨》頁33。

的經世思想跟「言志」的公眾志意吻合,「文學」的美感情意亦即六朝文學自覺之後「緣情」說所著重的個人情思。

〈離騷〉「志」的主要內涵:「窮通之志」,即是前章反覆強調的「不遇」,它是漢代認識《楚辭》的主要內涵,以之為圓心,向外擴散出不同的問題。前面「吟詠情性」的喚出是其一,另外還有「詩可以怨」跟「香草美人」傳統。

乙、「詩可以怨」與「香草美人」

「詩可以怨」出自孔子詩教「興觀群怨」,但在四者之中影響獨大〔註43〕,特別值得討論。若獨立為一個文學概念,它的主體可以是「作者」、「作品」、「讀者」,張淑香先生分析說:

> 作者是透過創作來引起怨嘆而使其心中的怨得以發散出來,作品是透過表現而引起人之怨嘆而使人心中之怨得以發散出來,讀者是透過閱讀與欣賞引起怨嘆而使其心中之怨得以發散出來。此三者分別透過創作、表現與欣賞而達致「可以怨」的途徑、方法與原理固不一樣,及其各自的「怨」亦有差別。〔註44〕

這是單純的文學歷程,「作者」、「作品」、「讀者」三個元素清楚明確,不相混淆。可是在作為批評的漢代楚辭學中,批評家是由「讀者」的立場游移到「作者」的角色,他先在屈原「作品」裡尋索、體會超出「作品」文詞訊息之外那「作者」的「怨」〔註45〕,然後以創作表現

〔註43〕「興觀群怨」中,「興」少有獨立討論(常被討論的「興」義乃「比興」之「興」,與「興觀群怨」為不同群組的概念);「觀」鄭玄解為「觀風俗之盛衰」,朱熹補充「考見得失」,談詩之作用,性質較為單純。「群」則引起的共鳴較寡,不論孔安國所言「群居相切磋」或朱熹「和而不流」,在批評理論或實際批評中,都未發生巨大影響。因此「怨」在其中的確相對性突顯影響力與重要性。

〔註44〕張淑香〈論「詩可以怨」〉,《抒情傳統的省思與探索》頁5,臺北:大安,民國81年。

〔註45〕一般情況下,「讀者」是藉由「作品」來進入「作者」情緒經驗,可是「漢代楚辭學」卻是由作者生平來理解作品,因此他們體會、著

其所感，導致表現「怨」的「作品」有雙重性，「怨」之情緒所屬主體也益趨複雜。因此它顯現出來的「詩可以怨」，是以批評家為主體發散的兩種型態，一是接近上述「作者」、「作品」、「讀者」三者中的「讀者」層面，藉欣賞而達致「可以怨」，也是本文第三章「情志映照」所討論的，藉屈原經驗抒發自身不遇的「怨」，這種閱讀感受的原理是：

> 就讀者而言，「詩可以怨」是一種透過閱讀而產生的效果。讀者在閱讀作品時，與作者之盡量跳出其切身經驗而保持觀照距離的情形相反，他必須盡量投入其中作設身處地的切身的體驗。〔註46〕

在想像的情境中經歷對方的痛苦，也投入自身深刻的共感；只是一般讀者純粹在閱讀心理歷程中沈潛、提昇，而批評家則進一步表現這種感受，而表現之時，他就移位到「作者」身份，必須追索自己心靈深處的感受，於是他所觀照、省察的「怨」不只是對象之怨，也滲入自己之怨，是互為主體的共感。於是乎「詩可以怨」之於批評家，融合了「讀詩」可以怨，以及在表達此怨時無形中體現的「作詩」之怨。

　　前面分析的是「詩可以怨」的實踐面，而漢代楚辭學在理論面上也有所發揮。司馬遷由自己的遭遇，以及觀察前人諸多例證，提出「發憤著書」的創作觀，認為作者必是遭遇困頓，心有鬱結，於是發憤寫作，以此解釋作者與作品某種固定的聯繫：

> 夫《詩》、《書》隱約者，欲遂其志之思也。昔西伯拘羑里，演《周易》；孔子厄陳蔡，作《春秋》；屈原放逐，著〈離騷〉；……此人皆意有所鬱結，不得通其道也。(〈太史公自序〉)
> 古者富貴而名磨滅，不可勝計，……不韋遷蜀，世傳《呂覽》；韓非囚秦，說〈難孤憤〉；《詩》三百篇，大氐聖賢發憤之所為作也。(〈報任少卿書〉)

既然創作者多半是生命歷程遭受困頓，「意有所鬱結」的不得志者，

重的往往可以逸越作品文詞所承載的訊息之外。
〔註46〕 張淑香〈論「詩可以怨」〉，《抒情傳統的省思與探索》頁 26。

詩歌也大抵是鬱苦的怨嘆呼喊了〔註47〕，所以司馬遷說：「離騷者，猶離憂也。……勞苦倦極，未嘗不呼天也；疾痛慘怛，未嘗不呼父母也。……信而見疑，忠而被謗，能無怨乎？」屈原「信而見疑，忠而被謗」，因此其「怨」乃是發自性情，是胸脯中不得不吐的鬱慍，「怨」與「詩」產生緊密聯繫。桓譚承之而說：

> 賈誼不左遷失志，則文采不發。……揚雄不貧，則不能作
> 《玄》、《言》。(《新論・求輔》)

此類不遇而作、發憤著書乃至唐代韓愈「不平則鳴」，俱是「詩可以怨」的延展觀念，屈原的經驗則在其中擔任絕佳的範例。

孔子提出「詩可以怨」正式賦予詩人「怨」的權力，使詩歌中傳達怨刺之情的現象有更正當的理論基礎，可是「怨」是否能夠毫無限制呢？因爲在「詩言志」（尤指政教之志）的文學觀念下，在倫理教化的社會結構中，「怨」的情緒不只是一己哀傷痛苦而已，必然放回社會脈絡作「理」或「禮」的價值審視，因此兩漢楚辭學者面對屈原作品中的「怨」，即從讀者的角度評判作者「怨」之當否，檢視並論辨「詩可以怨」的效用邊界。所以屈原在〈離騷〉中對君王、靈脩的怨懟，所引起的讀者反應，一者是「正邪不分」的質疑、感慨：善人公正發憤而遭讒受災，惡人邪佞妒賢卻安享高位；也就是對於屈原受譖等事，漢儒不以權力鬥爭、朝臣爭寵的角度來論斷，而是從善惡對立的情境理解，視爲一背理傷德之政治事件，訴諸「理」之曲直的討論。二者是「怨刺其上」的合禮與否，縱使「詩可以怨」使「怨」得到合法的認同，可是在專制一統制度下，君臣位階鮮明，臣下表達對

〔註47〕 司馬遷的「發憤著書」說，用以解釋屈原的例子是最恰當有效的，因爲遭憂發憤只是刺激他的寫作動機，跟作品的內容並非必然相關，例如《周易》中並沒有文王拘羑里的憤慨感懷，《春秋》、《呂氏春秋》中也不是表白孔子、呂不韋的不遇經驗，唯有〈離騷〉，不只是屈原因怨而寫，寫的內容又恰是對君王、靈脩的怨懟之情，故「憂愁幽思而作離騷」將創作動機延展到內容的詮釋，形成「詩可以怨」的一體性。

上的不滿仍然是極度敏感的問題。例如《白虎通・諫諍》：

> 諫有五，其一曰諷諫，二曰順諫，三曰闚諫，四曰指諫，五
> 曰陷諫。諷諫者，智也；知禍患之萌，深睹其事未彰而諷告
> 焉，此智之性也。順諫者，仁也；出詞遜順，不逆君心，此
> 仁之性也。闚諫者，禮也；視君顏色不悅，且卻，悅則復前，
> 以禮進退，此禮之性也。指諫者，信也；指者，質也，質相
> 其事而諫，此信之性也。陷諫者，義也；惻隱發於中，直言
> 國之害，勵志忘生爲君，不避喪身，此義之性也。孔子曰：
> 「諫有五，吾從諷之諫。」事君進思盡忠、退思補過，去而
> 不訕，諫而不露，故〈曲禮〉曰：「爲人臣不顯諫」。

諫君是出於匡正考失的忠善用心，《孝經》曰：「天子有諍臣七人，雖
無道，不失天下。」積極肯定諫諍的功用與可貴。可是在《白虎通》
分析勸諫的五種型態中，除了「陷諫」是奮不顧身的坦率直言，其餘
四種皆以君上的感受爲顧慮；雖然這種君尊臣卑的價值觀現代看來極
其迂腐，可是卻揭露出當時權力結構現象。「諫諍」是當面表達批評
性質的不同意見，以詩傳「怨」則是背地裡表達嗔怪感受，兩者都是
負面意見，都受到禮教的限制約束，所以「詩可以怨」的怨刺之情並
非全無限制，狂洩一地式的憤怒、指責或悲戚，而是以儒家「溫柔敦
厚」的精神爲調和，必須「中節」，不違倫常。因此即便司馬遷認爲
屈原「能無怨乎？」班固卻批判：「責數懷王，怨惡椒、蘭，愁神苦
思，強非其人，忿懟不容，沈江而死，亦貶絜狂狷景行之士。」以爲
屈原之「怨」逸越「禮」的正當性。這便是楚辭學中對「詩可以怨」
此一觀念的檢證與發揮。

「香草美人」是另一重點。在兩漢「以經解騷」的詮釋模式下，
《詩》之比興託喻運用於《楚辭》的重要意義之一，是它建立了一個
傳統：以男女比喻君臣。朱自清先生說：

> 比體詩種類中，豔情之作以男女比主臣，所謂遇不遇之感，
> 中唐如張籍〈節婦吟〉、王建〈新嫁娘〉、朱慶餘〈近試上
> 張水部〉，都是眾口傳誦的；而晚唐李商隱「無題」諸篇，

更爲喧赫，只可惜喻義不盡可明罷了。……源頭都在王注
楚辭裡。〔註48〕

因爲王逸在〈離騷〉序文中有言：

〈離騷〉之文，依《詩》取興，引類譬喻，故善鳥香草以
配忠貞，惡禽臭物以比讒佞；靈脩美人以媲於君，宓妃佚
女以譬賢臣；虯龍鸞鳳以託君子，飄風雲霓以爲小人。

他運用「《詩》之六義」中的「比、興」來解說《楚辭》，把各個意象
或喻依實指出背後可能的意涵；其中「善鳥『香草』以配忠貞」、「靈
脩『美人』以媲於君」特別被突顯出來，成爲特殊喻意的文學傳統，
呂正惠先生說：

這個傳統就是：爲《楚辭》所確立，並爲後代詩人所繼承，
並隨時加以變化處理的「香草美人」傳統。〔註49〕

所謂的「香草美人」，簡單地說，就是在處理「感遇」這類題材時，
使用「君臣－男女」這樣的譬喻手法。不過由於屈原自己在《楚辭》
中並非以「明喻」方式表現，意指也未解釋得很清楚，所以關鍵性的
原始譬喻：「美人之遲暮」，在詮釋、理解上產生種種歧見，影響所及，
此一傳統「重現」的形式也就繁複多樣，誠如呂正惠先生所強調：「隨
時加以變化處理」，它並不是一個非常單純的固定譬喻而已，原則上
有「美人」喻君與自喻的兩種類型。王逸認爲「美人」譬「君」，承
繼者如張九齡〈感遇〉：「草木有本心，何求美人折！」即明顯地採用
香草自喻，美人喻君的手法。可是基於「君臣－男女－陽陰－尊卑」
等對稱性的價值觀念，也有很多人認爲「美人」當是喻「臣」，也就
是自喻，如曹植〈南國有佳人〉：

南國有佳人，容華若桃李。朝遊江北岸，日夕宿湘沚。時
俗薄朱顏，誰爲發皓齒？俯仰歲將暮，榮耀難久恃。

〔註48〕 朱自清《詩言志辨》頁89。朱自清先生認爲比體詩有四類，皆出自
《楚辭》，他還談到「詠史、遊仙、詠物」。

〔註49〕 呂正惠〈論李商隱詩、溫庭筠詞中「閨怨」作品的意義及其與「香
草美人」傳統的關係〉頁3。

此詩以佳人自況，有自矜美好的信念以及時不我與的壓力。

不論美人究竟是以追求美人來喻指對明君知遇的渴望，或是以美人自居，盼望知音的惜取；此一傳統的意義在於將性別角色與政治關係形成固定的聯繫，影響到後代的文學創作與詮釋問題；包含詩詞文賦等不同形式的文類，當創作者要表達君臣遇合的問題時，往往很自然的運用追求美人或是美人自況的素材來述寫；甚至擴展到文學詮釋上，一部描寫「一寸相思一寸灰」〔註50〕男女感情的文學作品，也同樣被很「自然」的詮釋爲「男女－君臣」譬喻架構下的產物，而認爲作者藉此「自抒懷抱」，最典型的是「常州詞派」，張惠言詮釋歐陽修〈蝶戀花〉說：

> 「庭院深深」，閨中既已邃遠也；「樓高不見」，哲王又不寤也；「章臺遊冶」，小人之徑；「雨橫風狂」，政令暴急也；「亂紅飛去」，斥逐者非一人也。殆爲韓、范作乎？〔註51〕

「香草美人」的傳統延伸下來，已經不只是「香草」或「美人」單個譬喻的指實而解如此單純而已，它成爲脈絡性，具文化意涵的意識基礎，將中國文人濃厚的政治關懷置諸文學中心，其中有不容忽視的知識份子「好修」自珍的理想色彩。是以「香草美人」的「香」跟「美」目的不在作爲增添華麗的修飾性詞語，而是進德修業、聖君賢臣的「善」向期許，不論「美人」以喻君或自喻，「美」的特質，異於一般女子是很重要的，「『香』草」也是，都是強調正面特質，這是從屈原「忠佞－賢愚－正邪」認識方式一路下來的理念。所以「香草美人」的傳統在以「男女」感情比喻「君臣」的結構相似之外〔註52〕，當中「香、美」所蘊含的理想色彩是我們看待這些創作與詮釋時不容輕忽的。〔註53〕

〔註50〕 李商隱〈無題〉。

〔註51〕 張惠言《詞選》。

〔註52〕 兩者的相似在於社會倫常導致的權力關係，「君－臣」「男－女」同爲權力結構上強勢對弱勢的關係。

〔註53〕 至於這個傳統更深層的討論，例如它窄化了文學詮釋的美感空間，

第三節　辭賦的教化意涵

　　兩漢「辭賦」跟「楚辭」的關係相當密切，除了狹義上部份漢賦之內容直接或間接表述對屈原其人其文之相關意見；還有更深邃的淵源。仔細分辨其關係，一是同指一種文學體類，不論東方朔〈七諫〉、王褒〈九懷〉、劉向〈九歎〉或是司馬相如〈上林賦〉等等都合稱「辭賦」，此一名稱在兩漢是有共識基礎的，如《史記·司馬相如列傳》：「景帝不好辭賦」，宣帝言：「辭賦大者與古詩同義，小者辯麗可喜」。二是前後相承的文學脈流，「楚辭」指屈、宋等人之作，賦則專指兩漢各賦家的創作，《文心雕龍·詮賦》：「賦也者，受命於詩人，拓宇於楚辭也。」從歷史後設角度客觀描述漢賦之於《詩經》、「楚辭」的承繼脈絡性；揚雄「詩人之賦麗以則，辭人之賦麗以淫」之語，則代表漢代賦家自覺性地認為屈原「楚辭」跟漢代諸賦家乃在同一文類系統中，兩者同具「麗」之文采特質，只是前者為「詩人之賦」，後者為「辭人之賦」，辭采表現背後的精神有別。

　　所以廣義來說，辭賦為「楚辭學」的形式之一，它們不以文本跟批評的關係示現，而是為一脈相承的文學傳統，彼此不僅是文類的語言結構相似：脫離《詩經》四言詩的句式，而以六、七音節的不整齊句子，以及特定的虛詞為特色。更重要的是，在內涵上辭賦真正祖述了「楚辭」，不論篇幅的鋪陳、想像的馳騁、語彙的雕琢都在在透顯一致性，因此，辭賦納入楚辭學的討論範圍應當是可以成立的。

　　經學精神運用於楚辭批評，乃是「以經解騷」，運用於辭賦之中，則是經世理想的其「通經致用」的理念表現為對時政的頌美諷惡，下文分述之。

或是其內容意義並非訴諸直覺經驗，而是經過理性反省的意念，這些問題都頗值得再思辨，只是此處限於篇幅，僅能點出「漢代楚辭學」所牽連出此一傳統的概略表象而已。

甲、諷 諫

雖然「辭賦」一直有著貴遊文學娛樂耳目、「遊戲」意義的貶意，可是兩漢賦家藉由作賦表達諷諫精神，卻也是有目共睹的。

西漢初，賈誼作有〈旱雲賦〉，臆測旱災的產生乃源於在位者的過失，他說：

> 憂強畔之遇害兮，痛皇天之靡惠；惜稚稼之旱夭兮，離天災而不遂。懷怨心而不能已兮，竊託咎於在位。獨不聞唐虞之積烈兮，與三代之風氣；時俗殊而不還兮，恐功久而壞敗。何操行之不得兮，政治失中而違節，陰氣辟而留滯兮，厭暴至而沈沒。

在災異讖緯之說尚未普及化行之世，賈誼已言「竊託咎於在位」、「政治失中而違節」，直接將農民百姓因為天災受的苦歸因於施政不當，不能效法三代遺風美政，恐一統功業將敗壞，這種不假諱飾、逆耳箴弊的勇氣為諷諫精神作出表率。

司馬相如是賦家中的李、杜，稱賦必言長卿，《漢書‧地理志》記載巴、蜀地域特質，談到：

> 及司馬相如游宦京師諸侯，以文辭顯於世，鄉黨慕循其跡。後有王褒、嚴遵、揚雄之徒，文章冠天下；繇文翁倡其教，相如為之師。

可見司馬相如的才華在當世已備受肯定，而且他不只能鋪采摛文、寫景雕貌，在極聲窮文背後，更存有知識份子擔當現實的努力，重質尚義的用意。所以即使他作有多篇詠頌宮閣、華麗砌藻的長賦，卻蘊含諫君企圖，如〈子虛賦〉曰：

> 今足下不稱楚王之德厚，而盛推雲夢以為驕；奢言淫樂而顯侈靡，竊為足下不取也。必若所言，固非楚國之美也；有而言之，是章君之惡也；無而言之，是害足下之信也。章君惡，傷私義，二者無一可，而先生行之，必且輕於齊而累於楚矣。

〈上林賦〉也說：

> 於是酒中樂酣，天子茫然而思，似有若無，曰：「嗟乎！此大奢侈！朕以覽聽餘閒，無事棄日，順天道以殺伐，時休息於此；恐後世靡麗，遂往而不返，非所以爲繼嗣創業垂統也。」於是乎乃解酒罷獵，而命有司曰：「地可墾辟，悉爲農郊，以贍氓隸；隤墙填塹，使山澤之民得至焉。實陂池而勿禁，虛宮館而勿仞。發倉廩以救貧窮、補不足、恤鰥寡、存孤獨。出德號，省刑罰，改制度，易服色，革正朔，與天下爲始。」

這些罷田獵、勸農桑之語，與一般奏議上疏談論的內容幾無不同，只是文章的形式有別，一爲正式的官方文書，一爲豫悅華美的創作賦篇，後者甚至是更能被接受的婉轉方式，所以其諷諫的意義甚可取。

之後孔臧作〈諫格虎賦〉，在題目上已表明「諫」之目的，其辭曰：

> 樂至者，與百姓同之之謂也。夫兕虎之生，與天地偕，山林澤藪，又其宅也。彼有德之君，則不爲害。今君荒於游獵，莫恤國政，驅民入山林，格虎於其廷。妨害農業，殘天民命：國政其必亂，民命其必散；國亂民散，君誰與處？以此爲至樂，所未聞也。

他運用孟子與民同樂之仁政定義，規勸君王不宜與民爭地，屠殺生靈，力勸好大喜功的武帝克制好獵的恣放行爲。

賦之勸諫不只對於田獵或宮閣的奢靡舉措，東方朔在〈非有先生論〉中對「諫諍」之事提出深切的省思：

> 昔者關龍逢深諫於桀，而王子比干直言於紂，此二臣者，皆極慮盡忠，閔王澤不下流，而萬民騷動，故直言其失，切諫其邪者，將以爲君之榮，除主之禍也。今則不然，反以爲誹謗君之行，無人臣之禮；果紛然傷於身，蒙不辜之名，戮及先人，爲天下笑。……故卑身賤體，說色微辭，愉愉呴呴，終無益於主上之治，則志士仁人不忍爲也。將儼然作矜嚴之色，深言直諫，上以拂主之邪，下以損百姓之害：則忤於邪主之心，歷於衰世之法，故養壽命之士，

> 莫肯進也。

他以歷史上關龍逢、比干的經驗對照當世，痛陳政治權威迫使知識份子難以伸屈，欲直言則觸禁網，欲苟且又不忍爲，以知識份子眞切的心靈掙扎勸諫帝王能察納忠言。

揚雄是個好言多論的著述者，流傳作品甚多，其中表現對時政之諷喻意見者不勝枚舉，茲舉其〈長楊賦〉：

> 蓋聞聖主之養民也，仁霑而恩洽，動不爲身。今年獵長楊，先命右扶風，左太華而右褒斜，椓巀嶭而爲弋，紆南山以爲罝，羅千乘於林莽，列萬騎於山隅，帥軍踔陕，錫戎獲胡。搤熊羆，拕豪豬，木雍槍纍，以爲儲胥，此天下之窮覽極觀也。雖然，亦頗擾于農民。三旬有餘，其勤至矣，而功不圖，恐不識者，外之則以爲娛樂之遊，內之則不以爲乾豆之事，豈爲民乎哉！

他模仿相如〈上林〉、〈子虛〉作〈長楊〉、〈羽獵〉，除華麗的體制、艱深的詞語之外，也效法其諷諫君王之意旨，勸其不當爲逸樂侈靡而擾民廢政。

東漢晚期，賦的風格略有轉變，趨於簡化平淺，篇幅縮小而文辭不再艱澀齟拗，可是諷諫依然是其中重要的精神，如蔡邕在〈釋誨〉中談到：

> 狂淫振蕩，乃亂其情，貪夫徇財，夸者死權。……騁駑駘於修路，慕騏驥而增驅，卑俯乎外戚之門，乞助乎近貴之譽，榮顯未副，從而顚踣。

批判當世鑽營求顯的卑劣風氣，因爲外戚、宦官當權，許多欲求仕進之士便攀緣其門，喪失知識份子的骨氣與理想，其墮落令人痛惜失望。

其餘如董仲舒〈士不遇賦〉、嚴忌〈哀時命〉、趙壹〈刺世疾邪賦〉、蔡邕〈述行賦〉等等也都是批評現實的缺憾；基於不滿施政的不當、社會的黑暗，發出痛切的抨擊，進而隱含對主位者的勸諫鑑戒之意。基本上，這類諷喻色彩濃厚的賦篇，以西漢初期跟東漢末期較多，曹淑娟先生認爲：

> 蓋漢初，士人對新建王朝期許甚高，愛之深亦責之切，賦
> 中流露較明顯之不滿情緒；其後帝制堅穩、言禁頗嚴，賦
> 家則多寓諷於頌；迨至漢末，帝國威勢沒落，社會充斥不
> 合理之現象，士人再度鼓湧憤慨，而有沈痛之批判，既發
> 於議論，亦見於賦篇。〔註54〕

此種分析甚爲合理，另外我們可再補充，前期爲知識份子面對戰國游
士到專制一統政權風氣轉換的強烈壓力感，後者則是時局過於腐壞，
且鬥爭不斷，中央的控制力量較小，這些政治情勢在第二章已分析
過，此不贅複。

乙、歌 頌

知識份子的「經世」思想並非唯有「諫諍諷諭」的形式才能表現
他的政治關懷或時代使命。「美刺」是相對的概念，猶如鄭玄所言：「論
功頌德，所以將順其美；刺過譏失，所以匡救其惡。」勸諫諷諭是通
經致用，歌功頌德未嘗不是！若由「寓諷於頌」來觀察漢賦中的歌頌
部份，更不宜驟然視爲對上位的諂媚奉諛，而作負面評價而已。其時
代背景與賦家用心皆值得進一步探討。

司馬相如奉使巴蜀，作有〈難蜀父老〉，文章一開始就說：

> 漢興七十有八載，德茂存乎六世。威武紛紜，湛恩汪濊，
> 群生霑濡，洋溢乎方外。於是乃命使西征，隨流而攘，風
> 之所被，周不披靡。因朝冉從駹，定筰存邛，略斯榆，舉
> 苞蒲，結軌還轅，東鄉將報，至於蜀都。

他以天朝的優勢姿態對邊疆鄙民宣告，大漢帝國德洋恩普、教化遠
撫，認爲對方應當是「舉踵思慕，若枯旱之望雨」，這種自負的態度
雖然有失民族平等性，卻代表他對自己所屬政權（國家）的高度認同。
漢王室在春秋戰國數百年的戰亂，以及秦帝國曇花一現的短暫國祚之
後，能夠底定長治久安的一統政局，置身其中的知識份子對此歷史成

〔註54〕 曹淑娟先生《漢賦之寫物言志傳統》頁 189，臺北：文津，民國 76
年。

就有發諸內心的榮譽感亦是可以理解的。

這類詠頌賦篇大量出現於東漢初期，班彪、班固父子，傅毅、杜篤、黃香、李尤、崔駰等人都有若干作品表現出此種對漢室的讚嘆之語。例如班固著名之〈答賓戲〉，其言曰：

> 方今大漢洒埽群穢，夷險芟荒，廓帝紘，恢皇綱，基隆於義、農，歸廣於黃、唐。其君天下也，炎之如日，威之如神，函之如海，養之如春。是以六合之內，莫不同原共流，沐浴玄德，稟卬太和；枝附葉者，譬猶草木之植山林，鳥魚之毓川澤，得氣者蕃滋，失時者零落，參天地而施化，豈云人事之厚薄哉？今子處皇世而論戰國，耀所聞而疑所睹，欲從旄敦而度高庳泰山，懷汎濫而側深庳重淵，亦未至也。

班固這篇文章是針對東方朔〈答客難〉、揚雄〈解嘲〉二文中感慨生不逢蘇、張、范、蔡之世，「世治則庸夫高枕而有餘」〔註55〕，「賢、不肖何以異哉？」〔註56〕對於此種生不逢時的無奈嘆息，班固提出相反意見，認為戰國諸士「躡風雲之會，屢顛沛之勢，朝為榮華，夕而焦瘁」，乃是趁亂世而得的虛浮容華，遠不及漢代穩定政權下真正的昇平美政，尤其東漢從王莽手中「恢皇綱」，天地萬物皆籠罩在其德澤之下；班固沒有「貴古賤今」的常見觀念，他認為當世可與三皇五帝媲美，因此在〈答賓戲〉、〈兩都賦〉乃至《漢書》、《白虎通義》中，都可見此種精神的表露。

李尤〈函谷關賦〉談到：

> 大漢承弊以建德，革厥舊而運修。准令宜以就制，因茲勢以立基……命我聖君，稽符皇乾，孔適河文，中興再受，二祖同勳，永平承緒，欽明奉循。上羅三關，下列九門；會萬國之玉帛，徠百蠻之貢琛。冠蓋紛其雲合，車馬動而雷奔。察言服以有譏，捐縟傳而勿論。于以廓襟度於神聖，

法易簡於乾坤。

或是崔駰〈達旨〉所述：

> 今聖上之育斯人也，樸以皇質，雕以唐文；六合怡怡，比
> 屋爲仁。壹天下之衆異，齊品類之萬殊；參差同量，坏冶
> 一陶。群生得理，庶績其凝；家家有以樂和，人人有以自
> 優。威械臧而俎豆布，六典陳而九刑厝。

都以崇高理想的雍熙和洽情境來舖展文義，若遽指其粉飾太平可能
未識賦家用心，誠如曹淑娟先生所詮釋：「頌美理想情境以爲勸誘」
〔註57〕，賦家藉著詠歎仁義德化之大樂，使帝王超越耳目之娛，攄
揚奮進之心，冀其當下體行文章所描述之盛況。所以文中論典制、
述乾坤，以六合、衆庶爲念，建構出萬年基業的美好藍圖。

另外一種則是自覺性或理想色彩較低的頌美作品，他們以帝王個
人爲稱譽對象，例如杜篤〈論都賦〉從大漢開基談起，歷敘西漢的帝
嗣傳承，尤其著墨於高祖、武帝神偉績業，甚至「斬白蛇，屯黑雲」
等傳說也在詠頌之列；文章後半段則大篇幅地描述東漢光武中興，他
說：

> 於時聖帝，赫然申威，荷天人之符，兼不世之姿；受命於
> 皇上，獲功於靈祇。立號高邑，搴旗四麾，首策之臣，運
> 籌出奇；虓怒之旅，如虎如螭；師之攸向，無不靡披。

杜篤不像班固、李尤或崔駰多強調恩威德化，他著眼於帝王的神格色
彩，以略帶史傳性質的筆法逐一刻畫高祖、武帝、光武的事蹟：高祖
「提干將而呵暴秦」，武帝「拓地萬里，威震八荒」，光武「濟蒸人於
塗炭，成兆庶之豐豐」，將其功業渲染夸飾，幾乎成爲文韜武略、拯
救蒼生的完美聖君。同時代傅毅之〈洛都賦〉有些相似，他也形容了
劉秀個人英雄般的風姿：

> 惟漢元之運會，世祖受命而弭亂，體神武之聖姿，握天人
> 之契贊，揮電旗於四野，拂宇宙之殘難。受皇號於高邑，
> 修茲都之城館……

〔註57〕 曹淑娟先生《漢賦之寫物言志傳統》頁 192 至 194。

這兩篇文章對於漢代盛世的描繪，都透過歸功帝王的英勇來表達；比起前種文章，此類的阿諛成分較濃，不過「揚君美」的仕途成規也不是奉承之類的貶詞就能涵蓋，政治力量的絕對權威迫使下位者尋找可行的溝通方式，或許是此類陋俗出現的可諒解原因。

　　推測頌美賦篇集中於東漢初年的原因，一者是當時的確是政治較清明，光武、明、章之世，既無後期外戚、宦官之亂政，也少征伐帶來的兵革之苦；尤其歷經王莽篡漢，漢室的中興被認爲有非常寶貴的歷史意義；因此賦家的歌詠某種程度上是眞誠懇切的。二者當時獎掖經術、崇尚氣節，知識份子的思考模式以道德爲準則，誠如前章第三節所分析，楚辭學者對屈原情志由激動地共鳴轉爲冷靜的品鑒，此種內部政治環境與學術思潮的帶動因素，移轉到賦篇的精神表現，也就自然形成此一變化。西漢中期之前，戰國游士風氣仍存，知識份子對於才能的無所發揮感到窒困，羨慕亂世的自由，可是東漢的知識份子不復如是想，遙遠的戰國景況已經陌生，他們放棄不實際的掙扎心理，而以經典上的教化德政取代豐功偉業而爲追求目標，因此頌美哲王或標舉聖治，眞正的目的乃是勸誘君王，促使其感悟而落實體行，舉賢遠佞，安撫生民，讓天下果眞大治。〔註58〕

丙、理論自覺

　　辭賦創作過程中的「諷頌美刺」寓意，是具有知識分子自覺的賦家，結合其文學想像的創作天賦，表現其承擔「道」的另一種形式。漢賦此一文類的體制、語言特性或許適於鋪排富麗宮廷、馳騁縹緲想像，但是司馬相如等人開始在其中寄寓諷諫之意，謝大寧先生說：

> 這種形制上的靡麗閎衍，不過仍只是一種外表的包裝、其
> 眞實的目的，恐怕只是在每篇賦作最後的進言。換言之，

〔註58〕另外，感謝朱曉海先生提醒，東漢初年這類京都賦篇的密集出現，實與遷都爭議有關，因此歌頌表象下往往存有相反的意旨，這是在上述詮釋外必須注意的。

它根本就是將賦跟奏議章疏冶為一爐的作法。〔註59〕

除了賦家自身自覺性的努力，讀者也開始思考辭賦和諷諭的關連，司馬遷說：「相如雖多虛辭濫說，然要其歸引之於節儉，此亦《詩》之風諫何異？」基於作者與讀者的共同要求，辭賦的諷諫功能益受重視。試觀下文：

> 甘泉本因秦離宮，既奢泰：而武帝復增通天、高光、迎風。……且爲其已久矣，非成帝所造，欲諫則非時，欲默則不能已，故遂推而隆之，乃上比於帝室紫宮，若曰此非人力之所能爲，黨鬼神可也。又是時趙昭儀方大幸，每上甘泉，常法從，在屬車間豹尾中。故雄聊盛言車騎之眾，參麗之駕，非所以感動天地，逆釐三神。又言「屏玉女，卻虙妃」，以微戒齊肅之事。(《漢書・揚雄傳》)

揚雄對於成帝重視感官遊冶，眈於美色頗感憂慮，可是奢華的行宮並非成帝任內所造，無從阻諫，只好「推而隆之，乃上比於帝室紫宮，若曰此非人力之所能爲，黨鬼神可也」。「卻美色」也是文中要旨，他在〈甘泉賦〉中曰：「屏玉女而卻虙妃，玉女無所眺其清廬兮，虙妃曾不得施其蛾眉。」〈羽獵賦〉復言：「鞭洛水之虙妃，餉屈原與彭胥。」後代讀者多以爲其語乃暗示成帝應遠離趙氏姊妹；而且此種妻妾之事，原爲個人一己私密，但是君王的特殊身份，促使后妃之德成爲知識份子政治關懷的課題之一，故有「餉屈原與彭胥」之語。

這種諷諫的自覺，是漢代賦家共同的表徵，如其序文所言：

> 或以抒下情而通諷諭，或以宣上德而盡忠孝。(班固〈兩都賦序〉)

> 竊見司馬相如、揚子雲作辭賦以諷主上，臣誠慕之，伏作書一篇。(杜篤〈論都賦序〉)

班固認爲辭賦有「抒下情、宣上德」之教化作用，此與詩教已相當接

〔註59〕謝大寧先生〈漢賦興起的歷史意義〉，收錄於國立政治大學中文系所主編《漢代文學與思想學術研討會論文集》，頁327，臺北：文史哲出版社，民國80年。

近；杜篤則是將司馬相如、揚子雲作賦以諷視爲典範，自覺性地效法，表明勸諫之意。

雖然眾多賦家在實際創作或理論中融入仁義諷諫的用心，辭賦卻仍有麗靡空泛、遊戲倡優的質疑存在，如揚雄晚年自悔作賦：

> 雄以爲賦者，將以風也，必推類而言，極麗靡之辭，閎侈鉅衍，競於使人不能加也；既乃歸之於正，然覽者已過矣。往時武帝好神仙，相如上〈大人賦〉欲以風，帝反縹縹有凌雲之志。繇是言之，賦勸而不止，明矣。又頗似俳優淳于髡、優孟之徒，非法度所存，賢人君子詩賦之正；於是輟不復爲。〔註60〕

揚雄由相如上〈大人賦〉欲以風，帝反縹縹有凌雲之志，質疑賦之諷諫效用，「以爲靡麗之賦，勸百而諷一，猶騁鄭衛之聲，曲終而奏雅，不已戲乎！」其中「勸百而諷一」即是後世對漢賦「好麗」與「尚用」兩極原則主要的評價，可是賦家的用心跟達成的效果不能相互抵銷：

> 肯定漢賦之諷喻精神者，如司馬遷、班固等，多就作者具諷諫用意而言；懷疑漢賦之價值者，如揚雄晚年、王充，則多就讀者是否接受諷諭影響而言。〔註61〕

若從武帝的縹然之志抹煞相如的諷諫本意，並不公允，因爲讀者的反應並非創作者所能全然掌控，本文所關注的是作爲主體心靈的知識份子，在面對其時代環境下所感受及所體現的精神、作爲，因此，辭賦作家的諷諫努力，筆者深感認同。〔註62〕

漢代辭賦作家何以強烈地表現諷諫精神，一般學者多認爲與經學鼎盛有關，的確，經學取士造成知識份子無不通經，如著名賦家劉向、揚雄、傅毅、班固、崔駰、張衡以至蔡邕，同時都具儒者身分。必須強調的是，經學作爲普及而尙未僵化的學術主流，其影響力不在章句

〔註60〕《漢書・揚雄傳》。

〔註61〕 曹淑娟先生《漢賦之寫物言志傳統》頁187。

〔註62〕 至於諷諫結果的有限，是否賦家應當反省策略的失當，或是「尚用」的精神應以「用」的結果來評判，已經超出本文問題的主軸，有機會再另文討論。

訓故的繁衍，而在尙用精神、理想意義的發揮。因此即便是瑰章麗藻的辭賦中，經學的精神也確然存在。

辭賦的諷諫自覺主要受詩教制約，〈詩大序〉云：

> 下以風刺上，主文而譎諫，言之者無罪，聞之者足以戒。

當下位者要諷刺其上時，藉著「主文」，「文」就是文章、文采，透過修飾華麗的作品來「譎諫」，婉轉表達勸諫的內容。於是言之者不致犯顏，因觸怒權威而獲罪，聞之者又能明白其意。之後鄭玄箋注曰：

> 風刺，謂譬喻不斥言；譎諫，詠歌依違不直諫。

鄭玄爲東漢中晚期的經學大家，他以「不斥言、不直諫」表明詩歌辭賦諷諫中「婉約」的重要性；相對地我們可以理解，爲使君王接受建言，願意放棄個人享受或是實際改善社會的不完滿，「美頌」是一個較容易達成目的的必要手段。不過作爲胸懷理想的知識份子，當他要發言時必須尋索婉曲飾諱的言詞，甚至採取卑下的姿態，這對其心靈都是一種壓抑乃至挫傷，因此漢代楚辭學裡又蘊有另一種遠遁的精神，這就是我們下一章要討論的。

第五章 漢代楚辭學之「遠離濁世」

　　漢代楚辭學中，在屈原不遇情志的共鳴、「以經解騷」的致用精神之外，另外有一些現象與觀念是「楚辭學史」中較少討論的，就是楚辭學者對屈原行為發出「遠濁世」的選擇建議，延伸擴展為辭賦中傳達遠遁自藏的隱逸意念，以及仿擬〈離騷〉、〈遠遊〉中上天入地的文學想像：「召豐隆、排閶闔」之類神遊僊境的情節舖寫，這些批評與創作具有共同的面相，亦即藉由精神上的逸遁宣洩生命的困厄感，這跟知識份子在屈原經驗裡產生的共鳴、掙扎以及作為、努力其實有其因果性，究竟兩漢知識份子表現了什麼樣的隱遁思想、神遊想像，以及這些表現背後的意義為何？本章將逐一探討。

第一節　遠遁自藏思想

　　中國思想家一貫地認為宇宙主體是人〔註1〕，人可以「上下與天地同流」，能夠以其理想性與實踐力來轉化客觀環境，而「知識份子」正是有此擔當自覺的道德主體。而且在傳統中國觀念中，所謂的客觀環境，不論政治權力、社會秩序、經濟結構等等，幾乎都可以籠括容納在「政治」這一概念下，所以「政治」成為知識份子必然要面對的課題。可是道德理想與政治現實的衝突，「道統」與「政統」的抗爭，

〔註1〕 黃俊傑《理想與現實》一書導言所言。收錄於黃俊傑主編《中國文化新論，思想篇一：理想與現實》頁2，臺北：聯經，民國71年。

是君權政治體制下的難題,所以知識份子進退出處的「仕」、「隱」抉擇也是思想家不斷思考的問題。

儒家固然以「淑世」的使命感立世,仍有「無道則隱」的主張;孔子對「仕、隱」的看法是:

> 篤信好學,守死善道。危邦不入,亂邦不居。天下有道則見,無道則隱。邦有道,貧且賤焉,恥也;邦無道,富且貴焉,恥也。(《論語·泰伯》)

劉紀曜先生詮釋說:

> 孔子基本上還肯定這個世俗社會,只是堅持自我理想的實現與自我人格的尊嚴,不肯屈道以從君,因此雖不欲隱而不得不隱。故辟人而不辟世,仍不放棄對行道可能性之期望,在態度上是隱居待時,期待「天下有道」的時代之來臨,並不完全放棄或否定世俗社會,我們可稱之為「道隱」或「時隱」。〔註2〕

他還比較了《論語》中提到的另一型隱者:

> 至若桀溺等隱者,基本上已認定「今之從政者殆而」,而對世俗政治社會採取否定的態度,對世俗社會的改善或行道之可能性已不抱期望,只有辟世而隱,全身而退,是一種疏離性的自我放逐,我們可稱之為「身隱」。〔註3〕

由這個分析比較中,我們可以看出來,雖然孔子提出「用之則行,舍之則藏」〔註4〕的權衡立場,但是整體而言,儒家仍是抱持較積極的入世理想,所以子路曰:「不仕無義。長幼之節不可廢也,君臣之義如之何其廢之?欲潔其身,而亂大倫。君子之仕也,行其義也。道之不行,已知之矣。」〔註5〕具有一種「知其不可而為之」的奉獻精神,

---

〔註2〕 劉紀曜〈仕與隱——傳統中國政治文化的兩極〉,黃俊傑主編《中國文化新論,思想篇一:理想與現實》頁296,臺北:聯經,民國71年。

〔註3〕 同上。

〔註4〕 《論語·述而》。

〔註5〕 《論語·微子》。

明知世道黑暗，理想實踐之路窒礙難行，他仍願意努力嘗試、奮鬥。因此儒家看待仕宦之事，不是以利祿爵位的富貴為目的，而是「行其義也」，懷抱知識份子道濟天下的理想情懷！

　　之後的孟、荀觀念也是如此。孟子「窮則獨善其身，達則兼善天下」〔註6〕跟孔子「有道則見，無道則隱」是一脈相承；不會為了屈就權威而放棄理想、尊嚴，若有機會則善加發揮。荀子的主張則更進一步：「儒者在本朝則美政，在下位則美俗。」〔註7〕他認為一個有道儒者，雖然因不滿政治現實而隱退在野，仍應堅守其化民成俗的社會責任。因此先秦儒家思想的仕隱觀念，即便在退隱中，仍抱持修身俟時的積極態度。

　　道家則根本以「法自然」的智慧游世，主張隱遁全生。《老子》從消解的角度處理外在價值，十六章記載：

　　　　致虛極，守靜篤。萬物並作，吾以觀復。夫物芸芸，各復
　　　　其根。歸根曰靜，是為復命。

「歸根復命」即是拋開一切俗世價值觀念，純然以空明虛靜的心靈去體察天地萬物的往復運作，由本然的性命去把握「道」。政治事功相對於「道」乃是等而下之、微不足道的，人格境界應當超越於此。這是道家思想的大原則，但是對「仕、隱」這個問題比較正面清楚的意見表述，則要見《莊子》：

　　　　道之真以治身，其緒餘以為國家，其土苴以治天下。由此
　　　　觀之，帝王之功，聖人之餘事也；非所以完身養生也。今
　　　　世俗之君子，多危身棄生以殉物，豈不悲哉！（〈讓王〉）
　　　　古之所謂隱士者，非伏其身而弗見也，非閉其言而不出也，
　　　　非藏其知而不發也，時命大謬也。當時命而大行乎天下，
　　　　則一反無跡，不當時命而大窮乎天下，則深根寧極而待，
　　　　此存身之道也。古之存身者，不以辯飾知，不以知窮天下，
　　　　不以知窮德；……樂全之謂得志，古之所謂得志者，非軒

────────────────

〔註6〕《孟子・盡心上》。
〔註7〕《荀子・儒效》。

冕之謂也。(〈繕性〉)

世俗君子汲汲追求的「帝王之功」、「軒冕」，在莊子的心目中，是不足以「完身養生」的，不是真正的「得志」，何況為之「危身棄生」，更是可悲！「全身保真」消極而言是退避社會政治的戕傷，積極而言則是追求生命絕對自由的至人境界。在〈逍遙遊〉中，莊子標舉「至人無己」為最高境界，唯有至人才能真正「無待」，擺脫世間利害是非計較和自我慾念束縛之心，進入一種齊物我、忘生死的無差別虛靜境界，達到任性逍遙，獨與天地精神往來的絕對自由。

甲、對屈原的建議

　　兩漢知識份子站在儒、道二家的思想基礎上〔註8〕，面對自身獨特的時代環境，對於仕隱問題，有其特殊的感觸。這些感觸在他們詮釋屈原這一歷史經驗時，有意或無意地顯露出來。屈原以忠貞之性而遭受讒譖、流放，漢代楚辭學家對此多抱持高度的同情，可是針對他兩度被放，然而未曾投奔他邦，堅持留在楚國，終於自沈汨羅的行為抉擇，卻引起漢代知識份子「何不……」的評論或後設思考建議。這種後設建議的意義下文將再討論。這裡只是要點出，這些不同的選擇建議，原則上可分兩路，一是轉效他國，如司馬遷言：「以彼其材，游諸侯，何國不容？」二是遠離濁世，即本節要討

〔註 8〕　雖然武帝獨尊儒術之後，老、莊學說沒有公開興盛的研究風氣，可是其影響力並不是隨著罷黜百家而煙消雲散的，只是不若儒家強烈深刻；在經學以外的思想或文學領域中，仍可見其痕跡。至於法家，其以「富強」的利用觀點治世，雖也有其理想性，但卻不是以知識份子為主體，而是以統治者為思考軸心，所以明白反對隱逸。例如《韓非子‧說疑》評論著名的隱士：「若夫許由、續牙……伯夷、叔齊，此十二人者，皆上見利不喜，下臨難不恐；或與之天下而不取，有萃辱之名，則不樂食穀之利。夫見利不喜，上雖厚賞無以勸之；臨難不恐，上雖嚴刑無以威之；此之謂不令之民也。……有民如此，先古聖王皆不能臣，當今之世，將安用之？」這些志節高尚的人，在法家眼中，使人君賞罰權柄失去作用，自是不可以鼓勵的。由於思考角度的差異，因此談知識份子的主體掙扎時，法家省略不談是有其合理性的。

論的重點。而兩種建議正好代表「仕」跟「隱」的態度；所以司馬遷這種價值思考的基礎，不僅是依據戰國「游」士：「朝秦暮楚，輕去其鄉，無恆產而有恆心」〔註 9〕的縱橫風氣；同時表現出知識份子積極面的入世理想，前一章已經分析其關懷與展現方式。本章則欲探討理想受挫之後的出世遠逸心理。

第二種選擇建議：「遠離濁世」，趨近於「隱逸」的概念，也就是「遠遁自藏」的態度。在兩漢評論屈原的文章中，萌生隱遁觀念者首推賈誼，〈惜誓〉一文中，由世間現實的限制談到對應之道：

> 黃鵠後時而寄處兮，鴟梟群而制之。神龍失水而陸居兮，爲螻蟻之所裁。夫黃鵠神龍猶如此兮，況賢者之逢亂世哉！……悲仁人之盡節兮，反爲小人之所賊；比干忠諫而剖心兮，箕子被髮而佯狂。水背流而源竭兮，木去根而不長；非重軀以慮難兮，惜傷身之無功。已矣哉！獨不見夫鸞鳳之高翔兮，乃集大皇之林，循四極而回周兮，見盛德而後下。彼聖人之神德兮，遠濁世而自藏。使麒麟可得羈而係兮，又何異乎犬羊？

賈誼非常無奈地指出賢士逢亂世的無能爲力，不論是自然界的黃鵠、神龍或是歷史上的比干、箕子，都證明了幽昏現實具有強勢的力量，而能者、賢者總是受到迫害。對於此一現象，賈誼不僅是情志共鳴上的委屈抗訴，他以一種看透世道黑暗的悲觀相信這已經是事實、常態，所以他說：「水背流而源竭兮，木去根而不長；非重軀以慮難兮，惜傷身之無功。」賢士執持的正道不足爲憑，其孤掌難鳴猶如水之無

〔註 9〕 「朝秦暮楚，輕去其鄉，無恆產而有恆心」是孟子等人描述當時情況的形容，余英時先生說：「就我們所能掌握的資料來看，戰國時代的士幾乎沒有不游的。其所以如此者，正因爲他們缺少宗族和田產兩重羈絆。」（〈古代知識階層的興起與發展〉，見其著《中國知識階層史論》頁 86，臺北：聯經，民國 82 年）因此司馬遷是以一個普遍現象的標準來權衡屈原，可是屈原自身並不在這個普遍現象的標準之內，因爲宗室身份使他理應兼有「宗族」和「田產」兩重羈絆，自是無法像其他人「『輕』去其鄉」。這是對司馬遷所提建議內容本身的後設批評，不過本文主要關切仍是其思考所顯示的時代意義。

源、木之去根，麒麟一旦被縛綁，跟犬羊沒什麼不同；基於這種對現實的徹底失望，所以賈誼表明他不是畏怯堅持理想可能帶來的現實災禍，而是嘆息縱使犧牲也無益於光明的到來；就像屈原雖然自沈汨羅，楚王也未因此悔悟。

　　賈誼「非重軀以慮難分，惜傷身之無功！」這句話〔註10〕，恰指出兩漢知識份子何以有遠遊這種態度的關鍵因素。因為屈原的選擇並未達完滿的結局，假如屈原的死造成頃襄王徹悟，從此黜廢讒佞、進用忠良，使楚國強盛，那麼屈原的死雖然是個人的悲劇，卻成為「死諫」的成功例證，在事功上成就某種圓滿喜劇。後世對於他這一歷史經驗必然有極度不同的詮釋，可是屈原自盡這麼壯烈的舉措並未發生強大的刺激力量，促使楚王回心轉意，哲王終究沒有改悟！於是屈原「自沈」的意義有些飄忽，不是必然非死不可〔註11〕，因此漢代知識份子面對這個歷史教訓，才會有所謂「建議」的產生，希望在假設情境中，縫補這個歷史缺憾。當然，「建議」本身不可能改寫歷史，楚辭學家這種用心與他們自身相似經驗的共感有關，可是假如我們以為其建議正是其選擇，似乎又過於簡化，像是司馬遷「游諸侯」跟賈誼「遠濁世」的觀點並未成為他們實際的行為；太史公被處宮刑依然於武帝朝中任職，賈誼死於長沙太傅任上，也沒有隱逸。因為時空不同，環境的限制條件改變，武帝時諸侯權

〔註10〕 感謝徐漢昌老師提醒：屈原〈離騷〉：「豈余身之憚殃分，恐皇輿之敗績！」已經有知識份子不懼捨身的勇氣。不過屈原「恐皇輿之敗績」跟賈誼「惜傷身之無功」在憂國或忠心的情感程度上略有差異。

〔註11〕 屈原在作品中屢屢陳訴自己「信而見謗，忠而見疑」的不遇，最後他說「安能以皓皓之白而蒙世俗之塵埃？」（〈漁父〉）於是沈江結束生命。就屈原自己的道德性格而言，沈淵是唯一、必要的選擇。但從批評者來看，他切身經歷的沈痛感受，使得其自殺不至於成為被譴責的錯誤；但真是「唯一」或「必要」的選擇嗎？這答案就值得商榷了。因為屈原自殺的必要性，基礎是建立在其主觀性格，不是客觀環境條件有明確的命令或脅迫；因此批評家以自身的主體心靈去體會，便失去其「必然」的要素。

力已逐步被中央收回，司馬遷當世不再有縱橫的機會；至於賈誼，或許入世的理想與出世的掙扎在其心中交戰，現實中他還無法如此堅定的放棄淑世懷抱，於是，對屈原的「建議」代表他們內心期待另一種生命境界。

賈誼認為屈原應如鸞鳳：「循四極而回周兮，見盛德而後下」，主動而選擇性地決定進退；所謂「良禽擇木而棲，良臣擇主而事」，若遇明君則盡忠效能，否則就效法聖人神德，「遠濁世而自藏」！

這種觀念也表現在〈弔屈原賦〉中，他先是譴責現實世間「闒茸尊顯，鴟梟遨翔」，由黑白不分的失望萌生「遠濁世」的想法，強調「自珍、自藏」的精神，他說：

> 鳳漂漂其高逝兮，固自引而遠去。襲九淵之神龍兮，沕深潛以自珍；偭鳥獺以隱處兮，夫豈從蝦與蛭螾？所貴聖人之神德兮，遠濁世而自藏。

這段話跟上述〈惜誓〉的意旨非常相似，既然不願意同流合污，跟小人成為一丘之貉，損害自己的清潔之性；奈何現實就是這般不公：「黃鐘毀棄，瓦釜雷鳴」〔註12〕，「眾枉聚而矯直」〔註13〕，賢士徒有強烈的無力感與滿腹委屈。與其在濁世中掙扎，不如遠離是非黑暗，同時保全「身」與「德」。所以賈誼這種觀念背後體現的是道家「全生、安時處順」的理念；莊子講的是「全生」，而不是「全身」。這種態度並不只是「苟全性命於亂世」，愛惜肉體身軀而已，而是珍惜知識份子成學成德、有為有守的性命，要修養、超越，達到更崇高的境界。

揚雄〈反離騷〉也有相似的觀點，其文曰：

> 夫聖哲之不遭兮，固時命之所有；雖增欷以於邑兮，吾恐靈修之不累改。昔仲尼之去魯兮，斐斐遲遲而周邁，終回復於舊都兮，何必湘淵與濤瀨？溷漁父之餔歠兮，絜沐浴之振衣；棄由、聃之所珍兮，蹠彭咸之所遺！

〔註12〕〈卜居〉。
〔註13〕〈惜誓〉。

他跳脫屈原怨訴的共感情境，從「時命」的角度綜觀歷史上的相似事件，有如孔子雖然不遇，可是周遊列國後，終究回到魯國，揚雄內心認為並不需要做出自沈這麼壯烈的舉動。故其論屈原曰：「以為君子得時則大行，不得時則龍蛇。遇、不遇，命也！何必湛身哉？」將君臣遇合問題歸結於不可掌握的「時命」。

在〈反離騷〉中，揚雄只是質疑屈原「何必湛身哉？」還沒有真正表述其理想的選擇應是如何，在〈解嘲〉一文才揭示淡沒遠隱的態度：

> 吾聞之也，炎炎者滅，隆隆者絕。觀雷觀火，為盈為實，天收其聲，地藏其熱。高明之家，鬼瞰其室；攫挐者亡，默默者存；位極者宗危，自守者身全。是故知玄知默，守道之極；爰清爰靜，游神之廷；惟寂惟寞，守德之宅。

揚雄的立場與觀念不是那麼激昂憤慨，他不由正邪的對立來理解俗世現實，而以本乎《老子》的「無為」作為應世之道。因為鋒芒畢露者容易招致禍災，於是要「玄默、清靜、寂寞」，用這種修養功夫來自守。可是揚雄這篇文章題為〈解嘲〉，意在答辯旁人嘲其「位不過侍郎」，言《太玄》乃「以玄尚白」的質疑；所以他的道家思想是從曲高和寡、大音希聲的情志出發，並非一開始就欣慕老、莊之說，而是受限於時道是非，「欲談者宛舌而固聲，欲行者擬足而投跡」〔註14〕，因為時命不許，空有滿腹才華卻不受帝王重用，也少有志同道合的相契者；經歷挫折、困頓、孤寂到悟覺的心理轉折後，才形成的態度。

〈太玄賦〉更是全篇表現這種守身避禍的觀念，茲錄其要：

> 自夫物有盛衰兮，況人事之所極！奚貪婪於富貴兮，迄喪躬而危族。豐盈禍所棲兮，名譽怨所集。……張仁義以為綱兮，懷忠貞以矯俗；指尊選以誘世兮，疾身歿而名滅。豈若師由、聃兮，執玄靜於中谷。

〔註14〕 揚雄〈解嘲〉。

這段話前後談的是仕宦的兩種動機，前者為求名祿富貴，後者則是懷有淑世使命，可是揚雄都不鼓勵。針對前者，他從物極必反、興衰輪替的自然原則，推演富貴正是禍、怨聚集之所，其結果小者喪身，大者危族。至於「張仁義以為綱分，懷忠貞以矯俗」的人，揚雄也勸其效法許由、老聃，持養內心的玄靜。在這篇文章的末尾，揚雄提舉屈原、伯姬、伯夷、叔齊幾位歷史上殉身者〔註15〕，表明不贊成的立場；所以揚雄縱使自身也有不遇感慨，卻選擇執玄沖淡的態度來自處，對屈原也就以這樣的信念詮釋。

乙、賦篇之隱逸思想

賈誼、揚雄之外，尚有許多楚辭學家於其擬騷或賦篇中，表達了「遠濁世」這類的主張或感觸。首先看《楚辭章句》中收錄的擬騷：

> 音聲之相和兮，言物類之相感也。夫方圓之異形兮，勢不可以相錯。列子隱身而窮處兮，世莫可以寄託。眾鳥皆有行列兮，鳳獨翔翔而無所薄；經濁世而不得志兮，願側身巖穴而自託。（東方朔〈七諫〉）

> 眾比周以肩迫兮，賢者遠而隱藏。……鸞鳳翔於蒼雲兮，故矰繳而不能加；蛟龍潛於旋淵兮，身不掛於周羅。知貪餌而近死兮，不如下游乎清波；寧幽隱以遠禍兮，孰侵辱之可為！（嚴忌〈哀時命〉）

雖然從《漢書》本傳中看到的東方朔，態度一向積極，屢次上書請求擔當要務；充分表現入世精神。可是從他的〈非有先生論〉、〈答客難〉中，也明白表述他不遇的委屈；所以，在以屈原為主題的〈七諫〉中，傳達出「經濁世而不得志兮，願側身巖穴而自託」這另外一種的聲音，或許正是其心靈深處的掙扎，因為現實中仍放不下揮灑才能的企圖心，於是藉著對屈原的重寫過程中，呈現另外一種可能。

〈哀時命〉這段文字則脫胎於屈原〈九章‧惜誦〉：「矰弋機而在

〔註15〕揚雄〈太玄賦〉：「屈子慕清，葬魚腹兮；伯姬曜名，焚厥身兮；孤竹二子，餓首陽兮；斷跡屬妻，何足稱兮。」

上兮，蔚羅張而在下」，怨陳奸人的迫害猶如窮鳥之進有矰弋、退有羅罔，步步危機。嚴忌爲吳人，以文才先後在吳王、梁孝王門下爲賓客，與枚乘同；有失意之情，故作此〈哀時命〉之文。其語頗有「借他人之酒杯澆心中之塊壘」的滋味；不過屈原的立場是「雖九死其猶未悔」，嚴忌則是認爲「時飲餕而不用兮，且隱伏而遠身」，「寧幽隱以遠禍兮，孰侵辱之可爲！」〔註16〕

所以，我們發現：「遠遁自藏」的觀念在「擬騷」中是具有重要意義的，因爲它逸越了屈原作品的意旨。屈原作品中雖然有「遠遊」的觀念（這是下節要討論的），卻沒有隱逸的姿態，縱使〈九章・惜誦〉有「欲高飛而遠集」的句子，卻是與「欲儃迴以干傺」、「欲橫奔而失路」並置，作用只是襯托屈原自身憂心懷王、眷戀楚國的堅貞。

可是漢代若干楚辭學家在模擬承襲屈原的騷體中，卻自覺或不自覺地顯現了這種「側身巖穴」、「幽隱以遠禍」的想法。假如不仔細體會，很容易誤以爲漢代的擬騷作品完全模擬屈原，不論思想、結構、文辭，都未能出其外，因此鄙斥其價值。固然「隱逸」思想所顯示的獨創性，不足以推翻原先的文學評價，可是它卻代表「擬騷」確有知識份子或文學家自身的情志在其中。如同第三章情志映照所分析的，兩漢楚辭學家在模擬屈原作品的過程中，他們是以屈原之怨抒發己怨，既然有抒發己怨的成分存在，自然就蘊含其個人獨特的感懷與思想，不會完全符契於屈原所思所感。事實上，這些「越離」屈原原作的觀念正表現出知識份子個人的性格與價值思考，像是劉向、班固等人的作品中，就較少出現隱逸的主張，而較多經世的理想。這當中不是「仕」跟「隱」二分，某些楚辭學家屬於積極入世者，某些楚辭學家屬於消極出世者；也不是儒家思想或道家思想的學術背景問題，因爲前面說過，儒、道同樣都處理仕隱問題。那麼，筆者如何詮釋楚辭學家經世理想與隱逸態度的現象呢？從知識份子的角度來理解漢代

〔註16〕嚴忌〈哀時命〉。

楚辭學，前一章的作爲、企圖心是知識份子對現實的關注與使命表現，可是客觀環境的限制會挫折、斷傷他們的抱負與理想，使他們在心中產生進與退的掙扎，所以某些楚辭學家激昂不悔，淑世情懷鮮明，某些則主全生守眞，期許不同的生命意義；當中是程度上的差別。賈誼、揚雄傾向後者，劉向、班固偏於前者，至於東方朔、嚴忌，則可以說是在當中掙扎搖擺者，兼具積極有爲與頓挫遠離的矛盾情緒。

　　像這樣的知識份子還有許多，他們在不同作品中展現不同的態度，例如張衡〈兩京賦〉雖然在風格上跟西漢賦作不同，沒有那麼強烈開疆拓土的壯懷豪情，而多了綺麗綿邈的幽思，可是整體精神上，仍是敘寫泱泱大國地沃政美的富貴氣象，屬於入世的熱情；但是在〈思玄〉、〈歸田〉二賦中，則表現遭遇無常的悲怨心理，以及因「心猶與而狐疑」〔註17〕而生的「遐逝」想法，我們看張衡〈歸田賦〉中的一段：

　　　　徒臨川以羨魚，俟河清乎未期。感蔡子之慷慨，從唐生以
　　　　決疑；諒天道之微昧，追漁父以同嬉。超埃塵以遐逝，與
　　　　世事乎長辭。……苟縱心於物外，安知榮辱之所如？

儒家講「無道則隱」、「修身俟時」，可是張衡疑慮「俟河清乎未期」，政治清明彷彿遙不可及，不如效法漁父，醲醾鼓枻，自得其樂，不受世間榮辱所拘制束縛。

　　這樣的觀念在兩漢賦篇中俯拾即是，茲舉若干爲代表：

　　　　咨我令考，信道秉眞：變怪生家，謂之天神，修德滅邪，
　　　　化及其鄰。禍福無門，唯人所求；聽天任命，愼厥所修。
　　　　栖遲養志，老氏之疇；祿爵之來，祇增我憂。時去不索，
　　　　時來不逆；庶幾中庸，仁義之宅。何思何慮，自令勤劇。（孔
　　　　臧〈鴞賦〉）

　　　　麟隱於遐荒，不紆機阱之路；鳳凰翔於寥廓，故節高而可
　　　　慕。李斯奮激，果失其度；骨、種遂功，身乃無處。觀夫

〔註17〕張衡〈思玄賦〉。

人之進趨也，不揣己而干祿，不揆時而要會；或遭否而不
遇，或智小而謀大。纖芒毫末，禍亟無外；榮速激電，辱
必彌世。（崔寔〈答譏〉）

孔臧，西漢武帝時人，著作今可見有〈諫格虎賦〉、〈楊柳賦〉、〈蓼蟲
賦〉以及〈鴞賦〉〔註18〕。〈鴞賦〉以四言體寫成，表現「無為」的
信念：「聽天任命」、「時去不索，時來不逆」。他文中還提到「昔在賈
生，有識之士，忌茲鵬鳥，卒用喪己」，由賈誼「才高早逝」的歷史
經驗，他認為「慎厥所修」，把握儒家的中庸之道，道家的「栖遲養
志」，不追求高爵厚祿，才是祥德的原則。雖然他不是由屈原經驗而
萌生此種感懷，但是徵引相似遭遇的賈誼，顯示孔臧也是鑑於才能不
能與福、德相配，歷史盡是理想受挫的殷鑑，於是萌生對應的無為思
想。

　　崔寔時在東漢桓、靈之世，其先人崔篆、崔駰、崔瑗皆有才名。
寔作〈政論〉一文，當世稱之，仲長統曰：「凡為人主，宜寫一通，
置之坐側。」范曄也譽之：「寔之〈政論〉，言當世理亂，雖晁錯之
徒不能過也。」〔註19〕因此我們可以瞭解，崔寔對政治有其過人的
洞察力與見解，如此一個良臣，卻生於桓、靈亂世，且以梁冀故吏
而禁錮數年（後來酤釀販鬻為業，病卒時家徒四壁，無以殯殮）。因
此，崔寔對於「仕宦」有自己切身之痛。而且證乎往史，李斯、伍
子胥、文種分別幫助秦始皇、闔閭、句踐富國強兵，卻個個死於非
命，還不如麒麟隱於遐荒、鳳凰翔於寥廓，既免於機阱的傷害，而
且保持高節。於是，他在文末批評干祿猶如「愛餌銜鉤」，代價可能
令人悔不當初，他寧可選擇「守恬履靜，澹爾無求」，「雖無炎炎之
樂，亦無灼灼之憂」！崔寔作這篇〈答譏〉，背景是回應世人對他的
勸進之說，不過，他先有不遇的經歷於前，因此是非常典型的由「仕」

〔註18〕 此四篇收錄於四部叢刊本《孔叢子》卷七。其中〈蓼蟲賦〉及〈鴞
　　　　賦〉又見於《藝文類聚》卷八二與九二。
〔註19〕 仲、范之語皆見《後漢書·崔駰傳》。

之受傷、灰心，否定富貴榮華的價值意義，轉而趨於「隱」的抉擇，
不是對隱逸本身或是道家思想有深刻認同。另外，崔寔最後「家徒
四壁」的遭遇揭明「隱」的現實性：經濟問題的窘迫，這或許也是
前述如賈誼、東方朔等人雖有隱逸想法，卻未化為行動的考量之一
吧！

綜觀前面這些表述隱逸思想之作，可以發現：「神龍」（或蛟龍）
跟「鳳」是傳達隱逸觀念中時常使用的意象：

> 神龍失水而陸居兮，為螻蟻之所裁。（賈誼〈惜誓〉）
>
> 蛟龍潛於旋淵兮，身不掛於周羅。（嚴忌〈哀時命〉）
>
> 從水蛟而為徒兮，與神龍乎休息。（東方朔〈七諫〉）
>
> 香餌非不美也，龜龍聞而深藏，鸞鳳見而高逝者，知其害
> 身也。（《鹽鐵論·褒賢》）
>
> 鳳凰翔於千仞兮，覽德輝而下之。（賈誼〈弔屈原賦〉）
>
> 梟鴉並進而俱鳴兮，鳳凰飛而高翔。（東方朔〈七諫〉）
>
> 為鳳凰作鶉籠兮，雖翕翅其不容。（嚴忌〈哀時命〉）
>
> 痛鳳兮遠逝，畜鴟兮近處。（王褒〈九懷〉）
>
> 鸞鳳高翔，戾青雲兮；不掛網羅，固足珍兮。（揚雄〈太玄賦〉）
>
> 鳳凰翔於寥廓，故節高而可慕。（崔寔〈答譏〉）

「龍」跟「鳳」在中國是極為尊崇的神禽，象徵的文化意義深邃複雜，
表達隱逸觀念的文章所訴求的只是其中之一。「神龍」或是「蛟龍」，
強調的是處於深淵，懷有異珍，像《莊子·列禦寇》說：「夫千金之
珠，必在九重之淵而驪龍頷下。」鳳凰則取其「鳳凰之性，非梧桐不
棲，非竹實不食。」「鳳覽九州，見有德而下」兩個特質。是以，「神
龍」跟「鳳德」觸及的其實是知識份子的自處理念，因為這兩種想像
虛構出來的生物具有「崇高」跟「神秘」的特質，知識份子以之自比，
除了取其知進退，能藏淵、高逝之外，更是暗譽自身才高德美，猶如
神龍懷有千金之珠；潔身自好，猶如鳳凰「非梧桐不棲，非竹實不食」。

因為隱逸是「能仕而不仕者」，其人必先有「學」才能言其不仕，所以他們藉著「神龍」跟「鳳」強調自己才學深厚，選擇隱逸不仕，乃是君王沒有足夠的「德」吸引他們；「是不為也，非不能也」。王逸注劉向〈九歎〉：「聽玄鶴之晨鳴兮，于高岡之峨峨。」曰：「玄鶴，俊鳥也。君有德則來，無德則去，若鸞鳳矣。……以言賢者亦宜自安處，以須明君禮敬己，然後仕也。」這種「有德則來，無德則去」的態度即「神龍」跟「鳳」兩個意象所欲傳達的。〔註20〕

從上文的分析得知，楚辭學家的隱逸嚮往，客觀的企慕多於真正的落實融入，這些楚辭學家實際上多跟屈原一樣，並未棄世隱避〔註21〕；也就是說，他們關注的深度只到「隱逸」這個行為的意義，還未到達真正「逸民」行為類型或心理意志的探討。其原因在於屈原自己並未隱逸，文本原型並未提供足夠的隱逸素材具象，不像伯

〔註20〕「龍」、「鳳」意象還可以上溯到楚文化中的圖騰象徵，在「龍」方面，姜亮夫先生《楚辭通故》說：「夏為龍族，楚為夏後，故楚故事亦多與龍有關。《鄭語》傳祝融之後八姓，有巳姓、羋姓，巳乃蛇屬，龍族也；羋與蠻一聲之轉（聞一多說）；《說文》訓：『蠻為南蠻，蛇種。』尤為楚為龍族之佳證。」（濟南：齊魯書社，1985年，第一冊，頁212。）蕭兵先生《楚辭文化》補充：〈離騷〉、〈九歌〉中多處「乘龍馭風」的描寫也是龍圖騰機制和民俗儀式的典型表現。（北京：中國社會科學出版社，1992，頁60。）在「鳳」方面，春秋戰國間，喻者好以「鳥」譬楚、秦，最著名如「莊王即位三年，不出號令，日夜為樂，令國中曰：『有敢諫者死無赦！』伍舉入諫，莊王左抱鄭姬，右抱越女，坐鐘鼓之間。伍舉曰：『願有進隱。』曰：『有鳥在於阜，三年不蜚不鳴，是何鳥也？』莊王曰：『三年不蜚，蜚將沖天；三年不鳴，鳴將驚人。舉退矣，吾知之矣。』」（《史記‧楚世家》），蕭兵先生《楚辭文化》認為秦、楚都曾崇拜神鳥，這在某一層次上是鳥圖騰意識的殘餘。（同上，頁59。）另外鳳凰的高傲也可見宋玉〈對楚王問〉：「鳳凰上擊九千里，絕雲霓，負蒼天，遨翔乎杳冥之上。夫蕃籬之鷃，豈能與之料天地之高哉？」以鳳凰自別於一般凡俗。所以「龍、鳳」意象實可與圖騰文化結合，深入心理意識之析論，筆者將另文專論。

〔註21〕這裡指涉的對象，是上述賈誼、東方朔、孔臧、揚雄、張衡、蔡邕等從辭賦批評與創作作品中顯示出隱逸嚮往者。在歷史真相上，或許一些楚辭讀者是隱士身份，可是既無資料可證實，就不予考慮。

夷、叔齊「義不食周栗，餓死首陽山」；所以從他們同樣是「不遇」
跟「君臣之義」的起點，伯夷、叔齊的歷史經驗可以延伸到隱逸類
型——如：忤世之隱、避世之隱、朝隱、「終南捷徑」、處士橫議……
等等；以及「遺民」問題，像是「不仕二姓」的道德原則，新舊君
臣能否互信的心結；還有隱逸心態——逃避、冷漠、性絜、俟時、
超脫等不同原因，諸如此類的深層問題探討。而屈原歷史經驗之關
連到隱逸，只是批評家所作出的後設性建議，因此「隱逸」、「遠濁
世」此一「起心動念」就已經是對屈原的討論中很大的一個跳躍，
那些隱逸之後的問題，更是超出楚辭學家所關心的思域。即便東漢
隱逸風氣極盛〔註22〕，對楚辭學中隱逸概念的發展，並沒有明顯的
影響。

　　不過可以看出來的是：知識份子的擔當企圖心，從西漢到東漢，
眞的有很大的轉變，西漢初年的雄心壯志，在重視道德清議的東漢，
除了黨錮時期自命「清流」的諸臣〔註23〕，幾乎不容易找到了，例如
蔡邕〈釋誨〉一文談到：

　　用之則行，聖訓也；舍之則藏，至順也。夫九河盈溢，非
　　一塊所防；帶甲百萬，非一勇所抗。今子責匹夫以清宇宙，
　　庸可以水旱而累堯湯乎？……是以君子推微達者，尋端見
　　緒，履霜知冰，踐露知暑。時行則行，時止則止，消息盈

〔註22〕西漢與東漢的隱逸風氣差距甚大，據王仁祥《先秦兩漢的隱逸》統
　　　計，西漢二百一十一年（206B.C.—5A.D.），隱士可考者才得二十二
　　　人，其中還包括十位生於戰國之時，行跡於秦漢之交的早期隱士，
　　　如《史記‧留侯世家》中提及的四皓，因此眞正養成於西漢的隱士
　　　屈指可數。而東漢時祚僅一百七十一年（25A.D.—195A.D.）隱逸之
　　　士卻多至百餘人；除了人數統計數字的意義之外，隱逸在社會上所
　　　擁有的聲勢與影響，西漢更是瞠乎東漢之後。（詳見王仁祥《先秦兩
　　　漢的隱逸—從政治史與思想史角度考察》第四、五章，台大歷史所，
　　　民國83年碩士論文。）
〔註23〕如陳蕃謂「士大夫處世當掃除天下」，范滂則言「登車攬轡，慨然有
　　　澄清天下之志」，皆志高器大，是東漢儒者中難得慷慨激昂的熱情表
　　　現。

　　沖，取諸天紀。利用遭泰，可與處否，樂天知命，持神任
　　己。群車方奔乎險路，安能與之齊軌？思危難而自豫，故
　　在賤而不恥。

蔡邕之世，久歷朝綱不振，桓、靈時期士大夫的自覺卻導致慘烈的刑
獄收場，如其〈述行賦序〉曰：「白馬令李雲以直言死，鴻臚陳君以
救雲抵罪」，所以他對時代的感觸是：「路阻敗而無軌兮，塗澤弱而難
遵」〔註24〕。這種「大樹將傾，非一繩之所能為」的態度，比起武帝
時，人人摩拳擦掌，期建一番功業的雄心壯志，顯然是畏退許多。雖
身在朝闕，其心靈之冷漠竟甚於在野講學的平民儒者。

　　雖然兩漢楚辭學家都表現出隱逸的嚮往，但是背後知識份子的自
覺是不同的，西漢受限於一統政權下的無以揮灑，東漢卻是腐朽朝政
下的無力回天。我們在第二章分析過兩漢士風有很大的差異，第三章
「情志映照」與「道德品鑒」的批評立場也顯露他們的差別；這裡企
慕隱逸的情懷，也同樣對應整體的時代脈絡。

第二節　神遊的想像創作

　　漢代楚辭學對隱逸問題的思索與表現，停留在比較表淺的層次，
乃是因為屈原未做如斯的選擇與示範，他從現實裡頓挫之後，所做的
是另一種遠離濁世的方式，就是精神、心靈上的遠遁——藉由想像的
方式，超越肉體的限制，讓自己的思緒遠遊，翻騰到另一個時空，於
其中得到解放與自由。這跟隱逸——放棄仕宦身份，歸隱山野，斷絕
濁世對身軀的迫害或感官的污染；雖然形式不同，卻都是「遠遁」。

甲、屈原的示範

　　屈原沒有主動選擇身體上的隱退，不再與聞政治；然而他嘗試了
精神上的出走，藉著想像與文采，創作出〈遠遊〉與〈離騷〉後半段，

〔註24〕蔡邕〈述行賦〉。

描寫上天入地的奇幻之遊；突破《詩經》的寫實技巧，開創出浪漫詭麗的新典範。他創作這種篇章的原因，誠如他在〈遠遊〉開章明義所說：「背時俗之迫阨兮，願輕舉而遠遊」，在現實世間不遇、受挫之後，基於對俗世的失望，而嚮往另一個世界，因此精神飄然奔逸，在神話、傳說與個人想像的基礎上，構築出瑰美的場景與奇殊的情節，於其中狂恣飆放，藉此滿足現實環境中時間、空間、人物、事件的諸多不遂與侷限，達到審美的愉悅。

　　屈原這類表現，以〈遠遊〉與〈離騷〉後半段爲代表，王逸《楚辭章句‧遠遊序》說：

> 遠遊者，屈原之所作也。屈原履方直之行，不容於世。上爲讒佞所譖毀，下爲俗人所困極，章皇山澤，無所告訴。乃深惟元一，修執恬漠。思欲濟世，則意中憤然，文采鋪發，遂敘妙思，託配仙人，與俱遊戲，周歷天地，無所不到。

王逸對於屈原所有作品，都是放在「忠直」的概念下詮釋，〈遠遊〉也不例外；因此他有「思欲濟世，則意中憤然，文采鋪發」這樣一個跟前後對照顯得突兀的說法出現〔註25〕。假如抽離這個爲了符合一貫詮釋的詭異轉圜，從「不容於世」到「遂敘妙思」、「周歷天地」，反而可以比較合理地讀解屈原從受挫到離開的心理歷程：遭遇沈濁污穢，心中鬱結愁悽卻無從告訴，自我內省並無過錯，也無可改易（雖

〔註25〕王逸這種一貫性解釋所造成的牽強情況在其他篇章亦可見。如《楚辭章句‧九歌序》：「作九歌之曲，上陳事神之敬，下見己之冤結，託之以風諫。故其文意不同，章句雜錯，而廣義焉。」或是《楚辭章句‧大招序》：「屈原放流九年，憂思煩亂，精神越散，與形離別，恐命將終，所行不遂。故憤然大招其魂，盛稱楚國之樂，崇懷、襄之德，以比三王，能任用賢；公卿明察，能薦舉人，宜輔佐之，以興至治。因以風諫，達己之志也。」王逸的題解跟文章本身所明白告知讀者的語意有所出入，不過這種背離不能單純以「對錯」來看，我們在第四章分析過，這是一種以經解騷的方式，基於相信詩人有更深刻的旨意存在，而進行體會與闡釋，所以箇中意義不能斷然抹煞。

然知道懷璧其罪，卻不願降格從俗）；於是思慕羽化之眞人，遠離人群、遁逸出世。便想像自己乘風翼雲，召使玄武、文昌、雨師、雷公諸神，完成一趟控宇攬宙的瑰詭之遊。

　　這也是〈離騷〉一文的脈絡，前半自敘其美好與遭挫的憤痛，中段「濟沅湘以南征兮，就重華而陳詞」，開始幻想性地向南「遊」走的情節，「重華」是舜的名字，跟屈原不是同時代的人，可是屈原卻假想他向舜去陳訴自己的委屈。之後「駟玉虯以乘鷖兮，溘埃風余上征；朝發軔於蒼梧兮，夕余至乎縣圃。」正式開始一段路漫漫上天入地的求索，超脫時間的秩序，與歷史、傳說、神話中的諸多神、人、生物交會，包含令鴆鳥爲媒，欲自適簡狄（帝嚳之妃，契之母）等等，虛構新的傳說。也突破空間的縮狹，其遊覽形跡不僅遍及四荒，周流六漠，而且上達天闇、太儀，在諸星間穿梭，確實是「遠」遊！

　　李豐楙先生說：

> 在中國傳統文學中，言志詠懷一直是主要傳統，屈原則是在借由遠遊以寫憂的心境下，「爲情而造文」，選擇了香草美人及上征求女諸象徵物表達其鬱結的情緒，爲何〈離騷〉的後半會轉入遠征情境？對照〈遠遊〉篇即可體會是具有同一遊的動機，將生存的困頓、生命的困阨總結爲空間的迫阨、時間的短促，在這兩股壓力下，他雖則一再堅持美與善的「不變」，但面對著「變」的時局卻也難免產生深沈的挫折感與無力感。……因而就形成這種「士不遇」的憂鬱心境，才轉入神話象徵之「遊」，直上崑崙以叩帝闍。

〔註26〕

〈離騷〉談到「何離心之可同兮，吾將遠逝以自疏」，表明他遠遊的心理動機，跟現實的正邪難容爲因果牽連。而〈遠遊〉在選署眾神的馳騁時說出：「內欣欣而自美兮，聊愉娛以自樂」，又顯示屈原其實內心非常清楚知道這是一種自我滿足的幻想，目的在「欲度世以忘歸」，

〔註26〕李豐楙《憂與遊——六朝隋唐遊仙詩論集》頁 9，臺北：臺灣學生書局，民國 85 年。

忘卻現實的煩惱。〔註27〕不過弔詭的是，他欲藉此跳脫俗世的挫折，卻自己主動性的回顧舊鄉，嘆息流涕，終止了如斯的幻遊。

　　本文所直接處理的文本對象是漢代關連楚辭的作品，之所以在這裡花費篇幅分析屈原作品，乃是因爲屈原這樣的「遠遊」，在漢代楚辭學中，不是扮演一個被批評的文本，而是擔任「示範」的功用與地位。

　　屈原創造出這種瑰麗浪漫的「遠遊」典範，一方面是詞采上的絢爛奪目吸引辭賦作家的喜愛，進而遽躡其跡，摹形學步；另一方面則是提供一種超脫精神困頓的路向，讓迫阨抑鬱卻又不願決絕棄俗的掙扎生命找到一個透氣的窗口，創作者凌駕思緒於文學語言無限可能的審美試煉中，是語言潛能的釋放，也是主體情志的解脫。周代開始，隨著「文化」的逐步形成積累，個體生命意識以及心靈自由的追求在士人人格結構中逐漸取得重要位置；先秦儒家士人在教化理想上安身立命，道家則在另外一種烏托邦的境界安頓心靈，可是漢代之後，救世意識沈落爲功名追求，政治理想也在實踐中受到打擊，於是文學的審美價值提供情感宣洩的另一出口。

　　文采在「遠遊文學」中是非常重要的，假如只是想像、幻想，任何人都能自行虛構，卻只是個人的心理狀態，不能具化爲超脫的實質憑藉。華茲華斯說：「詩起於經過沈靜中回味來的情緒。」〔註28〕作

〔註27〕不過屈原這個目的並未能達成，不論〈離騷〉或〈遠遊〉，都在最後「忽臨睨夫舊鄉」，從想像的美感超脫跌落到現實痛苦與眷戀的兩難。假如將屈原的遠遊跟六朝遊歷仙境的小說或是唐代以「夢」爲主題的傳奇做一個比較，屈原從進入想像到回歸現實都是自覺性的，起點是不合於俗而思遠遊，轉折處是自己主動性地想起舊鄉、哲王，放不下沈重的牽掛，所以在關鍵時刻反顧人間，回歸現實。《述異記》、《洞仙傳》中幾則遊歷仙境的傳說則是以「誤入」爲起點，結局可能是藉觀棋或服食徹悟人事、度脫成仙。唐傳奇「夢」的類型如〈南柯太守〉、〈杜子春〉也是主角在無意情況下進出夢幻。這種自覺與否的對比，背後意義的探討可能是個有趣的問題。只是歧出本文，只能略帶一提。

〔註28〕W. Wordsworth 所說，引自朱光潛《詩論》頁 61，臺北：正中書局，

者透過形式與意象的捕捉，將想像創造為藝術形象；這個創作的過程，「乃是作者將自己的心底的深處，深深地並且更深深地穿掘下去，到了自己內容的底裡，從那裡生出藝術來的意思；探檢自己愈深，便比照這深，那作品也愈大愈高愈強。」〔註29〕假若一個普通的現代讀者想像幻遊太空，可能只是「騰雲駕霧」，腦中出現的畫面容易受到自己所見過的科技影音效果制約；屈原卻寫出：「鸞凰為余先戒兮，雷師告余以未具。吾令鳳鳥飛騰兮，繼之以日夜；飄風屯其相離兮，帥雲霓而來御。」〔註30〕在具體、獨創、細密、華麗等層面都出色獨秀的語言。「創作」的意義，除了能留下作品引起讀者閱讀、共鳴，進而產生骨牌式連鎖影響力這種後續的經驗生成之外；更是讓思考的主體在語言的「探問」中〔註31〕，使自己的思想走出更多、更遠、更深的步伐。如果不是要創作，就不易往深處繼續細緻而深密地構思下去，至於獨創性更是有賴個人才氣與性格的表現。這裡意欲肯定的不是鍛字練句、修辭能力這樣狹隘的格局而已，而是強調「書寫」跟「語言」所帶有的強大力量。屈原整體作品之所以「驚采絕豔」〔註32〕，關鍵不是他能夠構思出前所未有的情節，或是使用華文麗藻；而是他的語言揭示他思想的奇詭氣魄，在個人特殊經驗之上成就普遍意義的情感模範，把不幸、痛苦經過藝術陶鑄為孤立深邃的不朽形象。

　　從這個角度來看漢賦的好用奇字，就不只是「遊戲」性質，而是他們在思想上嘗試用最精準的語言來表現內在奔放狂縱的企圖，就像是他們在政治上的不遇，雖有崇高的理想抱負，卻蟄伏於諸多

　　　　　民國 59 年。
〔註29〕 見廚川白村《苦悶的象徵》頁 45，臺北：興隆出版社，民國 57 年。
〔註30〕 〈離騷〉。
〔註31〕 這裡運用的是當代語言哲學的觀點，認為語言不是工具，而是作為人對世界的理解與認識。所以並不是主體先有思想，然後駕馭語言來表達，而是語言帶領思想奔馳；語言邊界就是思想邊界，主體所能道說的語言就是他的運思。因此創作中尋索適切的語言其實是對自己思維，乃至對自己「存有」的探問。
〔註32〕 《文心雕龍‧辨騷》。

現實條件的宰制，於是尋找生命的出口，嚮往隱遁或是僊化的解縛。這種「困」與「解」的思維移轉到書寫之上，就是擺脫日常語言的平淡無力，翻轉駕馭罕見稀有的文字辭彙，展現主體獨特不俗的生命才性！

乙、賦家的承繼

屈原示範了這樣一種藉「遠遊」超脫現實頓挫的方式，漢代諸多有相似困鬱感受經驗的人，較淺易者則在閱讀中以讀者的身份得到審美快感，隨其沈潛、提昇，經歷高曠深邃的精神洗禮。就像漢武帝讀司馬相如之〈大人賦〉，「飄飄有凌雲之志」，抒解自身在權力雲端所切會到生命有限的老死憂懼。較有才華者則由讀者轉移到作者的角色，自己也嘗試創作一篇，經歷這種精神遠遊的超脫感受。舉例而言，〈大人賦〉乃襲〈遠遊〉而來，結構與文辭甚多雷同；司馬相如另外寫出一篇的意義為：他不只是擔任讀者的角色，僅在讀解中體會審美愉悅；而進一步地加入、參與創作歷程，讓自己也在語言中跌宕情志，突破現實世界所加諸的束縛迫隘。

漢代賦家在這個基礎上，學習屈原的「遠遊」想像，形成漢賦的特質之一：上天入地的幻遊。馳騁個人的想像力，鋪采摘文，煒耀焜煌，蔚似雕畫，某些乖剌於史實的時空假象，還被批評為「矯飾詭濫」〔註33〕。究竟他們是如何「遠遊」呢？以下試觀之：

> 時若曖曖將混濁兮，召屏翳，誅風伯，刑雨師。西望崑崙之軋沕荒兮，直徑馳乎三危。排閶闔而入帝宮兮，載玉女而與之歸。登閬風而遙集兮，亢鳥騰而壹止；低佪陰山翔以紆曲兮，吾乃今日睹西王母。暠然白首戴勝而穴處兮，亦幸有三足鳥為之使。必長生若此而不死兮，雖濟萬世不足以喜。(司馬相如〈大人賦〉)

〔註33〕《文心雕龍·夸飾》即認為：「自宋玉、景差，夸飾始盛。相如憑風，詭濫愈甚：故上林之館，奔星與宛虹入軒；……此欲夸其威，而飾其事義睽剌也。」

於是乘輿乃登夫鳳凰兮翳華芝，駟蒼螭兮六素虯，蠖略蕤
綏，灕虖縿纚。帥爾陰閉，霅然陽開，騰清宵而軼浮景兮，
夫何旟旐郅偈之旖柅也。流星旄以電爥兮，咸翠蓋而鸞旗。
敦萬騎於中營兮，方玉車之千乘。聲駍隱以陸離兮，輕先
疾雷而馺遺風。陵高衍之嵱嵷兮，超紆譎之清澄。登椽欒
而羾天門兮，馳閶闔而入凌競。(揚雄〈甘泉賦〉)

司馬相如〈大人賦〉有代王為筆之作意，所以文章之首曰：「宅彌萬
里兮，曾不足以少留。悲世俗之迫隘兮，竭清舉而遠遊。乘絳幡之
素蜺兮，載雲氣而上浮。」〔註34〕這位主角一大人，雖宅逾萬里，
卻仍有迫隘之感，於是遠離世俗。在我們引述的這段文辭中，「召屏
翳，誅風伯，刑雨師」，十足的威勢態度，崑崙、閬闔、玉女、西王
母等傳說的詞彙表現主體融入仙鄉玄想的超現實境界。揚雄〈甘泉
賦〉雖是「宮殿」性質，卻結合「遠遊」與「宮殿」的風格，因此
比起〈大人賦〉之複製屈原〈遠遊〉，揚雄〈甘泉賦〉中的遊覽結構
已經開出新的美感範式。這部份的遠遊想像是跟宮廷狩獵賦結合，
也就是在窮奢極靡的人造宮殿、庭園中，延伸出仙界宮府的想像，
例如司馬相如〈上林〉、〈子虛〉，揚雄〈甘泉〉、〈長楊〉，以及班固
〈兩都〉等等賦篇皆屬之。

《西京雜記》記載一段司馬相如作賦的心理：

司馬相如為〈上林〉、〈子虛〉賦，意思蕭索，不復與外事
相關。控引天地、錯綜古今，忽然如睡、煥然而興，幾百
日而後成。其友人盛覽(漢牂牁人，字長通)嘗問以作賦，
相如曰：「合纂組以成文，列錦繡而為質，一經一緯，一宮
一商，此賦之跡也。賦家之心，包括宇宙，總攬人物，斯
乃得之於內，不可得而傳。」覽乃作〈合組歌〉、〈列錦賦〉
而退，終身不敢復言作賦之心矣。

「賦家之心，包括宇宙，總攬人物」顯示漢代賦家超越「寫實」的自
我設限，而有縱橫於時間長流、空間輻湊、人物群像的滔偉之志。漢

〔註34〕司馬相如〈大人賦〉。

代全新的歷史功業，沸騰著辭賦作家的熱血，鼓舞著他們睥睨萬物、總攬時空、控引天地、馳騁宇外，建立氣度恢宏的漢賦世界；即使是遠離俗世，也跨向另一個更加絢爛繽紛的想像世界。

　　因此我們發現，漢代賦家將遠離的精神表現在刻畫景物上，在遠遊的結構中，花費極大篇幅鋪寫車駕之華、景觀之麗，鉅細靡遺，對於憂悶情志，則僅以簡短之語透露，如：

　　　　意有所載而遠逝兮，固非眾人之所識。（東方朔〈七諫〉）

　　　　盍遠逝以飛聲兮，孰謂時之可蓄？（張衡〈思玄賦〉）

這些語句雖然精簡，卻是知識份子從「憂」到「遊」的關鍵，所謂「人生不滿百，常懷千歲憂」，對於知識份子而言，這種源於自我生命體驗的痛苦與焦慮往往融入更多對歷史與社會的思考，成為一種具有普遍意義的憂患意識，顯得尤為沈重與深遠。因為曲高和寡，因為清明政治的遙遙無期，所以他們選擇出走，在想像的世界中寄託滿腔熱情理想竟無從著力的空虛之感。

　　到後來，漢儒抒發情志的賦篇中，經常夾雜一段精神遠遊的想像情節，如劉歆〈遂初賦〉：

　　　　歷鴈門而入雲中兮，超絕轍而遠逝。濟臨沃而遙思兮，垂意乎邊都。野蕭條以寥廓兮，陵谷錯以盤紆。……望亭隧之嶔嶔兮，飛旗幟之翩翩。回百里之無家兮，路脩遠之綿綿。於是勒障塞而固守兮，奮武靈之精誠。……運四時而覽陰陽兮，總萬物之珍怪；雖窮天地之極變兮，曾何足乎留意？

「遠逝、遙思、垂意」，顯示主體情志的惦掛，「蕭條、寥廓、綿綿」則在寫景上透露蕭瑟哀淒的氣氛。班彪〈北征賦〉也有類似風格：

　　　　余遭世之顛覆兮，罹填塞之阨災。舊室滅以丘墟兮，曾不得乎少留。遂奮袂以北征兮，超絕跡而遠遊。朝發軔於長都兮，夕宿瓠谷之玄宮；歷雲門而反顧，望通天之崇崇。乘陵崗以登降，息郇、邠之邑鄉；慕公劉之遺德，及行葦之不傷。彼何生之優渥，我獨罹此百殃？故時會之變化兮，

> 非天命之靡常。……紛吾去此舊都兮，騑遲遲以歷茲；遂
> 舒節以遠逝兮，指安定以爲期。涉長路之綿綿兮，遠紆回
> 以樛流；過泥陽而太息兮，悲祖廟之不修。

「超絕跡而遠遊」、「遂舒節以遠逝兮」指明這也是一個想像的遠遊之
旅，而且在文辭上，也仿擬屈原「朝發軔於……兮，夕宿……」，「日
晻晻其將暮兮」的遊走情節，只是比起〈離騷〉或〈遠遊〉，多了一
些儒家思想，像「慕公劉之遺德，及行葦之不傷。」即取《詩經》的
美刺精神爲託。又如馮衍與張衡之作：

> 甲子之朝兮，泪吾西征；發軔新豐兮，裴回鎬京。陵飛廉
> 而太息兮，登平陽而懷傷。……夫何九州之博大兮，迷不
> 知路之南北；駟素虯而馳騁兮，乘翠雲而相伴。(馮衍〈顯志
> 賦〉)

> 翾鳥舉而魚躍兮，將往走乎八荒。過少皡之窮野兮，問三
> 丘乎句芒；何道眞之淳粹兮，去穢累而票輕。……豐隆軒
> 其震霆兮，列缺曄其照夜；雲師儵以交集兮，凍雨沛其灑
> 塗。轙瑉輿而樹葩兮，擾應龍以服輅。百神森其備從兮，
> 屯騎羅而星布。振余袂而就車兮，修劍揭以低昂；冠咢咢
> 其映蓋兮，佩繽纕以輝煌。……廓盪盪其無涯兮，乃今窮
> 乎天外。(張衡〈思玄賦〉)

馮衍〈顯志賦〉與張衡〈思玄賦〉中，遠遊的情節皆佔有相當篇幅，
此處僅簡單節錄。他們都以屈原之作爲基型，進而融入漢賦自身的鋪
排特質，將「遠遊」做出淋漓的揮灑；從景致的雕鏤到諸仙奇禽的敘
寫，充分表現個人文才。

在上文所引的賦篇中，司馬相如、揚雄、張衡之遠遊傾於華麗
風格；劉歆、班彪則露感傷之情。事實上，在大部份漢賦的「遠遊」
題材中，「華麗」與「感傷」常常是相依並存的。漢代全新的歷史功
業，沸騰著辭賦作家的熱血，鼓舞著他們睥睨萬物、總攬時空、控
引天地、馳騁宇外，建立氣度恢宏的漢賦世界；可是飄離眞實的自
然家園，映照出兩個對比的世界，「逝將去汝，適彼樂土，樂土樂土，

爰得我所」，馳騁於想像中的完美，正對應出原來世界的缺陷，同時也感受到生之哀傷、恐懼與淒迷，而墮向一種虛無的荒涼感受。所以漢代這種從宮殿而生的幻想，其收束到現實的轉折點，不像屈原是「忽臨睨夫舊鄉」的戀舊，而是「虛無感」將他們喚回雖然不完美奈何真切實存的人間。關於漢代遠遊文學的意義，我們下文再論。

丙、隱逸神遊的意義

屈原以〈離騷〉等作品上天入地，馳騁寰宇，創造出一個個瑰麗多采的世界。漢代賦家「拓宇於楚辭」，透過想像、語言，構築出變幻無端的超現實世界。誠如《文心雕龍‧神思》所言：「規矩虛位，刻鏤無形；登山則情滿於山，觀海則意溢於海，我才之多少，將與風雲而並驅矣！」此種文學表現，除了絢然文采，還有更深刻的意義值得反省。

首先，它藉語言的試煉激發思想的豐富性，滿足現實中被壓抑的生命創造力，如〈上林〉、〈子虛〉中，司馬相如鋪陳世間或有或無的奇珍異寶，故能使武帝飄飄然，產生凌雲欲仙之感。而在更高的層次上，則溝通了人與自然、人與永恆的連繫；讓知識份子對自我本真的生命，從經世的唯一理想中出走，走出新的思考。

「隱逸」或是「神遊」，促進另一種價值的突出，也就是政治成就外，生命永恆的追尋。雖然它的起因或許跟政治分不開，可是它對主體生命的意義，卻不是逃避政治不順、傷害、挫折而已，背離政治環境之外，背離那套以事功為標準的價值追求才是更重要的。思索一個「人」挺立於亙古的時間長流、無際的宇宙空間內，除了名、利、權、勢，還有什麼可以肯定此一存在之意義呢？「永恆」跟「自由」是更具說服力的答案。「永恆」是擺脫「有限」這個概念，「自由」為隨心所欲、不被牽曳束縛；而世間富貴不過是短暫的，理想則要依賴太多現實條件的配合才能成就。姑且不論漢代學者對於政治是出於何種心態或動機來面對，在專制政體的權力結構下，這是一條注定難以

圓滿的路，假如以之為價值準則，將不斷在帝網下驚懼，不知明日會面對什麼樣的折阻；就算自己位居三公，帝王寵渥有加，也不足以確保福祿能庇佑子孫，因此無論仕途坎坷順遂，同樣都是短暫而不穩固的。若知識份子洞徹此一道理，則會對人世間以官階、財富來評價一個人的現象感到失望。也許在身軀上，他們依然在行住坐臥中維持正常的作息，可是心靈上，他卻不在乎了，不再汲汲於這些世俗的肯定，背離這種價值追求，讓精神保持無待無傷的自由。例如司馬相如後期「每稱疾避事」，可能就是這種心態的反映。

具有「知識份子」擔當的文學家，從入世關懷的「憂」到隱逸想像的「遊」，藉文學將思想的纍重託化成馥華的物質，也就是說，知識份子不論對社會、時代的使命，或是學術、哲理的啓辯，相對於浮泛而消逝中的日常生活，都是在存有意義上一種正面、肯定的「沉」與「重」；而具有文學才華的知識份子，背負這種思慮的沉重，與現實跟自我掙扎，不斷攀爬，提昇生命向上的努力，這些嘗試、追尋，淬練出美麗愉悅而撼動人心的作品，當然，這些作品必須有書卷竹帛的傳抄，必須透過書寫與流傳，才能穿越時空，溝通新的主體。

前一章顯現的知識份子型態是強調群體性的道德人格，本章則是強調個體性的審美人格，是主體折衝顛扑於權力結構之後，不論怨憤、鬱結或失望，從政治群體回歸自我的情懷激盪，從別種途徑尋求人格的自由感；「喜怒窘窮，憂悲愉佚，怨恨思慕」〔註35〕，轉折為創作的激勵力量。可是這兩種情志表現，不是截然劃分，或是因果對應，而是相生依存，經學思維下的用世理想促使知識份子不斷掙扎與憂慮，被社會群體志向逼迫擠壓出個人的自我情懷，於是，「言志」與「抒情」產生對話。《詩經》體系為代表的「言志」傳統跟六朝文學自覺後強調美感的「緣情」傳統，在漢代這個文學觀念轉型的朦朧時期，在楚辭學這個以創作從事批評的特殊文類中產生交集。

〔註35〕 這是韓愈〈送高閑上人序〉中對張旭能寫出狂草的情感形容。此處筆者僅是借用，無意泛化為所有藝術創作者的共同性。

　　最後一個重要意義，也就是漢代辭賦串連先秦楚辭跟六朝遊仙詩間的斷隙。屈原開啟想像在文學中的可為空間，之後某些成分擴張為六朝文學中遊仙類型的興盛，當中的文學史的缺空，則由兩漢賦家以遠遊文學填補起來，其所以能填補這個缺口，除了上述想像力的迸發之外，還牽涉到巫俗與僊說的問題，這部份在下節說明。

第三節　僊說、巫俗與神話

甲、長生僊說

　　「遠遊」文學脫離了真實世間，進入虛幻的想像世界。這些想像的內容：上天入地、登崑崙、訪西王母等，與漢代之後逐漸興盛發展的「僊說」有著密切的因緣，成為後來「服食」、「求名山」等觀念的淵源或是道教修練方式的早期史料。不過本文意不在為這些觀念作內涵釐析〔註36〕，只是想觀察漢代楚辭學觸及哪些「僊說」概念，而知識份子又如何看待這些現象。

　　漢代楚辭學所觸及的「僊說」概念，顯示於「創作」與「批評」兩種形式中，前者是上文「遠遊文學」那些賦篇或其它詩歌所談說的，所佔為多；批評部份則是王逸作《楚辭章句》，注解時對比原文闡釋出更多的僊說觀念。這個部份比較少，先行討論。

　　屈原文章中已經提到赤松、王喬、韓眾等傳說中的仙人：

　　　聞赤松之清塵兮，願承風乎遺則，貴真人之修德兮，美往世之登仙，與化去而不見兮，名聲著而日延。……軒轅不可攀援兮，吾將從王喬而娛戲。餐六氣而飲沆瀣兮，漱正陽而含朝霞。(屈原〈遠遊〉)

其餘如「仍羽人於丹丘兮，留不死之舊鄉」，以及「吸飛泉之微液兮，

〔註36〕登崑崙、服食乃至不同的仙人……等等在道教觀念裡，都有深刻複雜的解釋，背後還存在更深遠的文化意涵，只是已屬「道教文學」的範疇，偏離本文問題意識，故不處理。

懷琬琰之華英」諸語，也都被認為是求僊修練的概念與工夫。李豐楙先生認為：「所以〈遠遊〉應是隱藏了僊境的題名，當時僊說仍處於尚未成形的狀態」〔註37〕。這些隱藏的僊說概念，在東漢王逸的詮釋下，已有不同的發展。以下擇要列舉：

1. 〈離騷〉：「折瓊枝以為羞兮，精瓊靡以為粻」，王逸注曰：「言我將行，乃折取瓊枝以為脯腊；精鑿玉屑，以為儲糧。飲香食潔，冀以延年也。」

2. 〈遠遊〉：「聞赤松之清塵兮，願承風乎遺則」，王逸注曰：「想聽真人之徽美也，思奉長生之法式。」

3. 〈遠遊〉：「貴真人之修德兮，美往世之登仙」，王逸注曰：「珍瑋道士壽無窮極；羨門子喬，古登真也。」

4. 〈遠遊〉：「終不反其故鄉」，王逸注曰：「去背舊都，遂登仙也。」

5. 〈遠遊〉：「餐六氣而飲沆瀣兮」，王逸注曰：「遠棄五穀，吸道滋也」。「漱正陽而含朝霞」，王逸注曰：「餐吞日精，食元符也。《陵陽子明經》言：『春食朝霞；朝霞者，日欲始出赤黃氣也。秋食淪陰；淪陰者，日沒以後赤黃氣也。冬飲沆瀣；沆瀣者，北方夜半氣也。夏食正陽；正陽者，南方日中氣也。并天地玄黃之氣，是為六氣也。』」

6. 〈天問〉：「白蜺嬰茀，胡為此堂？安得夫良藥，不能固臧？」王逸注曰：「言崔文子學仙於王子僑，子僑化為白蜺而嬰茀，持藥與崔文子，崔文子驚怪，引戈擊蜺，中之，因墮其藥，俯而視之，王子僑之尸也。故言得藥不善也。」

7. 〈天問〉：「大鳥何鳴，夫焉喪厥體？」王逸注曰：「言崔文子取王子僑之尸，置之室中，覆之以弊筐，須臾則化為大鳥而鳴，開而視之，翻飛而去。文子焉能亡子僑之身乎？言仙人

〔註37〕李豐楙《憂與遊－六朝隋唐遊仙詩論集》頁 8，臺北：臺灣學生書局，民國 85 年。

　　　不可殺也。」

屈原原文中模糊籠統地「折瓊枝以爲羞、精瓊爢以爲粻、餐六氣、飲
沆瀣、漱正陽、含朝霞」等帶有美感的餐英飲氣，在王逸註釋中皆一
一指實爲僊說修練工夫中的特殊存活方式；也就是後來所謂的「服食」
概念中的一部份。其注所言「遠棄五穀，吸道滋也」更是東漢興起的
新概念。「貴眞人之修德兮，美往世之登仙」可能是對稱句法，分指
兩種不同的超脫類型，前者是道家思想，「德」即老子所強調精神。
可是王逸的理解卻認爲兩者所指是同一意思，都是講求道登仙；所以
「眞人修德」被詮釋爲：「珍瑋道士壽無窮極」。最後〈天問〉這一小
段落，王逸以王子僑與崔文子之事釋之〔註38〕。洪興祖《補注》以爲
出自《列仙傳》，但今本《列仙傳》王子喬與崔文條俱不見此說，不
過《漢書・郊祀志》應劭注引《列仙傳》，有相同記載，故此說亦非
王逸杜撰。不過王逸的敘述語氣偏向神仙思想，跟屈原〈天問〉全文
的神話色彩或是天道叩問的理路不甚契近。總而言之，王逸對屈原作
品的詮釋，已經滲入許多漢代以來的僊說思想。

　　其次，文學創作作品中，漢代賦家也表現出很豐富的神仙傳說或
是求僊思想的痕跡：

　　　下垂鈞於谿谷兮，上要求於僊者；與赤松而結友兮，比王
　　　僑而爲耦。使梟楊先導兮，白虎爲之前後。浮雲霧而入冥
　　　兮，騎白鹿而容與。（嚴忌〈哀時命〉）

　　　想西王母欣然而上壽兮，屏玉女而卻宓妃。（揚雄〈甘泉賦〉）

　　　馳鴻瀨以縹鷲，翼飛風而迴翔。顧百川之分流，煥爛漫以
　　　成章。風波薄其裳裳，逿浩浩以湯湯。指日月以爲表，索
　　　方瀛與壺梁。曜金璆以爲罦，次玉石而爲堂。蓂芝列於階
　　　路，涌醴漸於中唐。朱紫彩爛，明珠夜光；松、喬坐於東
　　　序，王母處於西箱。命韓眾與岐伯，講神篇而校靈章。願

〔註38〕蔣驥《山帶閣注楚辭》提出「安得夫良藥，不能固臧？」應該是「謂
　　　月神也」，並引《淮南子・覽冥》：「羿請不死之藥於西王母，姮娥竊
　　　以奔月。」的記載。孰說爲是不可考。

結旅而自託，因離世而高遊。(班彪〈覽海賦〉)

隨真人兮翱翔，食元氣兮長存。(王逸〈九思〉)

他們多談到「王子喬、赤松子」，據《列仙傳》：

赤松子，神農時為雨師，服水玉，教神農，能入火自燒。
至崑山上，常止西王母石室，隨風雨上下。炎帝少女追之，
亦得仙俱去。

王子喬，周靈王太子晉也。好吹笙作鳳鳴，遊伊、洛間，
道士浮丘公接以上嵩高山。三十餘年後，求之於山上，見
桓良曰：「告我家，七月七日，待我緱氏山頭。」至時，果
乘白鶴住山巔，望之不得到，舉手謝時人，數日去。

這些都是時代非常早的傳說，是「僊說」、神仙思想，代表凡人修練
登仙的轉化歷程，所以在性質上，跟神話、巫俗都不同。而王子喬、
赤松子是當中的代表人物，另外如傳說、韓眾也都是《楚辭》中提到
的僊說人物，他們升天成仙，長生不死，成為世人欣慕企往的對象。
桓譚作有〈仙賦〉，其序文中說明，武帝時在華山下造「華陰集靈宮」，
「欲以懷集仙者，王喬、赤松子，故名殿為『存仙』；端門南向山，
署曰『望仙門』。」〔註39〕賦的正文中描述對仙道的想像：

吸玉液，食華芝，漱玉漿，飲金醪；出宇宙，與雲浮，灑
輕霧，濟傾崖。觀倉川而升天門，馳白鹿而從麒麟。周覽
八極，還崦華壇。氾氾乎濫濫，隨天轉琁；容容無為，壽
極乾坤。

不食五穀、以玉液華芝為糧、行動飄忽自由、壽命無終，這就是漢人
對「僊」的認識典型。漢代楚辭學者也將這種印象表現在對屈原作品
批評詮釋或仿擬創作的文本之中。

「僊境」的吸引力在於突破時空的限制，可是知識份子對仙道的
探求，跟帝王意欲滿足長生的渴望是不同的，時空限制對帝王的意義
在於身軀會衰老、死亡，如秦始皇、漢武帝基於怕老、怕死，眷戀現

〔註39〕 桓譚〈仙賦序〉，見《藝文類聚》卷七八。

世掌有的權力與享受，所以要服食、求不死之藥。知識份子的情況不同，他們在現世並未擁有豐富的物質資源，時空的限制在於「時命不予」，尤其經學思維規範形塑之下，兩漢知識份子普遍以修德務學，然後參與政治以福國利民作爲人生理想，可是帝王的專擅或是昏庸，外戚、宦官、佞臣的強勢，乃至官制結構的侷促，都可能致使所謂「不遇」的發生，換言之，必須所有的條件具足，知識份子才可能實踐理想，任何一個環節出了差錯，都會形成「遇」的阻力；因此，生未逢其時的感慨是士大夫普遍性的經驗感受。由此，他們想突破時空限制，並不是期望改變平凡肉身必然朽壞的本質，而是在精神上不能承受之「憂」，於是「厭離」人間世，嚮往世間之外的另一種價值的存在。

　　前一節筆者已略爲論及漢代辭賦串連先秦楚辭跟六朝遊仙詩間的斷隙。李豐楙先生認爲：

> 神仙思想表現於文學之中，前道教時期首推楚辭系的遠遊
> 類詞賦，爲遊仙文學的祖型。至漢朝樂府，相和歌中有詠
> 述神仙之作，表現民間俗樂的遊仙願望，直接啓發六朝遊
> 仙詩的創作。〔註40〕

楚辭爲遊仙祖型的確無誤，可是從楚辭到六朝遊仙詩中間的巨大間隔，倘若僅以「漢朝樂府」來貫串，恐怕是不夠的。尤其漢樂府的民間色彩濃厚，跟楚辭的貴遊文學不是同一階層的思維模式，而且保存漢人遊仙思想的相和歌〔註41〕主要盛於漢魏間，那麼東漢中期之前就成爲一片空缺。而從上節「遠遊想像」與本節「長生僊說」的分析，筆者認爲，楚辭之後的神仙思想，除了樂府之外，也保存在兩漢辭賦中，而且這是知識階層的文體，跟屈原及六朝文士在創作者的身份上較具有一脈相承性。所以在文學史上，可以由兩漢辭賦來解釋先秦楚

〔註40〕 李豐楙《憂與遊—六朝隋唐遊仙詩論集》頁 25。
〔註41〕 如〈王子喬〉、〈長歌行〉、〈善哉行〉、〈步出夏門行〉、〈董逃行〉，分見郭茂倩《樂府詩集》第二九、三十、三六、三七、三四卷。

辭跟六朝遊仙詩之間神仙思想表現於文學作品中的斷隙。

　　不過值得注意一點，同樣是遠離俗世現實的文學想像，兩漢辭賦跟六朝遊仙詩的情懷仍有細部的差別，六朝遊仙詩的背後是相對於浩瀚宇宙而產生的生命短促與孤獨感，跟自然有應和性質的關注對話，因此後來轉化爲山水的敘寫。兩漢則較漠視自然，著意於以人、社會爲對象的探究，所以創作的題材多寫物而不寫景，即使描寫「遠遊」，刻畫的技巧也是運用賦篇寫物的筆法，雕琢鋪陳，以華麗煒燁爲美感準則，這就是漢賦的文體風格，完整表現於各式題材。

乙、巫俗與神話

　　上文談的是「僊說」，可是我們都知道屈原是楚人，《楚辭》自身的巫風色彩濃厚，尤其〈九歌〉，王逸在序文中指出：「昔楚國南郢之邑，沅、湘之間，其俗信鬼而好祠；其祠必作歌樂鼓舞以樂諸神。」明代陳深曰：「沅、湘之間，其俗尙鬼，祭祀則令巫覡作樂，諧舞歌吹爲容，其事陋矣。自原爲之緣之以幽渺，涵之以淸深，琅然笙苞，遂可登于俎豆。」當代楚辭學者如傅錫壬、陳怡良先生也都認同其與巫俗祭祀的密切關係〔註42〕。大陸學者甚至採用神話學或是文化人類學的角度全面重新詮釋屈原所有作品，當中「楚文化」的「巫」風是詮釋關鍵，而屈原在這個框架中，也被認爲具有巫官身份，參與祭祀、卜筮的儀式，故寫出如是作品。

〔註42〕傅錫壬老師在《新譯楚辭讀本・九歌總論》說：「楚地產生的九歌，是楚人祭祀神靈祈福，一整套儀式中的祭神曲。」（臺北：三民書局，民國65年，頁56。）
　　　　陳怡良先生《屈原文學論集・九歌新論》也表示：「〈九歌〉當屬沅湘地區之民間祭祀樂章，是早期巫師在民間祭祀鬼神時，吸收民間歌謠如〈越人歌〉之類作品，模仿其比興之法與形式，而完成祭神、降神、樂神、送神等之儀式描述。這種楚地原始的〈九歌〉流傳至戰國末期後，才由擔任三閭大夫之職時的屈原潤飾加工而成今日之面貌，因此〈九歌〉中含有大量的巫祝詞及咒語幻言。」（節錄，詳參原著頁168至223，臺北：文津出版社，民國81年。）

　　但是從史料中得知，在兩漢，楚辭學者極少從「巫」的角度解讀屈原作品，跟信鬼好祠關係最密切的〈九歌〉，更是不受重視的文本，除了王逸《楚辭章句》全面性地註釋所有篇章之外，像淮南王、司馬遷、揚雄、賈逵、班固都沒有處理這篇作品。假如屈原真的是在作品中表露出那麼多巫俗訊息，那麼漢代學者何以漠視忽略此一現象？而這些巫俗相關的概念又被置於何種詮釋理路之下作什麼樣的歸化呢？另外，楚辭牽涉到的神話，又是如何呢？

　　雖然從文化人類學的研究，提出「巫」是中國早期知識份子的新發現；《史記・封禪書》也記載：

　　（夏）至帝太戊，有桑穀生於廷，一暮大拱，懼。伊陟曰：
　　「妖不勝德。」太戊修德，桑穀死。伊陟贊巫咸，巫咸之
　　興自此始。

可是早在春秋戰國間，北方隨著史官文化的高度發展，矇瞽卜祝所肩負箴失補闕的責任轉為史官與哲學家取代，〔註43〕巫俗以不夠理性的特質受到鄙棄。南方則在不同環境下衍生不同的文化價值觀，保留巫覡求神、卜筮的重要社會意義。所以在同一時期的中國，南北地域產生不同的信仰風格，對巫的價值評斷也「南轅北轍」！

　　以楚人建國卻承繼北方政治中心的漢代政權，同時兼融南北文化遺產，所以官方設祠祭祀，保留巫俗文化：

　　長安置祠祝官、女巫。其梁巫，祠天、地、天社、天水、
　　房中、堂上之屬；晉巫，祠五帝、東君、雲中君、司命、
　　巫社、巫祠、族人、先炊之屬；秦巫，祠社主、巫保、族
　　纍之屬；荊巫，祠堂下、巫先、司命、施糜之屬；九天巫，
　　祠九天；皆以歲時祠宮中。其河巫祠河於臨晉，而南山巫

〔註43〕范文瀾《中國通史簡編》（北京：人民出版社，1955年），魯迅《中國小說史略》（北京：人民文學出版社，1975年），茅盾《神話研究》（天津：百花文藝出版社，1981年），李澤厚、劉綱紀《中國美學史》（中國社會科學出版社，1984年），姜亮夫《楚辭通故》（濟南：齊魯書社，1986年），蕭兵《楚辭文化》（北京：中國社會科學出版社，1992年）都表示了相似的看法。

祠南山秦中。〔註44〕

可是知識份子卻大多依從北方史官文化，對巫俗心存鄙棄，《鹽鐵論‧救匱》中，大夫曰：「若疫歲之巫，徒能鼓口舌耳。」同書〈論菑〉又說：「巫祝不可與並祀，諸生不可與逐語。」東漢王符《潛夫論‧浮侈》也說：

> 《詩》刺「不積其麻，女也婆婆。」今多不修中饋，休其蠶織，而起學巫祝，鼓舞事神，以欺誣細民，熒惑百姓。婦女羸弱，疾病之家，懷憂憒憒，皆易恐懼，至使奔走便時，去離正宅，崎嶇路側，上漏下濕，風寒所傷，姦人所利，賊盜所中，益禍益祟，以致重者不可勝數。或棄醫藥，更往事神，故至於死亡，不自知為巫所欺誤，反恨事巫之晚，此熒惑細民之甚者也。

漢代巫者職事包含：交通鬼神、解除、疾疫、戰爭、水旱、祝詛、生育、喪葬等事之祈禳〔註45〕，故民間有求醫於巫者，王符痛斥其欺民害命。這種對巫者輕賤敵視的態度在兩漢知識份子與官吏階層中是極為普遍的。據林富士先生研究：「在漢代，大部份的巫者屬於庶民階層」〔註46〕。所以即便《楚辭》中，有些材料是屬於巫俗文化的，在漢代知識份子的眼中，也不願採用這個角度去闡釋，而由其他可能性去理解。

在巫俗之外，漢代興起另一個新的信仰系統，就是「道教」。「巫」跟「道」是兩種不同的信仰體系，甚至是對立的。漢代道教的興起，起因之一正是對巫祭淫祠的不滿，這種反省力量猶如對章句氾濫的經學自覺般，凝聚為時代共識，所以不是道教人士的東漢郎顗在〈上書薦黃瓊、李固復條便宜四事〉之四，即抨擊當時朝廷：

> 廣為禱祈，薦祭山川，暴龍移市。臣聞皇天感物，不為偽動，

〔註44〕《史記‧封禪書》。
〔註45〕林富士《漢代的巫者》第四章，頁55至85，臺北：稻鄉出版社，民國77年。其中「解除」意指排除或預防災禍。
〔註46〕林富士《漢代的巫者》頁182。

　　　災變應人，要在責己。若今雨可請降，水可禳止，則歲無隔
　　　并，太平可待。然而災害不息者，患不在此也。〔註47〕

雖然道教思考的問題、解決的方式跟巫俗頗有同質性，但卻是走向一
個理性與文字化的反動路向，於是比較不受知識份子排斥。而這兩者
比起「僊說」，都是更為複雜嚴謹，有龐大組織或實際行為的信仰體
系；不像「僊說」是比較簡單，停留於一般人觀念中的傳說或意念而
已，縱使有人專門修行，也未在社會上普遍結社，蔚成實質的群眾力
量。

　　至於「神話」，也是「楚辭學」遠離現實人間的成分，違反「可
以看到、可以證實、合乎常理」的寫實通則，在前一節遠遊文學中，
出現多次的「西王母」即是神話人物，西王母的傳說，據《山海經‧
卷二山西經》：「西王母其狀如人，豹尾虎齒而善嘯，蓬髮戴勝；是司
天之屬及五殘。」《穆天子傳》有更細緻的描寫；至於確定為漢代文
本的《淮南子‧覽冥》則記錄了「羿請不死之藥於西王母，姮娥竊以
奔月。」〔註48〕的故事。這些不同的記載促使西王母的形象逐步變化，
從半人半獸到中年美婦人，職司與事蹟愈趨繁複，可是離「神話」的
性質也愈來愈遠，轉向人為的故事虛構。

　　《楚辭》中保留大量上古神話，尤其〈天問〉一篇，是歷來研究
中國神話的重要史料。據王逸《楚辭章句‧天問後序》曰：「天問以
其文義不次，又多奇怪之事，自太史公口論道之，多所不逮。至於劉
向、揚雄，援引傳記，以解說之，亦不能詳悉。所闕者眾，日無聞焉，
既有解詞，乃復多連蹇其文，濛鴻其說。故厥義不昭，微指不哲，自
游覽者，靡不苦之而不能照也。」〈天問〉自身並不是為記錄神話而
作，因此時常語焉不詳，所留下的神話彷彿只是蛛絲馬跡的線索，致
使這篇文章的解讀難度相當高。

〔註47〕　《後漢書‧郎顗傳》。
〔註48〕　另外《淮南子‧墜形》提到：「西王母在流沙之瀕。」這裡的「西王
　　　　　母」似是地名。

　　雖然嘗試註解〈天問〉的學者多過〈九歌〉，但在漢代楚辭學中，仍是屬於非主流，解讀的困難只是原因之一，眞正關鍵的是因爲它難以放入屈原「忠而被謗，信而見疑」的情志批評模式。可是它在「神話」的領域上跟其他作品也沒有淵源或是交流。漢代前後有若干書籍在神話學上有所貢獻，如《山海經》、《穆天子傳》、《淮南子》、《列子》、《三五曆記》、應劭《風俗通義》等，屈原作品在其中也佔有一席之地；可是這些書的作意不盡然以神話爲中心，而且彼此之間也未形成學術傳統或是凝聚爲一個範疇，因此，探討「漢代楚辭學」時，難以在屈原作品跟這些文本中找到必然而緊密的內在聯繫，充其量只是處理共同的素材。所以「神話」跟「巫俗」一樣，都被漢代的楚辭學者逐出詮釋批評的討論中心。

　　神話投射人類心靈的思考模式，分析神話可以深掘出一個民族的思考結構，掌握深層的文化脈絡。假如從上述諸書的神話去體會，或是從神話內容的演變比較，可能從中可以發現在時間、空間上，這一族群特殊的思維方式。可是，這是現代的研究方法與角度，在那個時空下，漢代的知識份子對於神話，所做出的自覺性思考，乃是從「經、史」的標準去衡量它的眞實度，於是王逸說〈天問〉「多奇怪之事」，班固認爲屈原「多稱崑崙冥婚虛無之語，皆非法度之正、經義所載」。而《淮南子‧覽冥訓》雖然記載一些流傳的神話，如女媧補天、嫦娥奔月等等，其意指卻是訴諸政治教化的補益功能。

　　因此，雖然在屈原原來的作品中，「巫俗」與「神話」扮演了相當重要的角色，可是到兩漢的楚辭學家的眼中，〈離騷〉、〈九章〉中屈原抗訴政治遭遇的個人情志，才是《楚辭》唯一的重心，於是「巫俗」與「神話」這兩者被打入冷宮，沒能成爲討論的焦點。而且這種閱讀角度成爲「楚辭學」的詮釋典範，制約後代讀者的理解進路，直到近代「神話學」的興起或是大陸「區域文化」的研究熱潮，才促使大家重新注意到屈原作品中保留的「巫俗文化」或是「上古神話」，而促成全新的詮釋產生。

第六章 結 論

　　「楚辭」在漢代，從流傳到編輯成書，從討論到全面箋注，累積了豐碩的論述成績；雖然其中部份資料已經亡佚，但我們仍可確定它在當時是一門引起廣泛關注的學術。何以漢代的知識份子會這麼熱衷於「楚辭」——尤其是屈原的〈離騷〉——的詮釋、討論呢？屈原經驗的「不遇」共鳴是最主要的原因。可是從本文的研究發現，屈原經驗及其作品不只是在此一「不遇」感受上對漢代知識份子具有特殊意義，事實上它可以完整發揮於漢代士人整個政治生命的起伏跌宕。

　　漢代從武帝之後，真正走入穩定的大一統政局，強勢的皇帝透過種種制度性的改革以及個別性的高壓措施完成專制政體，塑造出個人的絕對權威。而淮南王、沛獻王、楚王英等政治案件，每每更相牽引、阿附相陷，知識份子坐死下獄者動輒以千數。於是促成君臣關係的絕對化，知識份子不再能朝秦暮楚，遊走於不同的君主門下；也不能為君師友，挾「道」與「勢」抗衡。這種唯一君主的不自由情境在訴諸往史時，屈原成為遭遇最相似者。孔子、伯夷、叔齊、伍子胥等人固然不遇，卻還有周遊列國、改朝換代、轉效他國的複雜情境或多樣選擇。而屈原這一歷史經驗中，則簡單化約為單純的「君－臣」對待。臣子以「忠」與「才」事主，卻得不到合理公平的回應。原該只是兩個生命主體的不相契應，可是君臣的權力位階之下，轉成命運的強烈

挫抑。

　　屈原在作品中反覆抗訴此種委屈，相似的情境、相似的感受，使得兩漢的知識份子對於屈原的人物形象及〈離騷〉、〈九章〉等以「不遇」情志為主題的作品產生特殊的關愛。他們在屈原生平中特別強調「受譖」、「流放」、「沈江」等事蹟，從「正－邪」、「賢－愚」、「公－私」等二元對立的角度理解屈原在宦途上的不順遂，突顯屈原「美善好修，逢時不祥」的形象特質。賈誼、東方朔、董仲舒、司馬遷、劉向、馮衍、寇榮、趙壹等人基於自己切身的不遇感受，以慷慨激昂、冤屈憤訴的姿態，在憫傷屈原的同時，反照自身情志，以一種相互通感的方式詮釋屈原，並詮釋自我。揚雄、班固、王逸則採另一進路，將自身從屈原的不遇經驗中抽離，理性客觀地評論屈原言行是否合乎道德標準。如此的現象正表現出「情志映照」與「道德品鑒」兩種批評型態。

　　兩漢經學鼎盛，雖然表象是師法、家法、今古文、章句愈趨分歧繁雜，經師們競於矜奇炫博，益顯龐雜瑣碎。然「經學」之所以名為經學，乃取六藝足為天地之常經也，原初即蘊含「通經致用」的理想目的，漢儒們也確實將經學的精神落實於關注社會、政治等層面儒生以知識份子的情懷，將經學中的字字句句體會成王德聖政、良俗教化，然後念茲在茲地期許明主能遵王道、行仁政，所以奏議中的援經立論，乃至因災異獻策，實際上是自孔子以來一種知識分子不帶私念、崇絜理想的投注，這種經學並非空洞的文字堆砌，而是真實生命、理想超越的努力。「通經致用」在兩漢也絕不只是迂腐的〈禹貢〉治河、《春秋》決獄，而是知識分子企圖以歷史智慧來改善現實缺失的認真與莊嚴。是以部份相繼以災異現象的詮釋試圖影響君主決策，將仁德理想結合陰陽學說以爭取落實的機會。

　　此種有志之士對時代的反省與擔當，除了發揮於經學、緯學、子學之外，在「楚辭學」中，我們也同樣可以看到知識分子對改善環境的努力。經學家拿三百篇當諫書的情況眾所皆知，這種精神同時見於

「楚辭」學家們「以經解騷」的現象中。從屈原「諷諫」懷王苦心的詮釋，〈離騷〉比附「《國風》不淫」、「《小雅》不亂」的教化目的，「楚辭」內容合乎經義與否的判斷，乃至〈離騷〉稱「經」，在在體現出漢儒「經世致用」理念在「楚辭」這一對象上的實踐。而這些詮釋原則、方法於王逸《楚辭章句》一書而集其大成。

　　藉由「以經解騷」的方式，在詮釋屈原作品時，分析其曉合經義的條例，指出其美刺諷諭的意旨，只是漢代知識份子於「楚辭學」中落實經世理念的方式之一。另外一種方式則是辭賦作家自覺性地祖述屈原，在華麗悅目的賦篇中包含諷諭的理想，希冀由一種比諍言直諫更能被帝王接納的方式，傳達對時代的關懷與使命。例如司馬相如、揚雄皆在賦中勸諫君王體恤民苦，勿耽於娛樂之遊。換言之，前者是揭示出來，後者是進一步的繼承、實踐。

　　但是知識份子積極淑世的理想面對現實的挑戰，往往是帶來挫折的痛苦，這也是他們之所以對屈原遭遇體會深刻的原因。於是，知識份子萌生「遠離濁世」的隱逸想法，與其屈己事人，使自我分裂、尊嚴喪失，不如遠離宦途，保有自由、獨立、完善、隨心所欲的精神主體。想要避離俗世的方式，除了「隱逸」的選擇之外，屈原提供了漢代知識份子一種新方式：藉由文學的想像，馳騁於瑰瑋繽紛的幻境，以創作實現精神的遠遊。由於「隱逸」跟「遠遊」都牽涉到超現實的素材，就是僊說、巫俗與神話，這恰好是近年「楚辭」研究的熱門話題，所以筆者對於漢代學者面對這些材料的態度作一說明。

　　第四章「經世致用」與第五章「遠離濁世」的主題，雖然是矛盾對立的，可是知識份子在其中，並不是「非此即彼」的二元選擇，反而是入世與隱逸雙重動機同時存在。有時入世之願佔上風，有時隱逸之思更強烈；因為這樣的矛盾、掙扎，更顯出人格的真實性！

　　本文緒論中明白指出，筆者關注的是：「楚辭」對於漢代知識份子發生了什麼樣的意義？從研究中得知，它顯示出漢代知識分子的心靈鏡像。漢代在「經學」思維範式的價值涵攝之下，知識分子面對生

命時，普遍以淑世理想爲基調，用世作爲之心面對政治權威產生的掙扎，使得知識主體存在「理想情懷湧現→現實環境受挫→遠遊隱逸企慕」這樣的心理歷程。而「楚辭」這個性質獨特的作品帶給知識份子新的境界，屈原不遇的相似經驗吸引他們走進「楚辭」的思域中，可是「楚辭」是個文學作品（即使當時「文學」觀念尚未定型，它在本質上依然是迥異於經學與諸子的），它以個體性的審美人格掙脫出社會群體公眾意志的要求，表現主體獨特的情懷與美感，於是知識份子游移於群體的理想與個體的美感，一方面試著將「楚辭」轉化爲經學的性質，一方面召喚著心靈的超脫渴望，在兩者之間遊走擺盪，構築出漢代楚辭學鮮活生動的風貌。

　　至於漢代學者經由「楚辭」的觀念討論與辭賦仿擬創作中，逐步摸索出「文學」的輪廓，並在「言志」傳統過渡到「緣情」傳統間扮演的關鍵地位，乃是文學觀念上極爲精采的轉折點。筆者雖窺見其燦然芒鋒，但本文僅能於勾勒知識主體的心靈鏡像中簡略提及，真正的分析論述則待未來專文討論。

重要參考書目

【專著部份】

一、傳統文獻

1. 漢・司馬遷撰，裴駰集解、司馬貞索隱、張守節正義，《史記三家注》，台北：藝文（影印乾隆武英殿刊本）。

2. 漢・班固撰，王先謙注，《漢書補注》，台北：藝文（影印長沙王氏校刊本）

3. 南朝宋・范曄撰，王先謙，《後漢書集解》，台北：藝文（影印長沙王氏校刊本）

4. 漢・荀悅，《前漢紀》，台北：商務（四部叢刊本）。

5. 晉・袁洪，《後漢紀》，台北：商務（四部叢刊本）。

6. 漢・劉珍等，《東觀漢紀》，台北：中華（四部備要本）。

7. 漢・賈誼，《新書》，台北：中華（四部備要本）。

8. 漢・劉向，《新序》，北京：中華（鐵華館叢書）。

9. 漢・揚雄，《太玄經》，台北：中華（四部備要本）。

10. 漢・揚雄，《法言》，台北：中華（四部備要本）。

11. 漢・揚雄，《揚雄集校注》，上海：上海古籍，1993 年。

12. 漢・桓譚，《新論》，台北：中華（四部備要本）。

13. 漢・王充，《論衡》，台北：中華（四部備要本）。

14. 漢・董仲舒撰，凌曙注，《春秋繁露注》，台北：藝文（影印皇清經解續編本）。

15. 漢·荀悅撰，黃省曾注，《申鑒》，北京：中國，1991 年。

16. 漢·陸賈撰，唐晏注，《新語》，北京：中國，1991 年。

17. 漢·劉向撰，向宗魯校證，《說苑校證》，北京：中華，1987 年。

18. 漢·王符撰，汪繼培箋，《潛夫論箋》，北京：中華，1979 年。

19. 漢·班固編，陳立疏證，《白虎通疏證》，北京：中華，1994 年。

20. 漢·劉安編，高誘注，《淮南子注》，台北：藝文，1974 年。

21. 漢·劉安編，劉文典集解，《淮南鴻烈集解》，台北：文史哲，1985 年。

22. 漢·桓寬編，王利器校注，《鹽鐵論校注》，台北：世界，1987 年。

23. 漢·劉向編、王逸章句、洪興祖補注、陳直拾遺，《楚辭》，台北：商務，1990 年。

24. 漢·許慎撰，段玉裁注，《說文解字注》，台北：黎明，1985 年。

25. 南朝梁·劉勰著，李曰綱校釋，《文心雕龍》，台北：里仁，1984 年。

26. 袁珂校注，《山海經校注》，台北：里仁，1995 年。

27. 嚴可均輯，《全上古三代秦漢三國六朝文》，北京：中華，1991 年。

二、古代歷史、學術

1. 大庭脩著，林劍鳴譯，《秦漢法制度史研究》，上海：人民，1991 年。

2. 王葆玹，《西漢經學源流》，台北：東大，1994 年。

3. 王興國，《賈誼評傳》，南京：南京大學，1992 年。

4. 王鐵，《漢代思想史》，北京：中國社會科學，1987 年。

5. 皮錫瑞，《經學歷史》，台北：漢京，1983 年。

6. 安作璋，《班固與漢書》，台北：學海，1991 年。

7. 余英時，《中國知識階層史論》，台北：聯經，1993 年。

8. 余英時，《歷史與思想》，台北：聯經，1994 年。

9. 吳榮曾，《先秦兩漢史研究》，北京：中華，1995 年。

10. 李長之，《司馬遷的人格與風格》，台北：開明，1992 年。

11. 李則芬，《先秦及兩漢歷史論文集》，台北：商務，1981 年。

12. 李春青，《烏托邦與詩——中國古代士人文化與文學價值觀》，北京：北京師範大學，1995 年。

13. 李漢三，《先秦兩漢之陰陽五行學說》，台北：維新，1981 年。

14. 邢義田，《秦漢史論稿》，台北：東大，1987 年。

15. 周一平，《司馬遷史學批評及其理論》，華東師範大學，1989 年。

16. 周虎林，《司馬遷及其史學》，台北：文史哲，1991 年。

17. 周桂鈿，《董仲舒評傳》，南寧：廣西教育，1995 年。

18. 周紹賢，《兩漢哲學》，台北：文景，1978 年。

19. 林安弘，《儒家禮樂之道德思想》，台北：文津，1988 年。

20. 林劍鳴，《秦漢史》，上海：人民，1989 年。

21. 林聰舜，《西漢前期思想與法家的關係》，台北：大安，1991 年。

22. 范文芳，《司馬遷的創作意識與寫作技巧》，台北：文史哲，1987 年。

23. 韋政通，《董仲舒》，台北：東大，1986 年。

24. 唐君毅，《文化意識與道德理性》，台北：學生，1986 年。

25. 夏傳才，《詩經研究史概要》，台北：萬卷樓，1993 年。

26. 孫廣德，《先秦兩漢陰陽五行說的政治思想》，台北：商務，1993 年。

27. 徐平章，《荀子與兩漢儒學》，台北：文津，1988 年。

28. 徐洪興，《朋黨與中國政治》，香港：中華，1992 年。

29. 徐復觀，《中國經學史的基礎》，台北：學生，1990 年。

30. 徐復觀，《兩漢思想史》，台北：學生，1993 年。

31. 徐復觀等，《知識份子與中國》，台北：時報，1980 年。

32. 祝瑞開，《兩漢思想史》，上海：上海古籍，1989 年。

33. 崔瑞德編，《劍橋中國秦漢史》，北京：中國社會科學，1992 年。

34. 康曉城，《先秦儒家詩教思想研究》，台北：文史哲，1988 年。

35. 張立偉，《歸去來兮——隱逸的文化透視》，北京：三聯，1995 年。

36. 張節末，《狂與逸——中國古代知識份子的兩種人格特徵》，北京：東方，1995 年。

37. 張德勝，《儒家倫理與秩序情結》，台北：巨流，1989 年。

38. 張毅，《瀟灑與敬畏——中國士人的處世心態》，長沙：岳麓書社，1995 年。

39. 陳玉屏，《西漢前期的政壇》，成都：成都，1996 年。

40. 陳其泰，《再建豐碑——班固與漢書》，北京：三聯，1994 年。

41. 陶建國，《兩漢魏晉之道家思想》，台北：文津，1990 年。

42. 章權才，《兩漢經學史》，台北：萬卷樓，1995 年。

43. 堀毅，《秦漢法制史論考》，北京：法律，1988 年。

44. 勞榦，《秦漢史》，台北：中國文化學院出版部，1980 年。

45. 曾春海,《儒家的淑世哲學》,台北:文津,1992 年。

46. 湯志鈞等,《西漢經學與政治》,上海:上海古籍,1994 年。

47. 程南州,《東漢時代的春秋左氏學》,台北:文津,1978 年。

48. 華友根,《董仲舒思想研究》,上海社會科學院,1993 年。

49. 賀凌虛,《西漢政治思想論集》,台北:五南,1988 年。

50. 黃朴民,《董仲舒與新儒學》,台北:文津,1992 年。

51. 黃俊傑主編,《天道與人道》(中國文化新論,思想篇二),台北:聯經,1982 年。

52. 黃俊傑主編,《理想與現實》(中國文化新論,思想篇一),台北:聯經,1982 年。

53. 黃國安,《王充思想之形成及其論衡》,台北:商務,1983 年。

54. 黃錦鋐,《秦漢思想研究》,台北:學海,1979 年。

55. 楊樹藩,《兩漢中央政治制度與法儒思想》,台北:商務,1967 年。

56. 劉文起,《王符潛夫論所反應之東漢情勢》,台北:文史哲,1995 年。

57. 劉光義,《司馬遷與老莊思想》,台北:商務,1986 年。

58. 劉修明,《從崩潰到中興——兩漢的歷史轉折》,上海:上海古籍,1992 年。

59. 劉偉民,《司馬遷研究》,台北:國立編譯館,1975 年。

60. 劉德漢,《從漢書五行志看春秋對西漢政教的影響》台北:華正,1977 年。

61. 蔣慶,《公羊學引論》,瀋陽:遼寧教育,1995 年。

62. 蔡廷吉,《賈誼研究》,台北:文史哲,1984 年。

63. 蔡英俊主編,《抒情的境界》(中國文化新論,文學篇一)台北:聯經,1982 年。

64. 蔡英俊主編,《意象的流變》(中國文化新論,文學篇二)台北:聯經,1982 年。

65. 鄭萬耕,《揚雄及其太玄》,台北:藍燈,1992 年。

66. 盧雪崑,《儒家的心性與道德形上學》,台北:文津,1991 年。

67. 錢穆,《中國學術思想史論叢》,台北:東大,1990 年。

68. 錢穆,《兩漢經學今古文平議》,台北:東大,1989 年。

69. 錢穆,《秦漢史》,台北:東大,1992 年。

70. 韓養民,《秦漢文化史》,台北:里仁,1986 年。

71. 薩孟武,《儒家政論衍義》,台北:東大,1982 年。

72. 鄺芷人，《陰陽五行及其體系》，台北：文津，1992 年。

73. 嚴耕望，《中國地方行政制度史（甲部）——秦漢地方行政制度》，台北：中央研究院歷史語言研究所，1990 年。

74. 顧頡剛，《中國上古史研究講義》，台北：文史哲，1989 年。

75. 顧頡剛，《漢代學術史略》，上海：上海，1989 年。

76. 顧頡剛〔註1〕，《秦漢的方士與儒生》，台北：里仁，1985 年。

三、楚辭、楚文化

1. 尹錫康等編，《楚辭資料海外編》，武漢：湖北人民，1985 年。

2. 文崇一，《楚文化研究》，台北：東大，1990 年。

3. 王世昭，《屈原》，台北：國家，1990 年。

4. 王光鎬，《楚文化源流新證》，武漢：武漢大學，1988 年。

5. 史墨卿，《楚辭文藝觀》，台北：華正，1989 年。

6. 白川靜著，王孝廉譯《中國神話》，台北：長安，1991 年。

7. 朱熹等注，《五家楚辭注合編》，台北：廣文，1972 年。

8. 余崇生編，《楚辭研究論文集》，台北：學海，1985 年。

9. 吾衍，《楚史檮杌》，台北：藝文，1967 年。

10. 李大明著，《漢楚辭學史》，成都：電子科技大學，1993 年。

11. 周建忠著，《當代楚辭研究論綱》，武漢：湖北教育，1992 年。

12. 易本烺，《春秋楚地答問》，台北：藝文，1967 年。

13. 易重廉著，《中國楚辭學史》，長沙：湖南，1993 年。

14. 邱宜文，《巫風與九歌》，台北：文津，1996 年。

15. 姜亮夫編，《楚辭學論文集》，上海：上海古籍，1982 年。

16. 姜亮夫編著，《楚辭書目五種》，上海：上海古籍，1993 年。

17. 姚漢榮，《楚文化尋繹》，上海：上海學林，1990 年。

18. 洪湛侯編，《楚辭要籍解題》，武漢：湖北人民，1985 年。

19. 凌宇，《重建楚文學的神話系統》，長沙：湖南文藝，1995 年。

20. 徐志嘯，《楚辭綜論》，台北：東大，1994 年。

21. 馬茂元編，《楚辭注釋》，武漢：湖北人民，1985 年。

22. 馬茂元編，《楚辭評論資料選》，武漢：湖北人民，1985 年。

23. 張正明，《楚文化史》，上海：上海人民，1987 年。

〔註 1〕 該書作者標爲「顧銘堅」。

24. 張正明編，《楚史論叢》，武漢：湖北人民，1984 年。

25. 曹大中，《屈原的思想與文學藝術》，長沙：湖南，1991 年。

26. 陳怡良，《屈原文學論集》，台北：文津，1992 年。

27. 傅錫壬，《山川寂寞衣冠淚——屈原的悲歌世界》，台北：時報，1987 年。

28. 游國恩編，《天問纂義》，北京：中華，1982 年。

29. 游國恩編，《離騷纂義》，台北：洪葉，1993 年。

30. 湯炳正，《楚辭類稿》，成都：巴蜀書社，1988 年。

31. 黃華表，《離騷四釋》，台北：學生，1990 年。

32. 黃德馨，《楚國史話》，武昌：華中工學院，1983 年。

33. 楊金鼎編，《楚辭研究論文選》，武漢：湖北人民，1985 年。

34. 楊胤宗，《屈賦新箋》，北京：中國友誼，1985 年。

35. 聞一多，《神話與詩》，台中：藍燈，1975 年。

36. 趙沛霖，《屈賦研究論衡》，台北：聖環，1994 年。

37. 趙逵夫，《屈原與他的時代》，北京：人民文學，1996 年。

38. 蔣天樞，《楚辭論文集》，台中：藍燈，1987 年。

39. 蔣驥注，《山帶閣注楚辭》，台北：廣文，1971 年。

40. 鄭文，《楚辭我見》，蘭州：甘肅民族，1994 年。

41. 鄭振鐸，《楚辭論文集》，台北：新文豐，1986 年。

42. 蕭兵，《楚辭文化》，錦州：中國社會科學，1992 年。

43. 蕭兵，《楚辭的文化破譯》，武漢：湖北人民，1991 年。

44. 蘇雪林，《屈賦論叢》，台北：國立編譯館，1980 年。

45. 蘇雪林，《楚騷新詁》，台北：國立編譯館，1978 年。

四、文學理論、批評

1. 丌婷婷，《兩漢樂府研究》，台北：學海，1980 年。

2. 王建元，《現象詮釋學與中西雄渾觀》，台北：東大，1988 年。

3. 王運熙、顧易生主編，《中國文學批評史》，台北：五南，1993 年（原上海古籍出版）。

4. 朱自清，《詩言志辨》，台北：五洲，1968 年。

5. 朱榮智，《兩漢文學理論之研究》，台北：聯經，1982 年。

6. 何金蘭，《文學社會學》，台北：桂冠，1989 年。

7. 吳聖昔，《劉勰文學思想建構與精髓》，台北：貫雅，1992 年。

8. 呂正惠，《抒情傳統與政治現實》，台北：大安，1989 年。

9. 李曰剛，《辭賦流變史》，台北：文津，1994 年。

10. 李建中，《心哉美矣——漢魏六朝文心流變史》，台北：文史哲，1993 年。

11. 汪耀明，《西漢文學思想》，上海：復旦大學，1994 年。

12. 周華山，《意義——詮釋學的啓迪》，台北：商務，1993 年。

13. 林保淳，《經世思想與文學經世》，台北：文津，1991 年。

14. 姜書閣，《先秦辭賦原論》，濟南：齊魯書社，1983 年。

15. 姜書閣，《漢賦通義》，濟南：齊魯書社，1989 年。

16. 柯慶明，《文學美綜論》，台北：長安，1986 年。

17. 柯慶明，《現代中國文學批評述論》，台北：大安，1987 年。

18. 柯慶明，《境界的再生》，台北：幼獅，1977 年。

19. 洪順隆，《從隱逸到宮體》，台北：文史哲，1984 年。

20. 康金聲，《漢賦縱橫》，太原：山西人民，1992 年。

21. 張清鐘，《兩漢樂府詩之研究》，台北：商務，1979 年。

22. 張淑香，《抒情傳統的省思與探索》，台北：大安，1992 年。

23. 曹淑娟，《漢賦之寫物言志傳統》，台北：文津，1987 年。

24. 郭紹虞，《中國文學批評史》，台北：藍燈，1988 年。

25. 陳良運，《中國詩學體系論》，北京：中國社會科學，1992 年。

26. 陸曉光，《中國政教文學之起源——先秦詩說論考》華東師範大學，1994 年。

27. 黃永武，《中國詩學》鑑賞篇，台北：巨流，1976 年。

28. 黃保眞、成復旺、蔡鍾翔合著《中國文學理論史——先秦兩漢魏晉南北朝時期》，台北：洪葉，1993（原北京出版社出版）。

29. 黃維樑，《中國詩學縱橫論》，台北：洪範，1986 年。

30. 葉維廉，《歷史、傳釋與美學》，台北：東大，1988 年。

31. 暢廣元，《中國文學的人文精神》，西安：陝西人民，1994 年。

32. 趙敏俐，《兩漢詩歌研究》，台北：文津，1993 年。

33. 劉再復，《文學的反思》，北京：人民文學，1988 年。

34. 劉若愚，《中國文學理論》，台北：聯經，1993 年。

35. 蔡英俊，《比興物色與情景交融》，台北：大安，1990 年。

36. 錢鍾書，《談藝錄》，台北：書林，1988 年。

37. 簡宗梧，《漢賦源流價值與價值之商榷》，台北：文史哲，1980 年。

38. 羅根澤，《中國文學批評史》，台北：學海，1990 年。

39. 龔克昌，《漢賦研究》，濟南：山東文藝，1990 年。

40. 龔鵬程，《文化符號學》，台北：學生，1992 年。

41. 龔鵬程，《文學批評的視野》，台北：大安，1990 年。

42. 〔英〕T. S. Eliot 著，杜國清譯《詩的效用與批評的效用》台北：純文學，1983 年。

43. 〔英〕Terry Eagleton 著，吳新發譯，《文學理論導讀》，台北：書林，1993 年。

44. 〔法〕R. Escarpit 著，葉淑燕譯，《文學社會學》，台北：遠流，1990 年。

45. 〔英〕Christopher Norris 著，劉自荃譯，《解構批評理論與應用》，台北：駱駝，1995 年。

46. 〔法〕Tzvetan Todorov 著，王東亮、王晨陽譯《批評的批評》，台北：久大桂冠，1990 年。

47. 〔比〕喬治‧布萊著，郭宏安譯，《批評意識》，南昌：百花洲文藝，1993 年。

48. 〔美〕哈羅德‧布魯姆，著，朱立元、陳克明譯，《比較文學影響論——誤讀圖示》，台北：駱駝，1995 年。

五、道教、巫

1. 李豐楙，《憂與遊——六朝隋唐遊仙詩論集》，台北：學生，1996 年。

2. 李豐楙，《誤入與謫降——六朝隋唐道教文學論集》台北：學生，1996 年。

3. 周策縱，《古巫醫與「六詩」考——中國浪漫文學探源》台北：聯經，1986 年。

4. 林富士，《漢代的巫者》，台北：稻鄉，1988 年。

5. 姜生，《漢魏兩晉南北朝道教倫理論稿》，成都：四川大學，1995 年。

6. 卿希泰，《中國道教思想史綱》，台北：木鐸，1986 年。

7. 湯其領，《漢魏兩晉南北朝道教史研究》，開封：河南大學，1994 年。

8. 蕭登福，《先秦兩漢冥界及神仙思想探原》，台北：文津，1990 年。

9. 龔鵬程，《道教新論》，台北：學生，1991 年。

【學位論文】

1. 王仁祥，《先秦兩漢的隱逸》，台大歷史所 1994 年碩士論文。

2. 朴現圭，《漢賦體裁與理論之研究》，師大國文所 1983 年碩士論文。

3. 呂弘光，《「情景交融」觀念之理論架構及作用》，中央中文所 1994 年碩士論文。

4. 李貞德，《西漢律令中的倫常觀》，台大歷史所 1985 年碩士論文。

5. 李偉泰，《兩漢尚書學及其對當時政治的影響》，台大文史叢刊四十三。

6. 阮芝生，《司馬遷的史學方法與歷史思想》，台大歷史所 1972 年博士論文。

7. 林耀潾，《西漢三家詩學研究》，高師國文所 1995 年博士論文。

8. 施淑女，《九歌天問二招的成立背景與楚辭文學精神的探討》，台大文史叢刊三十一。

9. 夏長樸，《兩漢儒學研究》，台大文史叢刊四十八。

10. 高秋鳳，《楚辭三九暨後世以九名篇擬作之研探》，師大國文所 1986 年碩士論文。

11. 張蓓蓓，《東漢士風及其轉變》，台大文史叢刊七十一。

12. 張慧芳，《兩漢之儒學》，師大國文所 1982 年碩士論文。

13. 梁昇勳，《朱子楚辭集注研究》，師大國文所 1987 年碩士論文。

14. 陳昭瑛，《劉勰的文類理論與儒家的整體性世界觀》，台大外文所 1993 年比較文學博士論文。

15. 謝大寧，《從災異到玄學》，師大國文所 1989 年博士論文。

16. 顏妙容，《詞學之「言志」論發展研究》，台大中文所 1995 年碩士論文。

【單篇論文】

1. 王以先，〈“詩言志”新論──先秦詩學總體論〉，第二屆詩經國際學術研討會論文。

2. 王先霈，〈中國文學批評的解碼方式〉，《文學評論》1993 年第 1 期。

3. 王志明，〈“詩言志”、“以意逆志”說和接受理論〉，《文藝理論研究》1994 年第二期。

4. 王碩民，〈對漢代詩經研究歷史化的評價〉，第二屆詩經國際學術研討會論文。

5. 王靜芝，〈詩比興釋例〉，《中山學術文化集刊》第五集 558～580 頁，1970 年 3 月。

6. 王競芬，〈從離騷看屈原的人格與風格〉《東方雜誌》復刊第二十卷第十期。

7. 朱一清、周戌兵〈論漢代《詩》學的“尚用”特質及其文化根源〉，第一屆詩經國際學術研討會論文。

8. 朱杰人，〈《詩經》與西漢社會思潮〉，《華東師大學報》，哲社版 1993年第二期。

9. 邛本埭，〈屈原的心靈發展及其文化背景〉，《西南師大學報》，哲社版 1992 年 4 月。

10. 何煒，〈莊子與屈原——在文體與主體之間〉，《四川師大學報》，社科版 1992 年 6 月。

11. 吳炫，〈文學批評學何以成爲可能〉，《文學評論》1995 年第一期。

12. 李戚熊，〈兩漢經術獨尊與經學諸問題的探討〉，《孔孟學報》第四十二期 141～172 頁，1981 年 9 月。

13. 李誠，〈詩騷異同簡論〉，第二屆詩經國際學術研討會論文。

14. 承載，〈西漢經學的「致用」之功〉，《史林》1989 年第三期。

15. 林聰舜，〈傳統士大夫與經學——經學權威是如何形成的〉，《中華文化復興月刊》第二十卷第十二期 41～46 頁。

16. 林繼中，〈沈鬱：士大夫文化心理的積澱〉，《文藝理論研究》1994 年第六期。

17. 書夙娟，〈《詩經》和楚辭所反映的人與自然的關係〉，《文學遺產》1987 年第一期 19～27 頁。

18. 殷光熹，〈魏晉南北朝時期的楚辭評論〉，《思想戰線》1987 年第四期。

19. 張文勛，〈劉勰論兩漢文學〉，《思想戰線》1983 年第三期。

20. 張節末，〈美學史上群己之辯的一段演進——從言志說到緣情說〉，《文藝研究》1994 年第五期。

21. 盛廣智，〈說“興”及其在《詩經》中的運用〉，第二屆詩經國際學術研討會論文。

22. 許聰，〈文學史觀的反思與重構〉，《文學評論》1995 年第二期。

23. 陸曉光，〈略論中國文學的政教傳統〉，《文藝理論研究》1994 年第四期。

24. 傅錫壬，〈楚辭九歌中諸神之圖騰形貌初探〉，《淡江學報》第三十一期。

25. 彭毅，〈屈原作品中所呈現的儒者情懷〉《臺大中文學報》第四期 87〜107 頁。

26. 馮俊杰，〈文化哲學與屈原的文學突破〉，《山西師大學報》社科版十九卷三期。

27. 黃開國，〈論漢代經學博士制度與建置變化〉，《孔孟月刊》第三一卷第二期。

28. 雒啓坤，〈詩言志與興、觀、群、怨考〉，《文藝研究》1995 年第四期。

29. 劉朝謙，〈漢代賦家從理性向精神的飄移〉，《四川師大學報》，社科版 1993 年第一期。

30. 劉學鍇，〈李商隱與宋玉——兼論中國文學史上的感傷主義傳統〉，《文學遺產》1987 年第一期。

31. 劉懷榮，〈比法思維的發生學研究〉，第二屆詩經國際學術研討會論文。

32. 潘嘯龍，〈論〈離騷〉的「君臣男女之喻」〉，文學遺產》1987 年第二期。

33. 蔣方，〈論兩晉名士對屈原的解讀及其意義〉，《荊州師專學報》，社科版 1994 年 6 月。

34. 蕭華榮，〈漢代「興喻」說〉，《齊魯學刊》1994 年第四期。

35. 蕭華榮，〈興：中國詩學思想的核心〉，《文藝理論研究》1994 年第四期。

36. 錢鍾書，〈詩可以怨〉，《錢鍾書論學文選》廣州花城，1991。

37. 戴君仁，〈兩漢經學思想的變遷——詩經部份〉，收錄於熊公哲等著《詩經研究論集》，台北：黎明，1982 年再版。

38. 顏崑陽，〈漢代「楚辭學」在中國文學批評史上的意義〉，《中國詩學會議論文集第二輯》，彰化師大，1994 年。

39. 顏崑陽，〈《文心雕龍》「比興」觀念析論〉，中央大學《人文學報》十二期。

40. 羅義俊，〈論兩漢博士家法及其株生原因——兼及兩漢經學運動的基本方式〉，《中國文化月刊》一一九期，1989 年 6 月。

41. 龔鵬程，〈從《呂氏春秋》到《文心雕龍》——自然氣感與抒情自我〉，收錄於《文學批評的視野》，台北：大安，1990 年。